이건숙 문학전집 6

신데렐라의 아침

이건숙 문학전집 6

■

신데렐라의 아침

이건숙 소설

문학나무

소설가가 된 걸 후회하지 않는다

여섯 번째 창작집을 엮으면서 처음으로 충만한 기쁨이 가슴 가득 안겨왔다. 그리고 '나는 소설가가 된 걸 결코 후회하지 않는다.'라는 말이 진심으로 용솟음쳤다.

처음 소설을 쓸 적에는 힘들고 벅차서 국어사전을 안고 살았으며 어쩌다가 내가 소설가가 되었나 하고 한숨을 쉰 적이 많았다. 글은 쓰지도 않고 주위에서 명성을 날리는 유명작가들을 훔쳐보면서 부러워하고 나도 그런 자리에 서고 싶다고 잠을 설치며 입맛을 다셨다. 그런 시절은 참으로 힘들고 괴로웠다. 더구나 돈도 되지 않는 글을 뭣하러 쓰느냐고 주위 사람들이 매도할 적에는 정말 그런가 하고 숨기도 했었다.

소설가란 타이틀을 달고 산 지 이제 마흔 해가 훌쩍 넘어서고 팔순을 넘긴 나이에 상이란 탈 만한 자격이 있는 사람들이 타는 것이란 점을 알게 되었다. 주위가 어떻게 돌아가든 어린아이 같은 치기어린 마음을 버리고 모든 것을 초월하여 나는 창작에 몰입하여 내 길을 가는 것이란 깨달음이 오자 깊은 평안이 나를 휘감았다.

12편의 단편을 읽어가면서 나란 사람은 더 이상도 더 이하도 갈 수 없는 그릇임을 절감했다. 이게 바로 나의 한계란 점을 깨달은 셈이다. 내게 처한 모든 환경을 감사함으로 받아드리고 닥친 엄청난 고난 중에도 평안한 마음으로 행복을 느끼며 살 수 있는 팔순을 넘긴 나이가 되었으니 말이다. 이제 어떤 정점에 도달한 것이란 나름대로의 알음에 이르자 내가 쓴 12편의 단편들이 그렇게 귀하고 사랑스러울 수가 없다. 저들이 바로 내 안팎의 모습이기 때문이다.

1981년도에 소설가로 등단했을 적에 어느 알려진 소설가가 내게 툭 던진 한마디의 말을 지금도 생생하게 기억하고 있다.

"50편의 단편을 발표하기 전까지는 소설가라는 타이틀을 달지 마시오."

그 말이 마흔 해가 넘는 동안 항상 나를 따라다녔다. 그가 말한 만큼의 소설을 쓰고 나니 이제 소설가란 타이틀을 달아도 된다는 확신이 온 것은 100편이 넘는 단편을 썼기 때문이 아니라 내 나름대로의 글쓰기 마음가짐을 습득했기 때문일 터이다.

이번에 실려 나가는 12편의 단편들이 내 편린으로 내 몸의 조각조각이 퍼즐을 맞추듯 나열된 걸 보면서 웃음이 나왔다. 그리고 소설가가 된 것이 행복했다.

아무튼 사랑하는 내 글이 많은 사람들에게도 위로가 되고 방황하는 이들의 길잡이가 되기를 소원한다.

2023년 7월
2013년 5월 초판 「작가의 말」 내용 수정함
이건숙

ㅅㅣㄴㄷㅔㄹㅔㄹㄹㅏㅇㅡㅏㅇㅏㅊㅣㅁ

신데렐라의 아침

차례

작가의 말_소설가가 된 걸 후회하지 않는다　005

평설_이덕화 문학평론가, 평택대 명예교수

삶의 향유로서의 타자윤리　302

모나크 나비 012

손자의 등 040

신데렐라의 아침 065

어머니의 정원 091

황혼의 미로 114

사막의 나그네들 139

소설 요나 167

바보온달과 평강공주 193

청둥오리 엄마 223

얼음꽃 249

쥐들의 전쟁 257

어느 갠 날 278

모나크 나비

모ㅗㄴㅏㅋㅡㄴㅏㅂㅣ

 뒷산 허리에 휘감긴 새벽안개가 골안개와 뒤엉켜 살살 불어오는 바람을 타고 꼼지락꼼지락 움직인다. 이렇게 안개가 자욱하면 하루 종일 햇살이 강하게 내려쬐일 징조다. 산자락에 잇대어 있는 뒤란 끝까지 천천히 걸어갔다. 무릎 언저리로 농밀해진 안개 입자들이 휘감겨 온다. 뒤란 가장자리에 한 그루 서 있는 유칼립투스에 호랑나비 서너 마리가 매달려 있다. 그러고 보니 어느덧 왕 호랑나비인 모나크 나비들이 돌아오는 10월 말에 접어들고 있다.

 나비의 홈 커밍(home coming) 파티라도 열어야 하는 것이 아닐까. 하워드 황은 막내 소영을 위해 꼬마 시절부터 이 계절이 오면 피스모 비치를 방문해서 찍어놓은 사진들을 거실에 전시해야겠다고 생각한다.

로스앤젤레스에서 101번 프리웨이를 따라 북쪽 300km 에 위치한 태평양 연안의 아름답고 깨끗한 작은 마을에 하워드 황은 살고 있다. 해마다 이맘때쯤 수천 마리의 모나크 나비들이 모여드는 곳은 North Pismo State Beach round Campground에서 반 마일 남쪽 하이웨이 1번 해변가에 자리잡고 있다. 주말에 딸 소영을 데리고 모나크 나비를 구경 가자면 몇 번째 입구로 가서 주차해야 가장 조금 걸어서 호랑나비들이 모여 있는 소나무와 유칼립투스 나무숲에 접근할 수 있을지 알아보려고 지도책을 뒤적거렸다.

막내딸 소영이 요즘 느낄 정도로 이상해졌다. 오늘은 아침도 먹지 않고 퉁퉁 부어 학교에 가버린 탓에 미스터 황은 하루 종일 일이 손에 잡히질 않는다. 이런 날은 뒷산도 안개를 가득 안고 있어 어두운 얼굴이다. 부자들이 모여 살고 있는 북쪽 산기슭은 주로 예술을 좋아하는 사람들이 직접 설계한 집을 지어서 살기 때문에 각 집마다 창의성이 돋보이는 마을이다.

산을 등에 지고 있는 그의 이층 양옥은 앞뜰에 둥근 정원이 한가운데 심어진 듬직한 야자수와 가장자리에 함빡 피어난 눈부신 진홍색 사막채송화로 인해 남국의 홍취를 한껏 뿜어낸다. 차들이 야자수를 핵으로 동그란 정원을 한 바퀴 돌면서 현관 앞에 서게 되어 있어 손님들이 많이 와도 수십 대의 차들을 차도에 나란히 주차할 수 있다. 뒤란도 백여 명이 모여 가든파티를 열어도 좋을 만큼 넓다. 뒤란 정원 끝에 울타리처럼 심어놓은 무화과나무와 단감나무 열 그루는 철따라 풍요로운 열매를 맺는다.

일주일 전에 돌아가신 아버지로 인해 하워드 황은 아직도 우울하다. 구순九旬에 가셨으니 장수하신 분이라 기쁨으로 보내줘야 하는 법인데 아무리 애써도 이별의 아픔을 가눌 수가 없다. 이런 때 막내딸 소영까지 야단이니 기분이 아주 울적했다. 방이 여섯인 이층집은 3천 5백 스퀘어피트니 이제 갓 고등학교에 입학한 소영과 둘이 살기에는 너무 크다. 성탄절과 새해에 뉴욕에 사는 큰아들과 며느리, 셋이나 되는 손자들이 오면 시끌벅적하지만 그건 일 년에 한 번 있는 일이다. 다행히 샌프란시스코에 살고 있는 딸이 모나크 나비들이 멕시코로 몽땅 떠나가버릴 즈음인 2월 말에 호랑나비를 한 번 더 보기 위해 친정에 다녀간다. 그러고 보니 피붙이들이 나비들처럼 추운 겨울에만 이곳을 스쳐지나가는 셈이다. 북미에 흩어져 살고 있던 호랑나비들이 겨울을 나기 위해 멕시코의 오야웰 숲으로 향하는 도중 그들의 조상이 선택한 길목인 피스모 비치에 해마다 찾아온다. 그러니 이곳은 그의 자식들과 나비들의 목로주점인 셈이다.

모나크 나비는 목적지가 없이 방황하는 방랑자가 아니고 갈 곳이 뚜렷하게 정해져 있어 정체성이 분명한 나그네나비들이다. 해마다 어김없이 찾아온 나비들은 그녀의 집을 멀리 마주한 해변 언덕에 자리잡은 무성한 소나무와 유칼립투스 숲속에 쉬었다가 장엄한 비행을 하여 멕시코에 있는 정글의 한 장소로 이동한다. 뚜렷한 적갈색이나 노란 날개의 바탕 위에 시맥은 짙은 검은색이고 가장자리에 두 줄의 점무늬가 있어 이들 나비는 눈에 확 들어온다. 세상에서 제일 예쁜 옷으로 치장한 여인들처럼 화려한 날개를 펄럭이는 저들의 군무가 언제 봐도 무척 황홀하다. 일반 조무래기 나비들과 달리 10cm가 넘는 넓고 긴 날개 색깔이 눈이 시리도록 강렬하다. 모나크 나비는 색상이 너무 진하고 화려해서 먹으면 맹독 때문에 위험한 곤충일 것이란 뉘앙스를 포식자들에게 넌지시 알리고 있다.

산기슭 중턱에 물 샘이 있어 물길이 정원 가장자리를 티(T)자 형으로 돌아 골을 이루어 질척이며 흐른다. 이른 비와 늦은 비가 내리는 우기에는 제법 돌돌 소리를 내며 개울물을 이루고 흐르기도 한다. 사막지대에 살면서 작은 옹달샘 크기의 오아시스를 뒤란에 지니고 있는 셈이다. 해서 다른 집에 비해 질척한 땅 탓인지 뒤란이나 정원에 무엇을 심든 수확이 풍성하다.

소영이 사춘기에 접어들어 반항하기 시작하니 5년 전 먼저 가버린 아내가 더욱 그립다. 둘이 깔깔 웃으면서 봄과 여름에 땀을 흘려가며 심어 가을걷이하는 기쁨을 함께 나눌 상대가 없어졌으니 하워드 황은 사막에 혼자 선 기분이다. 듬뿍 밀려오는 외로움과 아픔을 누르면서 뒤란으로 나가 탐스럽게 매달린 단감을 따기 시작했다. 지적지척 흐르는 물 샘과 토양이 비옥한 탓인지 몇 개를 따 넣었건만 큰 플라스틱 통이 꽉 차오른다. 태곳적부터 지금까지 농사를 짓는 사람이 없다가 이제야 겨우 일군 땅이라 농약을 주지 않아도 되고 비료도 필요 없는 곳이다. 갓난아기 머리통 만한 단감은 너무 커서 혼자 한 개를 다 먹기도 힘들 정도니 정말로 비미한 땅에 와 살고 있다는 충만한 마음을 애써 눌렀다.

막내딸의 하교시간까지 얼마나 남아 있는지 시계를 본다. 2시니 한 시간만 더 감을 따고 3시에 학교로 가서 딸을 데려오면 된다. 수북이 따놓은 단감이 소영의 반항기를 누를 수 있기를 내심 간절히 바랐다. 오는 주일 교회에 가지고 가서 점심시간에 전교인이 먹고 남은 감은 집집마다 선물로 줘야겠다는 생각에 이르자 잔잔한 기쁨이 밀려온다. 더구나 7년 전에 목사님이 단감나무 열 그루를 선물로 가져다 손수 뒤란에 기념식수를 했으니 당연히 그렇게 하는 것이 도리였다. 집 뒤란 쪽에 심은 단감은 산을 접하고 있어 산 다람쥐들이 와서 많이 갉아먹었고 까마귀들이 와서 찍어놔서 산 쪽은 성한 단감이 별로 없다. 내년에는 그걸 막기 위해 실이 질긴 망사그물이라도 쳐놔야겠다. 아니면 불도저라도 불러다가 질척이는 골진 개울 물길을 깊이 파서 다람쥐의 침입을 어렵게 해줄까 하는 계획도 잠깐 머리를 스쳤다.

언제나처럼 소영은 정문 앞 한길 가에 서 있었다. 까만 머리를 어깨까지 치렁하게 늘어트린 소영이 하워드 눈에는 세상에서 제일 예쁜 미인으로 보여서 밖에 내놓으면 항상 마음이 놓이지 않는다.

"아빠가 늘 말하지. 이렇게 길가에 서 있다가 달리는 차에 강제납치라도 당하면 어쩌려고 그래. 유괴범들이 너처럼 예쁜 아이를 그냥 놔둘 것 같으냐. 안쪽으로 들어가 있으라고 늘 말하는 대도 너는 내 말을 잘 듣지 않는구나."

"……."

흘끔 옆에 앉은 소영을 보니 기분이 아주 잡친 얼굴이다. 입을 꾹 다물고 눈을 내리깔고 있는 모습이 죽은 아내와 꼭 닮았다.

"학교에서 좋지 않은 일이 있었나보구나."

퉁퉁 부은 딸이 눈살을 곧추 치뜨고 빗나간 질문을 던진다.

"아빠는 얼굴이 왜 그래?"

갑작스런 딸의 부르튼 목소리에 하워드 황은 잠시 당황한다. 불퉁스러운 소가지를 부리는 의도를 짐작할 수 없어서이다.

"왜 아빠 얼굴에 뭐가 묻었니?"

하워드 황은 백미러를 보면서 얼굴을 매만진다. 감을 따면서 푹 익은 홍시가 여러 개 떨어졌는데 감물이 얼굴에 튀었나. 백미러에 아무리 얼굴을 훔쳐봐도 티 하나 없이 깨끗하다.

"내가 하는 말은 아빠는 왜 미국사람처럼 생기지 않았어."

"미국사람이라고? 우리도 미국사람이다. 넌 여기서 태어난 토박이야. 난 3세에 이곳에 왔으니 이민 1.8세고 넌 이민 2세야."

"내 말은 왜 스킨이 백인처럼 옅은 갈색이고 눈이 파랗지가 않고 왜 까매. 난 머리는 새까맣고 코는 납작하여 이곳 사람들과는 아주 다르게 못생긴 동양인이라는 점이 너무 속상해. 내 모습은 백인들 사이에 끼면 눈에 띄게 특이하단 말이야. 여기 사람들처럼 머리카락이 노란색이든지 갈색이나 초코레트색이어야 하는 거 아니야. 난 아무리 봐도 보기 싫은 오리새끼라고. 백조 틈에 끼지 못하는 미운 오리새끼야."

"난 한국사람이다. 정확하게 말하면 코리안 아메리칸이란 말이다. 너도 한국계 미국인이란 점을 잊지 말기 바란다. 너의 뿌리는 반만년도 넘는 훌륭한 역사를 지닌 한국이야. 유럽 쪽이 아니다. 그들과 전혀 다른 색깔이라는 점을 여직 몰랐니?"

"난 그게 싫어. 미치도록 싫어."

그러고 보니 소영은 얼굴을 백인처럼 만들려고 파운데이션을 두껍게 바르고 있었다. 작년까지만 해도 소영은 아빠와 함께 외출하는 것을 기뻐했는데 요즘은 자기 방에

틀어박혀 혼자 있는 걸 좋아한다. 딸이 사춘기에 접어들었구나 하는 마음에 하워드 황은 긴장하여 딸의 눈치를 살폈다.

"난 미국사람이 아니야. 걔네들처럼 코도 높아야 하는데 납작하잖아. 내 아이덴티티가 뭔지 모르겠어."

"그럼 미국사람처럼 성형수술을 하여 코를 높여줄까?"

"코만 높으면 뭘 해. 눈이 까만 걸. 내 눈을 미국 애들처럼 파랗게 물들이는 방법은 없을까."

"……"

소영이 입고 있는 헐렁한 잿빛 윗도리는 검은 줄과 빨간 줄이 촘촘히 박힌 넓은 깃과 언밸런스로 잇댄 팔뚝의 파랑색으로 인해 사람들의 눈길을 끈다. 부녀 사이에 침묵이 흘렀다. 답답한 분위기였다. 소영은 한숨을 쉬면서 기어들어가는 목소리로 무어라 중얼대고는 몸을 움츠린다. 아주 의기소침한 얼굴이다. 가능하면 소영의 기분을 건드리지 않으려고 하워드는 말을 아꼈다.

아무리 봐도 아빠의 눈에 소영은 미인에 속한다. 갸름한 얼굴에 웃을 적에 귀여울 만큼 양쪽 볼에 보조개가 깊이 파인다. 눈은 동양의 전통적인 미인처럼 쌍까풀 없이 쪽 째졌지만 눈동자는 아주 맑고 깊다. 머루알처럼 까만 눈동자에 어린 맑은 빛은 너무 깊어서 가만히 들여다보면 측량할 수 없을 정도의 아늑하고 그윽한 비밀이 서려있다. 고려청자의 오묘함이 고인 눈이라고 할까. 서양여인들의 파랗거나 갈색이어서 풍기는 느끼하고 밍밍함이 고인 눈동자보다 깊이를 알 수 없는 아득한 신비함이 서린 눈이다. 무엇보다도 소영의 피에는 세상 어느 나라 여인들도 감히 흉내 내지 못할 한국여인의 DNA가 흐르고 있지 아니한가.

소영을 볼 적마다 그는 나비들 중의 왕인 모나크 나비를 떠올린다. 엄마의 가슴에 안겨 있을 적부터 하워드 황은 호랑나비의 애벌레처럼 눈에 띄는 외모를 지닌 딸이 자랑스러웠다. 모나크 나비애벌레는 새까만 바탕에 노랑, 초록, 파랑의 원색적인 줄들이 튀어나게 강렬해서 괴이쩍을 만큼 또렷하게 눈에 띈다. 다른 나비애벌레는 보호색으로 연한 배추색이 아니던가. 신기한 일은 모나크 나비애벌레를 절대로 새나 곤충이 잡아먹지를 않는다는 점이다. 강한 독성이 있어 새나 동물이 먹으면 죽기 때문이다. 유독 모나크 나비만이 유일하게 밀크위드(Milkweed) 잎사귀에서 태어나 독 있는 잎을 먹고 자란 탓이다. 이 세상에서 모나크애벌레만이 밀크위드 잎을 먹어도 어떤 중독현상도 일어나지 않는다고 한다.

소영의 새까만 머리칼과 눈은 모나크 나비의 날개에 또렷하게 드러난 시맥인 검은 줄무늬와 꼭 닮았다. 앙다문 입과 몸 전체에 넘치는 총기는 10센티가 넘는 날개를 활짝 펴고 날고 있는 모나크 나비의 기상과 비슷하다.

"아버지는 어째서 할아버지처럼 백인이 아니야. 할아버

지 아들이면 백인일 터이고 그럼 나도 백인이었을 터인데 어째서 갑자기 황인종이 되었느냔 말이야."

소영이 억지를 부리고 있다.

"너도 알지 않니. 난 할아버지에게 입양되었다는 걸."

"그럼 코리아에서 살지 왜 이리로 왔어. 아빠가 코리언에게 입양되었다면 내가 이렇게 괴롭지 않아도 되잖아."

크림빛 갈포지로 도배한 거실에 들어서니 벽난로 앞에 단감이 수북하게 쌓였다. 다른 때 같으면 아빠가 따다놓은 단감을 보고 호들갑을 떨었으련만 휑하니 자기 방으로 들어가면서 문을 으깨져라 꽝 닫아버린다.

하워드 황도 딸 소영의 나이였을 적에 그렇게 반항한 적이 있었다. 자신의 정체성을 갖지 못하여 무척 힘이 들었던 입양아의 유별난 사춘기가 떠올랐다. 양부모와 외모도 전혀 닮지 않았지만 공개입양아로 사람들 앞에 설 적마다 가슴에 상흔이 깊어갔다. 친자식이라도 성인이 되는 길목에서 겪게 마련인 심적 고통이 입양아의 사춘기에는 더 거센 폭풍이 되어 몰아쳤다. 양부모는 언제나 하워드 황에게 가슴으로 낳은 아들이라고 사랑을 표현했다. 그러나 그는 양부모의 몸에서 직접 태어난 친아들이고 싶은 마음을 누를 수가 없었다.

하워드 황은 일주일 전에 돌아가신 양아버지에게 소영이보다 더한 반항을 해서 속을 푹 썩혀주었던 때가 생생하게 떠올랐다. 그가 고민하는 걸 알아차린 양아버지는 성경을 강제로 읽히는 것이 그가 할 수 있는 유일한 방법이었다. 양아버지는 청교도의 직계답게 종교적으로 매우 엄격했다. 하긴 기저귀를 차고서도 양부모를 따라 교회에 다녔다. 지금도 또렷하게 기억하는 것은 나비넥타이를 매고 짙은 갈색 바탕에 빨간 체크무늬가 있는 앙증맞은 윗도리 양복에 검은 바지를 입고 교회 갈 적에만 신는 검은 구두로 단장하고 나서면 남들이 보기엔 꼬마 신사가 되지만 본인은 족쇄에 채인 듯 숨 쉴 수가 없었다. 그뿐인가. 교회에 가서는 얌전하게 앉아 있어야 한다. 그건 어린 나이에 참을 수 없는 고문이었던 기억이 지금도 가슴 찡하게 아프도록 파고든다.

아버지는 청교도의 후손들이 늘 그런 것처럼 매일 가정예배를 드린다. 지겨울 정도였다. 십대에 가장 이해할 수 없었던 점은 양아버지가 들고 나오는 예수님이 하워드 황을 위해 십자가 위에서 돌아가셨다고 강조하는 점이었다. 전혀 모르는 타인인 예수라는 인물이 생판 본 적도 없는 그를 위해 어째서 십자가 위에서 손발에 못이 박혀 피를 몽땅 흘리고 죽어야 했단 말인가. 그건 도저히 풀 수 없는 수수께끼요 미스터리였다. 예수가 죄를 짓고 사람들의 미움을 받아 십자가 위에서 죽었다면 그만이지 어째서 그 죽음에 의미를 부여하여 사람들을 괴롭히며 유혹하는지 도대체가 오리무중이었다. 양아버지 말로는 가장 쉬운 그

일을 왜 못 믿느냐고 윽박질렀다. 하지만 그에겐 그건 어른들이 만들어놓은 사악한 함정일 뿐이었다. 어려서는 그걸 믿는 척 순종했는데 고등학교에 들어가서는 정말 싫어서 청개구리처럼 정반대로 행동했다. 날이 갈수록 이해할 수 없는 아버지의 고집이 지겹고 반감이 날카롭게 벼린 칼날을 세워서 도저히 집에 있을 수가 없었다.

해서 가출을 단행했다. 그 시절 하워드 황은 가정을 떠나 두 달간이나 홈리스생활을 하면서 길거리를 방황했고 개망나니처럼 방종했었다. 그 시절에 양아버지는 그를 찾아서 얼마나 헤매고 다녔는지 길에서 만났을 적에 너무 모습이 변하고 야위어서 첫눈에 알아볼 수 없을 정도였다. 머리칼도 먼지에 절어서 옥수수수염처럼 푸석했고 손등도 햇볕에 그을려서 흑인처럼 검었다. 잠을 자지 못해 초췌해진 양아버지가 벌벌 떨고 통곡하며 가출한 양아들 하워드를 가슴에 폭 안았다. 그의 가슴팍에서 전달되었던 쿵쿵 천지를 흔들듯 뛰던 심장 울림이 지금도 생생하게 그의 가슴에 살아남아 있다. 그때 양아버지가 그를 꼭 안고 중얼거린 말이 지금도 귓가에 맴돈다.

"천하의 어떤 사랑도 부모의 사랑을 능가할 수 없단다."

뚱한 표정을 짓는 아들의 귓가에 입을 바짝 대고 속삭였다.

"특히 한국여자는 이 세상에서 가장 강한 모성애를 지녔어."

하워드 황의 양아버지 마이클은 너무 키가 커서 젊어서부터 조금 구부정했다. 가슴은 우람하게 떡 벌어졌지만 항상 어깨를 앞으로 구부정하게 구부리는 습성이 있었다. 얼굴은 동양인처럼 사각형으로 너부죽한 것이 부처상에 가까웠다. 두 달이나 가출하여 홈리스생활을 한 아들 하워드를 데리고 그는 어느 늦가을 한국행 비행기에 올랐다. 양아버지가 내내 입을 다물고 있어서 위엄이 어린 거대한 산이 그의 옆에 우뚝 하늘을 고이고 서 있다는 생각이 들 정도로 거북살스러웠다.

차라리 매를 들고 종아리를 때린다든지 아니면 고함을 치면서 감정을 거슬리는 말을 하면 속이 후련하겠는데 양아버지는 침묵으로 일관했다. 이렇게 데리고 가서 한국 땅에 버리고 오려고 그러나 하는 마음도 들었다. 그러나 아버지는 기내식을 먹을 적에도 가출했던 아들이 얼마나 먹나 곁눈질을 하면서 자상하게 보살폈다. 심지어 커피를 탈 적에도 그가 좋아하는 크림 두 봉지를 넣어주고 좋아하는 빵도 자신의 것까지 주면서 챙겨주었다.

김포공항에 내린 마이클은 키가 작은 아들 하워드가 따라오기를 기다리면서 이따금 뒤를 돌아보았다. 아들보다 한 자가 더 큰 아버지는 언제나 앞장서서 걷는 것이 습관이었다.

택시를 타고 그들은 서울 중심가를 벗어나서 북쪽으로 향했다. 어디로 가는 것인지 하워드는 묻지 않았다. 아마도 아버지의 향수가 어린 어느 지역으로 가는 것이라고만 생각했다. 택시는 한강변을 따라 울퉁불퉁한 비포장도로를 덜컹거리면서 달렸다. 택시 뒤로 뿌연 흙먼지가 구름처럼 피어올랐다. 강가의 낯선 풍경에 넋을 잃고 하워드는 차창에만 코를 박고 있었다. 한 시간을 달린 끝에 두 사람은 야산 기슭에 내렸다. 가을의 향취가 잔뜩 어린 산은 보랏빛 들국화로 뒤덮였고 이따금 키를 넘게 자란 갈대가 노란 수염을 휘날렸다. 가시가 촘촘히 박힌 누런 산딸기 줄기도 이제 바짝 마른 땔감이 되어서 여기저기 수북이 무덤 언저리를 덮었다. 산야의 정기로 뭉쳐진 너럭바위를 등에 지고 갈색 지천인 산야에서 유일하게 푸름을 잃지 않고 옹이로 툭툭 불거진 한 그루 소나무는 연륜 탓인지 송진마저 말라버렸다. 하워드는 가을 햇살을 피해 소나무가 던져주는 손바닥 그늘 밑에 주저앉아버렸다. 말라깽이 솔방울 두어 개가 그의 머리 위로 투두둑 떨어진다.

양아버지 마이클은 산소 언저리를 어릿대면서 돌다가 작은 돌비 앞에 섰다. 흙이 마모되어 다른 묘보다 납작해 보이는 무덤이었다. 하워드는 자신이 왜 여기 있어야 하는지 차츰 버겁고 불편했다. 아버지는 김포공항에서 사온 오징어와 소주, 사과와 배를 신문지를 깔고 산소 앞에 늘어놓았다. 하워드는 양아버지의 요상한 행동을 그저 멀뚱히 바라보았다. 아버지는 아주 엄숙한 표정으로 한참 초라한 무덤을 응시하다가 무겁게 입을 열었다.

"절을 해라. 언젠가 내가 가르쳐준 한국식으로 말이다."

하워드는 갑자기 낯선 무덤 앞에 절을 하라는 아버지의 요구에 괴이쩍은 생각이 들어 멈칫거렸다.

"네 어머니 무덤이다. 너를 낳은 생모가 묻힌 곳이다."

"뭐라고요?"

볼멘 목소리로 항의하며 눈이 휘둥그레진 그를 향해 아버지는 어서 절을 하라고 평소에 볼 수 없었던 엄한 표정을 지었다.

"제 어머니라고요? 믿을 수 없어요."

"맞다. 네 어머니다."

"제 육신의 어머니란 말이군요. 이렇게 벌써 죽었나요. 절 버리고 더 오래오래 살아서 내 악담을 듣고 가지 왜 벌써 이렇게 가버렸답니까. 자식을 버린 어미가 하긴 오래 살 수는 없었겠지요. 마음이 괴롭고 힘이 들었을 터이니."

"잔소리 말고 어서 절이나 해."

처음 들어보는 아버지의 위압적인 목소리에 눌려 하워드는 무덤 앞에 어설프게 엎드렸다. 차가운 가을바람이 코끝을 스친다. 싱싱하게 살아 있는 흙냄새가 쌉싸래한 국화꽃 향기와 아우러져서 가슴 가득히 고여 온다. 산 뿌리 다랑이밭에 뿌려놓은 거름에서 뒷간 냄새가 진하게 풍겨온다. 아무런 감흥도 눈물도 할 말도 없었다. 그저 멍청할 뿐이었다. 어머니의 사랑을 받은 적도 없고 본 적도 없으며 이렇다 할 추억이 단 한 알갱이도 없었기 때문이다. 이따금 자신의 외모 때문에 그를 낳아 육체를 준 어머니에 대한 증오를 양아버지 몰래 불태우지 않았던가. 이제껏 말을 하지 않았지만 그는 속으로 생모에 대하여 저주를 퍼부었고 책임감도 없이 자식을 버린 어머니를 미워하고 욕한 적이 많았다.

특히 그가 처음으로 사랑을 주고 좋아했던 백인 여자아이의 집에 갔을 적의 기억은 지금도 그의 마음을 칼로 도려내듯 아프게 한다. 여자의 어머니가 그를 앞에 앉혀놓고 절대로 황인종에게 딸을 줄 수 없다고 으름장을 놓았을 적에 그 밤 자살하고픈 심정을 누를 수 없어 이런 외모로 낳아준 생모를 증오했었다.

그에게 어머니는 눈이 파란 미국 엄마다. 뼈가 앙상하고 미루나무처럼 훤칠한 양어머니는 항상 말없이 잔잔하게 웃기만 하는 백인여자다. 특별나게 사랑을 표현한 적도 없이 덤덤하게 그를 길러준 양어머니는 추억할 만한 일을 그에게 남겨준 것도 없다. 아기를 못 낳는 여자 특유의 냉기가 도는 그런 어머니였다.

가을 햇살은 눈부시게 내려쬐고 산은 함지박을 엎어놓은 것처럼 들러붙은 산소들로 인해 가엾어 보였다. 모시조개만 한 볼품없는 가을나비 한 마리가 힘없이 무덤가를 기웃거린다.

들국화가 우거진 어머니의 무덤을 등지고 앉아서 아버지는 긴 사연을 풀어놓았다.

한국동란에 참전한 양아버지 마이클 소위는 후퇴하여 밀려 내려가고 있었다. 중공군이 꽹과리를 치고 피리를 불어가면서 인해전술로 내려오는 바람에 빠른 속도로 남쪽으로 도망치고 있었다.

주로 철도를 따라서 행군했다. 그게 제일 빨랐다. 피난민들로 길은 꽉 막혀서 다른 방도가 없었다. 그 겨울엔 무릎에 차오를 정도로 굉장한 폭설이 내려 제일 앞장을 선 선발대가 총을 겨누고 한 발자국씩 앞으로 나갔다. 철도 가장자리 어느 농가에 우물이 보였다. 그냥 하늘을 향해 입을 벌린 평범한 우물이 아니고 뚜껑을 해 닫은 그런 우물이었다. 적군이 그 안에 숨어 있다가 사격할 수도 있다는 생각에 이르자 일행 열 명이 우물을 빙 둘러서서 조준하고 고함쳤다.

"나오너라. 어서 손들어!"

괴괴했다. 슬금슬금 다가가서 우물 뚜껑을 열어보니 안에는 잿빛 하늘을 끌어안은 잔잔한 우물물이 고여 있을 뿐이라 숨을 죽인 미군들은 침을 꼴깍 삼켰다. 그때 갑자기 우물가 헛간에서 갓난아기의 울음소리가 정적을 깼다. 마치 산속의 적요를 깨트리고 이파리가 하나 살랑살랑 떨어져 내려오듯 그 소리는 엄청난 무게로 다가왔다. 미군들은 다시 일제히 총을 겨누고 헛간으로 향했다. 주변의 농가는 폭격으로 완전히 불타버렸고 우물가 헛간만 온전하게 동그마니 남아 있었다. 헛간 주변에는 폭격하며 뿌린 휘발유로 얼룩져서 역한 냄새가 코를 찔렀다. 헛간 언저리의 모든 집들은 이 휘발유로 인해 불이 붙어 모두 재로 변한 상황이었다. 그 숨 막히는 정적을 뚫고 잠시 그쳤던 아기의 울음소리가 다시 들렸다. 잿빛 하늘을 이고 하얗게 눈으로 뒤덮인 산야를 뒤흔드는 우렁찬 울음소리였다. 여전히 총구를 헛간에 들이댄 채 저들은 아기의 울음소리가 나는 헛간 안으로 들어갔다. 여차하면 방아쇠를 당길 긴장감이 감돌았다. 그 순간 그들의 눈에 들어온 것은 휑하니 비어 있는 헛간에 지푸라기가 흩어져있고 여기저기 숭숭 뚫린 흙벽으로 겨울의 찬바람이 횡횡 스며들고 있었다. 거기에 한 여인이 실오라기 하나 걸치지 않고 맨몸을 드러낸 채 아기를 감싸안고 앉아 있었다. 아기는 어미의 속옷까지 몽땅 둘둘 온몸에 휘감고 엄마의 품안에 안겨 있었다. 엄마는 동태처럼 얼어서 죽었으나 아기의 뺨은 발그레했다. 아기는 얼어붙은 어미의 젖을 물고 힘껏 빨다가 젖꼭지를 놓고 서럽게 울어댔다. 여자의 젖가슴은 젖먹이를 둔 탓인지 작은 몸집에 비해 풍만했다. 어미의 내복까지 심지어 목도리까지 아기의 전신은 전부 엄마가 벗어준 의복으로 둘둘 싸여 있었다.

"오 마이 갓!"

맨 앞에 섰던 마이클 소위가 아기를 안고 얼어 죽은 어미 앞에 무릎을 꿇고 앉았다. 다가선 미군들은 모두가 총으로 팍 쏴버릴 자세였다. 그중 한 사람이 거칠게 나댔다.

"쏴버려요. 어서 빨리 죽여버리자니까요."

바로 방아쇠를 당길 태세였다.

"맞아요. 편히 엄마 품에 안겨 죽게 쏴버려요."

마이클 소위가 머리를 흔든다.

"어미가 자기 생명을 내주고 살려낸 아기야."

그러자 다른 미군들 모두가 신경질적으로 웅성댄다.

"우리가 사느냐 죽느냐 하는 후퇴상황에서 갓난아기가 문제에요? 또 누가 아기를 돌봐요. 죽여버려요. 어서 쏴버려요."

사뭇 거센 항의가 쏟아진다.

"맞아요. 쏴 죽여버려요. 더 지체하면 우리가 죽어요. 우리도 죽어나자빠지는 전쟁터에서 갓난아기쯤이야."

적요를 뚫고 날카로운 금속성의 장전신호가 들린다. 바로 총알이 아기의 머리를 관통하려는 순간 마이클 소위가 고함을 쳤다.

"스톱, 스톱!"

순간 팽팽하고 어색한 긴장감이 감돌았다. 둘러선 미군들의 얼굴에선 연민의 정을 조금도 찾을 수 없이 살기가 등등했다.

마이클 소위가 어미의 품안에서 아기를 앗아 품에 안았다. 어미는 깎아 세워둔 얼음기둥처럼 아기를 빼앗기자 헛간 바닥에 툭 쓸어졌다. 아기는 마이클 중위의 가슴에 안겨 방긋 웃었다. 새끼손가락을 아가의 입에 물려주니 힘차게 빨았다. 아기의 생명력이 전해주는 온기와 손가락을 빠는 힘찬 흡인력으로 인해 마이클 소위의 전신에 소름이 깔렸다.

그때 올려다 본 하늘은 무겁게 내려앉은 음울한 회색빛이었다. 짙은 안개로 옷을 두껍게 껴입은 무거운 하늘이 사위를 찍어 누르고 있었다. 게다가 흰 눈이 덮인 여기저기에 죽어 넘어진 피난민들의 시체와 소름 끼칠 만큼 흩뿌려진 새빨간 핏자국으로 인해 지옥의 초입에 이른 것처럼 으스스했다. 왜 이런 전쟁을 해야 하는가 하는 아픔과 흰 눈을 뒤집어쓴 쓸쓸한 산야와 하늘이 주는 음울함에 숨을 쉬는 것조차 거북살스러웠다. 그런 가운데서도 가슴에 안겨 꼼틀거리는 어린 생명에서 진한 슬픔과 함께 소망이 어른댔다.

"내가 책임진다. 내가 안고 후퇴한다."

그는 동태처럼 얼어 죽어 뻣뻣한 아기의 벌거벗은 어미를 부하들과 함께 꽁꽁 언 땅을 겨우 파서 야산에 묻어주고 나중에 찾을 수 있는 나무비석 하나를 세워놓고 아기를 안고 퇴각했다.

그 뒤에 아기는 부대에서 행운의 마스코트였다. 우유를 잘도 먹었고 크면서 볼도 팽팽해지고 까르르 웃기도 잘해서 전쟁의 공포에 질린 모든 병사들에게 큰 위로가 되었다. 부대에서는 열두 살 난 하우스 보이를 황이라고 불러서 이 아기도 자연스럽게 황이란 성을 붙여서 하워드 황이라고 부르게 되었다.

마이클 소위는 아기를 자신의 호적에 올려 양아들로 삼았고 아기 엄마의 무덤도 경기도 근교라 나중에 찾아가서 흙을 깊이 파고 묻었으며 봉분도 도톰하게 잘 만들어 돌비석도 세워주었다.

아버지의 이야기를 들으면서 두 사람은 묘지를 등지고 광활하게 펼쳐진 산야를 바라보며 앉아 있었다. 뉘엿뉘엿지는 해가 하늘을 온통 푹 익은 망고 빛깔로 물들이고 있었다.

하워드는 한국동란이 터졌던 15년 전 추운 겨울 전쟁의 와중에 어린 자식을 살리려고 자신의 옷을 몽땅 벗어주고 나체가 되어 얼어 죽어간 엄마의 모습을 떠올려보았다. 갓난아기인 아들을 살리기 위해 영하의 추위에 실오라기 하나 걸치지 않을 정도로 옷을 몽땅 벗어 아기를 덮어주고 얼어 죽은 어머니. 이 세상에 이런 사랑을 받은 자식이 있었던가! 자식을 위해 목숨을 버린 그런 자랑스러운 어머니를 그는 까맣게 잊고 있었으니 얼마나 못된 자식인가! 더구나 생명을 주고 떠난 그 놀라운 사랑 앞에서 정신을 차리지 못하고 방황하면서 자신의 살갗이 부끄럽다고 투덜대고 눈알의 빛깔을 불평하고 얼굴빛이 백인이 아닌 걸 감추려고 얼마나 비겁할 정도로 몸을 낮추고 살았단 말인가. 백인일색인 부촌에서 아이들의 놀림은 기막힐 정도로 아주 심했다. 중국 놈, 일본 놈이란 멸시를 받으면서 언제나 주눅이 들어있었다. 자신의 생명을 깡그리 내줄 만큼 사랑을 베푼 위대한 어머니를 두고도 어머니의 피와 어머니의 민족을 창피해한 자신이 너무나 밉고 부끄러웠다.

하워드는 질금질금 울다가 나중에 통곡했다. 울창한 숲이 폭풍에 흔들리듯 마음이 걷잡을 수 없이 출렁거렸다. 양아버지의 따뜻하고 두툼한 손이 그의 등을 쓰다듬는다. 나중에는 터져 나오는 울음을 주체 못하고 봉분 위에 전신을 던지고 둥근 무덤의 꼭대기를 어머니의 얼굴을 만지듯 쓰다듬으면서 가을의 저녁 하늘이 찡 울리도록 긴 울음을 토해냈다.

가만히 다가온 마이클의 손이 아들의 등을 껴안는다.

"넌 위대한 어머니를 가졌다."

눈물로 벌게진 눈을 들어 하워드는 아버지를 향해 확신에 차서 외쳤다.

"이제야 아버지가 늘 강요하시던 말씀을 깨달았어요. 절 낳으신 어머님이 바로 예수님이에요. 그렇지요?"

양아버지가 의아한 표정을 짓다가 아들의 심정을 알아차리고는 가만히 머리를 끄덕였다.

"십자가의 사랑을 이제야 깨달았어요. 예수님의 십자가

사건이 이제야 이해가 되요. 아버지가 그동안 수없이 설명해주어도 어렵던 그 말뜻을 이제야 알겠어요. 예수님이 바로 제 어머니에요. 절 살리려고 돌아가셨어요."

그렇게도 믿기지 않았던 십자가 사건이 번갯불처럼 그의 뇌리를 스치고 지나가면서 앞이 훤히 보였다. 눈물에 젖은 얼굴을 하늘을 향해 돌리고 확신에 차서 외치는 아들의 말에 양아버지는 감격하여 머리를 크게 끄덕였다.

하워드 황은 흐느끼면서 자신이 입고 있는 잠바를 벗어 무덤 위를 덮으면서 살아 있는 사람의 몸을 쓰다듬듯 어루만졌다.

"절 살리려고 돌아가시던 날 어머니는 얼마나 추우셨어요?"

미국 땅에서 하워드는 물 위의 기름처럼 돌고 있었지만 실은 한쪽 발은 아시아 대륙에 다른쪽 발은 북아메리카 대륙에 딛고 선 엄청난 존재라는 생각에 이르렀다. 다른 사람들은 한 대륙만 딛고 서 있지만 그는 양쪽 대륙에 발을 딛고 서 있으니 엄청난 문화와 토양을 양손에 거머쥐고 있는 셈이다. 그때 용솟음치는 힘은 가히 다이너마이트와 같은 폭발력으로 다가왔다.

퍼뜩 피스모 비치의 모나크 나비들의 날갯짓이 눈앞을 스쳤다. 좁은 지역에 갇혀 사는 다른 나비들의 답답함을 벗어나서 공중으로 높이 날아올라 북미와 남미를 오가며 멀리 볼 수 있고 넓게 볼 수 있는 시야를 지닌 엄청난 존재인 모나크 나비들이 앞에서 화려한 날개를 펄럭거렸다.

　피스모 비치에서 조금 떨어진 San Luis Opispo에 위치한 대학은 조경학으로 유명하다. 그 도시는 매주 목요일마다 농부의시장이 열린다. 이 시장은 모나크 나비고객으로 그 지역 대학생이 주축을 이룬다. 하워드 황은 거의 매주 이 시장엘 들렸다. 거기에 가면 마치 불란서 파리 언저리의 농촌마을에라도 들린 듯하다. 유럽풍 스타일로 꾸며놓은 난전마다 푸짐하게 먹을거리로 넘쳤다. 확실히 미국사람들은 유럽문화에 대하여 향수를 지니면서 열등의식을 지니고 있다. 농부들이 파는 과일과 채소전을 둘러보고 저녁을 사먹은 뒤에 유럽의 한 모퉁이를 도는 기분으로 한 바퀴를 둘러보는 것이 그의 오랜 습관이었다. 여기서 조경학을 공부하러 온 한국유학생을 만났다. 어깨까지 늘어진 검은 머리에 까만 눈동자를 지닌 여학생과 마주쳤을 적에 호흡이 멎는 듯했다. 마치 죽은 어머니가 환생한 것이 아닌가 하는 착각이 들 정도였다. 하워드는 이 여학생과 두 해를 교제한 뒤 결혼했고 아내를 통해 한국말을 배웠으며 김치와 된장 맛을 알게 되었다.
　하워드는 매년 휴가를 받아 한 번씩 한국에 간다. 발길을 잡아끄는 상처와 상실의 장소에서 재충전을 한다. 아마도 이래서 하워드처럼 모나크 나비들도 해마다 멕시코로 가는 모양이다. 그들의 조상이 선택한 똑같은 장소에 가서 재충전을 하려고 말이다. 모나크 나비들은 여름 동안 캐나다와 미국 동서부 지역에 넓게 퍼져 살고 있다가 기온이 떨어지기 시작하는 가을에 겨울을 나기 위해 멕시코 중부로 날아간다. 이 나비들은 매년 4세대에 걸쳐 번식을 한다. 제1세대는 늦은 4월에 남쪽에서 태어나 서서히 북쪽으로 날아가면서 번식한 뒤에 죽는다. 이어 북쪽으로 향하는 도중 두 세대들이 태어나고 또 번식하고 죽는다. 3세대까지의 나비들은 2주에서 5주까지 사교미를 하는 것으로 알려져 있다. 신기한 일은 가을에 태어난 4세대의 나비들은 수명이 가장 길어 8개월 동안 살 수가 있다. 이 4번째 세대의 나비들이 바로 대고증조부들의 고향인 멕시코의 겨울 집을 향해 장거리여행에 나선다. 남쪽으로 여행하여 멕시코에 도착한 4번째 세대 나비들은 작년에 이곳을 떠난 나비들이 아니다. 지구의 반 바퀴 거리를 날아온 나비들이 도중에 세대교체를 4번이나 하면서 겨울을 나기 위해 대고증조부가 앉았던 똑같은 나무로 어떻게 해서 돌아오는지 이건 자연의 기적으로 불가사의한 일이고 풀지 못하는 수수께끼에 속한다. 모나크 나비들이 멕시코 중부의 오야엘 숲까지 오는 거리는 서울에서 부산까지의 거리를 8번 오갈 수 있는 거리라고 한다. 하루에 150km를 날아가는 모나크 나비들은 개체수가 많으면 7천 마리까지 무리지어 모인다.

해마다 그는 어머니의 무덤에 와서 한국사람들이 조상

을 섬기듯 무덤 위의 풀을 깎아주고 매만졌다. 다른 직원들은 모두 여름휴가를 보내지만 하워드 혼자만이 가을휴가를 받아냈다. 그 이유는 국화꽃이 만발한 한국의 산야와 무덤에 수북하게 자라 오른 마른 풀냄새에서 어머니의 몸 냄새를 맡을 수 있기 때문이다. 산소의 나이만큼 한 자리를 줄곧 지키면서 고목이 된 한 그루의 소나무도 산소의 보디가드처럼 정겨웠다.

여길 매해 다녀가야 하워드 황은 힘이 솟는다. 마치 옛사람을 버리고 새사람을 입는 기분이다. 헌옷을 벗어던지고 새 옷을 입는 기분이라고 할까. 살맛이 나고 살아야 할 이유를 깨닫게 된다.

솔직히 고백하지만 전쟁도 없고 먹을 것이 넘쳐흐르고 평화로운 캘리포니아의 산 언저리에 사는 것은 너무 잔잔한 삶이라 풍요로운 감옥과 같다. 이런 식상하고 지루한 삶에서의 유일한 해독제는 태평양을 넘어가서 어머니 산소를 찾는 일이었다. 어머니의 무덤가에 자리잡은 늙을수록 기품을 지닌 소나무 밑에 앉아 멀리 앞에 펼쳐진 산야를 바라봐야 가슴에 힘과 평안이 차오른다.

북미에 추위가 닥쳐와 화씨 55도가 되면 모나크 나비는 날개의 힘살이 작동하지 못하게 된다. 날씨가 따뜻해야 그들은 왕비처럼 10cm가 넘는 화려한 날개를 펄럭이며 꿀을 빨아먹으려고 꽃 위에 내려앉을 수 있다. 세상에서 유일하게 철새처럼 추위를 피해 멕시코로 날아가는 모나크 나비들은 체내 시계와 태양의 각도를 감지할 수 있는 태양나침판이나 지구자장을 따라 이동하는 것이 아닐까. 나비란 곤충의 본능 이외에는 아무것도 없기 때문이다. 창조주가 나비 우두머리에게 슈퍼칩을 넣어준 것이 아닐까. 수백 마리가 포도송이처럼 혹은 작은 구름처럼 하늘을 수놓으면서 날아가는 모습은 철새 무리처럼 사람들의 눈길을 끌지 못하고 있다.

아무래도 소영을 데리고 한국엘 다녀와야겠다는 마음이 들었다. 양아버지가 그에게 했었던 것처럼 딸에게 해주는 것이 마땅히 거쳐야 할 이 가정의 통과의례가 될 것이기 때문이다. 마치 모나크 나비가 해마다 본향인 멕시코로 돌아가듯 소영도 아빠와 함께 태평양을 넘어 육신의 본향으로 가야한다. 어쩔 수 없이 하워드도 소영을 데리고 양아버지가 했던 것처럼 한국으로 향했다. 해가 갈수록 한국은 세계적인 국가로 급부상하고 있다. 처음 양아버지를 따라 김포공항에 내렸던 60년대 모습은 이제 찾을 수 없다. 인천공항은 규모도 컸고 외양으로는 미국의 어느 공항보다 더 화려했다. 고층건물도 그러했고 한강가를 잘 다듬은 경관도 장관이었다. 시원하게 뚫린 고속도로는 캘리포니아에 비해 월등하게 매끈하고 화려했다. 야산에 납작하게 자리잡은 어머니의 산소는 대를 이어가면서 맞아들일 핏줄들을 강력한 영혼의 자력磁力으로 잡아끌 것이다.

소영과 공항버스를 타고 예약해두었던 명동의 호텔에 짐을 풀었다. 저녁을 먹기 위해 아버지와 딸은 밖으로 나왔다. 물밀 듯 스치고 지나가는 사람들 속에 끼어들어 하워드는 딸의 표정을 살폈다. 본향에 돌아온 멕시코의 오야웰 숲속의 나비들처럼 화려한 날갯짓을 하고 있는 나비떼 속에 끼어들어 부녀는 날개를 너울거리고 있었다. 소영은 가게에 들어가 현란한 색깔의 스카프를 사서 목에 두르고 눈부시게 반짝이는 인조보석들이 박힌 큼직한 머리핀을 사서 긴 머리를 뒤로 묶어 꽂았다. 화사한 넥타이를 사서 소영은 아버지의 목에 걸어주기도 했다. 어둠이 짙어질수록 밤을 장식하는 명동의 네온사인 속엔 수천 마리의 화려한 색깔을 자랑하는 호랑나비들이 떼를 지어 너울거렸다. 영롱한 오렌지색과 적갈색으로 떼를 이뤄 대장관을 이루는 호랑나비들이 두 사람의 날갯짓에 함께 아우러진다. ✱

— 2011년 5월 『펜문학』

손자의 등

ㅅㅗㄴㅈㅏㅇ ㅡㅣ ㄷㅡㅇ

밤 8시지만 이곳 나성의 늦가을은 아직도 한낮처럼 사방을 또렷하게 볼 수가 있다. 검은 바탕에 자잘한 치자색 꽃무늬가 만발한 헐렁한 바지에다 들국화색의 얇은 카디건을 걸치고 개성댁은 완만한 비탈길을 오르기 시작한다. 급경사가 아니건만 이런 정도를 걷는 것도 힘들어 헐떡거리고 있다. 이 모두가 나이 탓이라고 생각하면서도 괜스레 코끝이 쌩하니 매워진다.

그래도 노인 아파트가 아들네와 도보 거리에 위치해 있다는 점이 큰 위로가 되었다. 손자 인동이가 귀가하는 시간은 언제나 밤 9시 전후이니 그때쯤이면 사위가 깜깜해지고 외등을 밝히는 시간대이다. 아들네의 현관이 마주 보이는 건너편 집 울타리에 줄이어 심어진 하와이 국화 옆에 몸을 숨긴다. 손자의 옆얼굴과 바위처럼 듬직한 등을 곁눈질하여 한 번 보고 가면 된다. 손자가 오늘 하루도 무사히 대학교에 다녀왔음을 확인하면 개성댁의 일과가 끝나는 셈이다. 손자의 등이 현관문을 닫고 들어서는 순간 개성댁은 천천히 숨어있던 하와이 국화 울타리에서 나와 오를 적보다는 월등하게 쉬운 비탈길을 내려와서 노인 아파트의 2층 잠자리에 들면 된다.

아침식사로 감자 두 개를 삶아 바나나 하나를 곁들여 먹고 난 뒤 개성댁은 동네 뒷산에서 주워온 도토리묵 가루를 꺼냈다. 이건 손자 인동을 먹일 욕심에 작년 늦가을 뒷산에서 주어온 도토리를 손톱 밑이 진물도록 껍질을 까서 물에 이틀이나 담가 수시로 물을 갈아 부어 준비한 것이다. 쓴물을 완전히 우려낸 도토리묵 가루에 적당량의 물을 붓고 쫀득쫀득하게 묵을 쑤면 된다. 나이 탓인지 이마 위로 땀방울이 송골송골 맺혔다. 인동이 세 살 적에 어미를 잃고 밤새 울어대면 도토리묵으로 달래는 밤이 많았었다. 다른 음식은 다 손사래를 치면서도 참기름에 왜간장을 넣어 무친 도토리묵은 덥석덥석 받아먹으면서 울음을 그쳤었다. 도토리묵은 손자 인동이 가장 좋아하는 음식이다. 개성댁이 노인 아파트로 이사 오기 전까지는 일주일에 두어 번씩 도토리묵무침을 저녁 식탁에 올려 맛나게 먹는 손자의 얼굴을 보는 일이 그녀에겐 큰 기쁨이었다.

이날 저녁은 두 시간을 하와이 국화 울타리 옆에서 기

다렸는데도 손자 인동은 나타나질 않는다. 싸가지고 온 도토리묵무침 그릇을 연신 쓰다듬었다. 너무 시간이 오래 가면 참기름 간이 흠뻑 배들어 묵이 짭조름해지면 맛이 덜할 터인데 하는 걱정이 앞섰다. 지금까지 이런 일은 없었다. 언제나 손자의 귀가시간은 시계처럼 정확했다. 시계를 차고 오지 않아서 정확한 시간을 알 수 없지만 거의 자정이 되어가는지 쪼그리고 앉은 다리가 저려서 이따금 비척비척 일어나 비탈 아래쪽을 내려다보았다. 부촌이고 외진 동네라 개성댁의 이런 행동을 지켜보는 사람은 없다. 다행이 아들네와 큰 길을 사이에 두고 나란히 자리를 잡은 백인 할머니 집은 하와이 국화 울타리를 두르고 뒷산을 등에 지고 있어서 오가는 차도 거기까지는 올라오지 않는다.

이 나라의 역사보다 더 나이를 먹은 거목의 상수리나무들이 뒷산을 뒤덮고 있어서 개성댁을 감시하는 사람은 더더구나 없다. 자정이 넘었는지 외등도 졸음을 이기지 못하고 몽롱하게 뭉그러진 흐릿한 빛을 토해낸다. 긴 하품을 하고 난 개성댁은 아무래도 손자가 사고라도 당했나 싶어 아들네 초인종을 누를까 하다가 그만둔다. 대학에 들어갔으니 친구들과 어울리다 보면 이렇게 늦을 수도 있을 터이니 말이다. 더구나 인동은 처녀가 아니라 사내 녀석이니 그럴 수도 있을 터이다.

문득 15년 전에 죽은 며느리 얼굴이 앞을 스친다. 아들네 초인종을 누르는 짓은 하지 말아야 할 일이다. 이 나이에 침묵이 제일이고 없는 사람처럼 뒤에 숨어 있어야 한다. 자식하고 어울려 살자면 입을 다무는 일이 제일 좋은 방법이라는 사실을 터득한 것은 며느리의 죽음 때문이었다.

초등학교 교사였던 개성댁이 미국의 아들 집에 온 것은 순전히 아들과 며느리의 끈질긴 설득 때문이었다. 말도 설고 문화도 낯선 남의 땅에 절대로 가지 않겠다고 끝까지 밀어붙이지 못한 걸 후회하지만 이제는 땅바닥에 쏟아진 물이다. 다시 그 물을 주워 담을 수는 없다. 소방대원이었던 남편이 대형화재 현장에서 사고로 죽고 세 살 난 아들 하나를 길러냈다. 다행히 초등학교 교사자격증을 가진 처지라 꾸준히 학교에서 시간을 보내고 여름방학과 겨울방학에는 아들하고 둘이서 여행도 다녔다. 그 아들이 미국유학을 가서 시민권자인 처녀와 사랑을 하게 되었고 결혼을 하여 임신을 하고는 손자 인동을 낳자 들어오라고 난리였다. 며느리는 이곳의 좋은 대학을 나와서 변호사 일을 하는데 아기 때문에 들어앉을 수 없는 처지이니 베이비시터로 들어와달라는 요구였다. 무척 망설였으나 아들 한 사람을 위해 젊은 과수로 일생을 살았으니 이것도 참자하면서 미국이민 길에 오른 것이 이 지경에 이르렀다.

미국에서 태어나고 일류대학 교육을 받아 전문직인 변호사가 된 며느리는 너무 똑똑해서 도저히 비위를 맞출 수가 없었다. 거대한 태평양을 사이에 둔 두 나라의 거리만큼 가치관과 인생관이 다르고 문화도 차이가 나서 자신의 일 때문에 아기를 기르지도 못하면서 사사건건 참견이 많았다. 우유병이나 아기가 가지고 노는 장난감에 균이 붙었다고 안달을 하고 시간제로 오는 파출부가 잔소리가 심한 시어머니 때문에 일을 못 하겠다고 며느리에게 사사건건 고자질하는 바람에 그 일을 놓고 늘 투덕투덕 의견 충돌을 했다. 착해 빠진 아들은 이러는 아내와 어머니 사이에서 죽을상이 되었고 개성댁으로서는 갈 곳도 없는 남의 땅, 이역만리에 와 있어서 그야말로 버려진 외톨이 신세가 되어버렸다. 며느리의 잔소리에 참지를 못하고 한마디 한 뒤에 나와버리면 갈 데가 없어 혼자서 뒤란에 하염없이 앉아 있던 적이 셀 수 없이 많았다. 그렇게 앉아 있을 수 없을 정도로 가슴이 울렁대면 집 앞으로 반듯하게 뚫린 길을 따라 걷다가 다시 그 길을 따라서 집으로 돌아오는 수밖에 없었다. 길을 잃으면 영원한 미아가 될 것이 두려워서이다. 밤늦게 풀이 죽어 들어서는 개성댁을 향해 미욱스러운 아들은 우겨 싸여 몰매를 맞은 듯 애매한 얼굴을 했다. 언제나 어미를 안쓰럽게 바라보면서 입을 다물라고 검지를 입술 위에 세우는 것이 고작이었다.

　그냥 한국에 살았다면 퇴직을 하고 매달 나오는 연금만

으로도 넉넉하게 노후를 보낼 수 있고 아들과 며느리를 그리워하면서 사랑을 쌓을 수 있었을 터인데 이렇게 함께 산다는 것은 아무리 생각해도 생지옥이었다.

자연히 시간이 흐르면 해결될 그런 정도가 아니었다. 이제 며느리는 아예 시어머니를 다시 한국으로 내보내라고 아우성이었다. 사건의 발단이 되었던 그날 아침도 밥상을 앞에 놓고 언쟁이 벌어졌다. 며느리는 언제나 아침으로 커피 한 잔이면 족했다. 그러나 개성댁은 아침으로 밥을 먹어야 힘이 나서 하루 종일 손자 인동을 돌볼 수가 있었다. 그것도 며느리가 차려주는 밥상이 아니고 손수 끓여서 먹는 것인데도 많은 사람을 대할 자신의 옷에서 역겨운 된장찌개와 김치냄새가 밴다고 구시렁거리기 시작했다. 그것도 노골적으로 눈이 꼿꼿해지더니 신경질을 내는 바람에 개성댁은 참다못해서 밥상을 걷어차버렸다. 상아빛 타일 바닥 위에 그릇이 떨어져 깨어지는 소리에 손자가 질겁해서 악을 쓰면서 울어대고 며느리는 아기를 안고 맞고함을 치면서 집 안은 아수라장이 되었다.

"어머니가 이러시면 제가 힘들어요."

"넌 어떻게 이렇게 바보처럼 사느냐. 여북 못났으면 아내를 다스리지 못하고 바보처럼 굽실거리면서 사니. 이게 결혼생활이냐. 내 눈엔 네가 노예처럼 보이는구나."

그러자 며느리가 끼어들었다.

"내가 아니었으면 저 사람 이렇게 살 수 없지요. 제가 시민권자이기 때문에 남편의 신분(status)을 확고하게 만들어 미국에서 살 수 있게 했어요. 또 이렇게 좋은 집에 부족함이 없이 사는 것은 전부 저 때문인데 뭐가 어쨌다는 건가요. 전 정말 억울해서 살 수가 없어. 엉엉……."

출근하지도 않고 아침 내내 어깃장을 놓던 며느리는 뭐라고 영어로 악을 쓰면서 남편을 향해 소리를 지르는 폼이 발작에 가까웠다. 미추를 초월해서 아무리 며느리를 좋게 보려 해도 날카로운 이빨을 지닌 들짐승과 같았다. 조금만 손을 내밀면 칼날에 다쳐 피가 뚝뚝 흐를 정도로 근접하기 어려운 찬바람이 휙휙 휘감기는 상대였다. 여직 세상살이를 하면서 이런 여자는 처음 본다고 고백할 지경이었다.

"어머니, 제발 입을 다무세요. 저 사람 성격이 저래요. 공부를 많이 하느라고 스트레스를 그간 엄청 받았나 봐요. 남의 땅에서 남의 언어로 공부를 해서 변호사가 되기까지 얼마나 힘이 들었으면 저렇게 되었겠어요. 어머니가 이해해주세요."

"자고로 여자란 남자와 한 몸을 이뤄야 하는 법인데 넌 여자와 합치지를 못하고 외로운 한 방울 기름처럼 떠도니 이 결혼이 얼마나 가려는지 모르겠다."

시간이 흐를수록 갈등의 괴리는 골이 깊어만 갔다. 그나저나 개성댁은 아들을 위해 아예 입을 다물기로 결심했다. 며느리와 말을 않고 한 달을 지낸 금요일부터 연휴가 시작되었다. 5월 말 메모리얼 황금연휴가 오자 어쩔 수 없이 온 가족이 함께 며칠간 얼굴을 맞대고 지내야 한다. 며느리의 입술이 연휴를 맞아 쑥 튀어나오고 뱁새눈을 뜨는 꼴이 마음이 편안치 않고 싫어서 죽겠다는 얼굴이다. 그래도 아들은 이런 기회에 어머니와 아내를 화해시킬 목적도 있어 얼렁뚱땅 아내의 비위를 맞춰서 어쩔 수 없이 함께 유명한 팜 스프링(Palm Spring)온천으로 가족여행을 떠났다. 이곳은 세계적으로 알려진 명소로 일 년 내내 유럽에서 많은 관절염 환자나 노인들이 모여드는 곳이다. 방 둘을 나란히 얻어서 개성댁은 손자 인동을 데리고 묵고 아들 며느리는 옆방에 기숙하게 되었다.

팜 스프링은 나성에서 자가용으로 3시간 거리다. 사막 지역에서 그것도 땅속으로 푹 꺼진 지형에서 나오는 뜨거운 물이라 먹어도 좋고 특히 피부에도 좋다고 한다. 남녀가 수영복을 입고 함께 물에 들어가는 곳이다. 개성댁도 아들이 사온 하늘색 수영복을 입는 것이 못내 부끄러워 한낮은 피하고 주로 밤에 나가 뜨거운 물에 몸을 담갔고 낮에는 아들 내외가 쉴 수 있도록 손자 인동을 데리고 아가들을 위한 얕은 물웅덩이에서 손자를 튜브에 태우고 촐싹거리고 있었다.

5m 정도 떨어진 풀장에서 갑자기 수런거리는 소리가 들리더니 앰뷸런스가 오고 떠들썩했다. 개성댁은 인동을 안고 어릿거리면서 소란한 수영장 쪽으로 머리를 돌렸다.

"아악! 여보, 왜 그래."

이건 분명 아들의 목소리였다. 아들의 울부짖음이 공해가 없어 맹하도록 깊은 팜 스프링온천의 파란 하늘 속으로 여운을 남기면서 빨려 들어갔다. 개성댁은 세 살 난 인동을 안고 아가용 풀에서 뛰어나와 성인수영장으로 달려갔다. 물에서 건져 올린 며느리를 눕혀놓고 구급대원들이 인공호흡을 하고 있고 사람들이 웅성거렸다. 백납처럼 하얀 며느리의 얼굴이 보이고 울타리를 이루고 둘러선 사람들 한가운데 며느리는 온몸을 쫙 펴고 널브러져 있다. 입과 입을 맞대고 호흡을 살려내려고 안간힘을 쓰는 현장이 긴박하게 눈에 들어왔다. 며느리의 배를 타고 앉은 건장한 흑인 남자의 이마 위로 굵은 땀이 뚝뚝 떨어져서 며느리의 볼을 적셨다. 개성댁은 입을 딱 벌리고 그저 멍청히 서 있었다. 갑자기 인동이 자지러지게 우는 바람에 정신이 돌아온 개성댁은 머리 끝까지 흰 천을 덮은 며느리의 시신이 앰뷸런스로 운구 되는 장면을 대형 스크린의 영화를 보듯 그저 멍청하게 바라볼 뿐이었다. 며느리의 시신이 사라진 텅 빈 길 위로 빛살 다발이 머리가 휑하도록 쏟아져 내렸다.

며느리의 사인은 심장마비였다. 성품이 워낙 괄괄하고 팔팔해서 죽음도 그렇게 갑자기 덮쳐 활활 타다가 재가 되는 가랑잎처럼 가버렸다. 성품 탓에 급하게 깊은 곳으로 헤엄쳐간 것이 문제였다. 수영장 물이 얼음처럼 차가운 데다가 준비운동도 없이 뜨거운 온천에 담근 몸을 그냥 내던졌으니 사고는 예상했던 일이었다.

며느리가 그렇게 허망하게 가버리자 개성댁은 이 집안의 모든 일을 도맡아 해야만 했다. 손자 인동이도 개성댁의 몫이었고 그간 며느리가 유창한 영어로 부리던 수영장 관리인이나 잔디 깎는 사람에게 돈을 지불하는 일까지 개성댁의 몫이었다.

밤새 손자 인동이 얼마나 젖을 빨아대는지 가슴에 달라붙은 축 늘어진 젖에서 뽀얀 젖이 나올 정도였다. 밤마다 어미 품에서 맡았던 냄새와 비벼댔던 어미 살갗이 그리워 울어대는 인동을 등에 업고 밤을 꼬박 밝히는 일이 힘든 것이 아니라 퇴근하면 아무 말없이 입을 옥다물고 안방으로 들어가버리는 아들이 문제였다. 방문을 열어보면 뒤통수에 깍지를 긴 채로 침대 위에 벌렁 누어 천장을 향해 눈만 멀뚱거리는 아들을 보는 것도 애간장을 다 녹였다. 자식이란 짝을 찾기 전 둥지 안에 있을 적에 살갑지 이제 짝을 먼저 보내고 머리를 외로 꼬고 있는 꼴을 보는 나날도 개성댁을 우울하게 만들었다.

"이제 고만 재혼해야 되지 않겠니?"

"아직."

툭 내뱉는 한 마디가 전부였다. 그리고 얼굴을 벽으로 향하여 곧바로 등을 돌려버린다. 그 모양이 마치 어머니로 인해 아내가 죽은 거라는 암시를 주는 듯해서 괜스레 가슴이 철렁 내려앉기도 했다.

개성댁에게 손자 인동은 인생의 전부였다. 며느리 자리를 메우기 위해 세심한 관심과 사랑을 주기도 하지만 한글을 열심히 가르쳤다. 너는 한국계의 미국인(Korean-American)이란 말을 머리에 주입시켜서 자신의 정체성을 길러주려고 애를 썼다. 김치와 된장 맛을 익히도록 매일 먹고 한국어를 귀에 인이 박히도록 해주었다. 주말이나 여름방학 내내 아예 한국에 사는 것처럼 전적으로 한국말을 쓰고 한글을 가르쳤다. 해서 한국동화와 역사책을 줄줄 읽을 수 있도록 자신이 가지고 있는 초등학교 교사자격증을 충분히 미국에 와서 손자 인동을 위해 써먹었다.

어미를 일찍 잃었기 때문에 혹시라도 스킨십(kinship)이 부족해서 정서적 장애를 가질 것이 두려워 품에 안고 잠을 재우고 빈 젖을 물려서 정신적 안정을 찾도록 끼고 안고 돌았다. 그래서인지 인동은 잘 자라주었다. 어떤 면에서는 아들이 재혼을 늦게 하는 일이 다행이란 생각도 들었다.

손자 인동이 10학년이 되는 가을에 아들은 재혼할 여잘 집에 데리고 왔다. 전번 며느리는 너무 많이 배운 탓에 시어머니를 못 모셨으니 이번에는 고등학교만 졸업한 여자를 택했다고 했다. 배움이 많으면 아는 것이 많아서 격정도 근심도 더하고 갈등도 더하다는 것이 아들이 내린 결론이었다. 개성댁도 아들의 말에 일리가 있다고 믿어서 공부를 많이 하지 않은 며느리에게 기대를 걸었다. 얼굴이 말상이고 덧니가 두드러져서 고집이 세보였으나 아들이 택한 여자이니 개성댁은 힘껏 섬길 다짐을 했다.

의류상을 하는 두 번째 들어온 며느리는 어느 면에서는 더 힘이 들었다. 가방 줄이 짧다더니 몰라도 너무 몰랐다. 물론 저녁 8시에야 집에 들어오니 피곤하기도 하겠지만 아침에 늦잠을 자고 도대체 아침 밥상을 차릴 자세가 아니었다. 이런 아내에게 아들은 어쩔 줄을 모르고 거실을 빙빙 돌면서 고민을 했다. 부엌에 나와 어머니의 눈치를 보고 안방으로 들어가 늘어지게 자고 있는 아내의 눈치를 보느라고 얼굴에 근심이 가득했다.

하긴 40세까지 결혼을 하지 않고 혼자 산 여자다. 자신의 삶의 리듬이 있을 터이니 이래라저래라 할 수는 없었다. 그래도 전번 죽은 며느리는 배운 며느리라 가끔 시어머니에게 선물도 했고 선심을 쓰듯 용돈도 내밀었는데 이번 며느리는 완전 절벽이었다. 지내고 보니 배운 며느리가 더 융통성이 있다는 생각이 들 정도였다. 전실 자식이지만 인동이 아침에 무얼 먹고 학교에 가는지 전혀 신경을 쓰지 않았고 남편이 아침을 먹는지 시어머니가 무얼 먹는지 그건 전부 남의 일이었다. 매일 아침 남편과 의붓자식인 인동이 출근할 때까지 코빼기도 보이지 않았다. 여전히 개성댁은 아침에 손자 인동의 식사 시중을 들었고 아들의 밥상을 정성껏 차려냈다.

10시가 넘어서야 일어난 며느리의 밥상을 차렸다. 이건 아들을 위한 어머니의 배려였다. 한국사람이니 빵 대신 된장찌개와 밥을 차렸다. 나이트가운을 걸치고 나온 며느리는 밥상을 보더니 상을 째푸린다. 죽은 며느리에게 혼이 났던 개성댁은 이런 며느리의 얼굴을 대하니 몸이 오그라들 정도로 수꿀한 느낌이 들었다.

"이 바쁜 세상에 아침에 밥을 먹는 사람이 미국에는 없어요. 전 다이어트를 하느라고 더구나 밥은 먹지 않아요."

"미국사람은 고기를 매일 너무 많이 먹어서 양돼지처럼 살 찐 사람들이 많더라. 그러나 동양사람은 된장과 김치에 밥을 먹어서 짐승처럼 살 찐 사람은 없다. 너도 고기 먹는 걸 줄이고 이렇게 밥을 먹어라."

"김치된장 냄새가 몸에 배면 장사하는 데 지장이 많아요. 그리고 전 아침에 베이컨에 빵 한 조각 구워서 먹고 오렌지 주스와 커피 한 잔이면 족해요."

그러고는 상에 떡 버티고 앉아 있다. 차려서 바치라는 자세였다. 옴나위없이 당하는 처지라 이걸 어쩌나 하고 개성댁은 잠시 멈춰 섰다. 아들을 위해서라면 이 정도를 못 참아낼까 하는 마음에 베이컨을 지짐판에 굽고 빵을 토스트기에 넣었다. 알 커피를 내리고 주스를 한 잔 따라서 며느리 앞에 대령했다. 목이 말랐는지 며느리는 단숨에 오렌지 주스를 마시고는 시어머니가 차려줄 베이컨과

빵을 기다린다.

참고 순종하고 침묵해야 하는데 개성댁은 가르치던 직업 근성이 살아나서 한 마디 했다.

"피곤하겠지만 아침에 남편이 출근하는 걸 봐야하지 않겠니? 아침식사 시중도 들고 말이다."

그러자 며느리는 상을 째푸리고 개성댁을 쏘아보았다.

"이 나이에 결혼할 적에는 그런 생활하려고 온 것이 아닙니다. 시어머니를 모시고 전실 자식 데리고 살려고 결혼한 것이 아니란 말입니다. 전 그런 시중들고는 못 살아요."

한 마디로 시어머니의 말을 짓뭉개버린다.

"결혼이란 남자와 여자가 한 몸을 이루는 것인데 아내가 남편을 돌보는 것이 당연한 일이 아니겠니?"

"전 그런 잔소리 들으려고 결혼한 것이 아닙니다. 한국도 아니고 미국이란 나라에서 시어머니를 모시고 사는 여자가 어디에 있는지 말해보시라고요. 어머님이 인동을 돌보는 것은 그런 자리에서 당연한 일이지요. 남편이야 자기 일은 다 자기가 하게 마련이니 그냥 놔두세요. 미국이란 나라에서는 남자와 여자가 동등하게 돈을 버니까 남편도 마땅히 부엌에 들어갑니다. 미국은 한국하고 아주 달라요."

개성댁이 그냥 참고 넘어갔으면 좋으련만 울컥 치미는 화를 잠재울 수가 없었다. 아마 이게 혼자 살아온 여자의 성품이라고 할까. 분노를 삭이지 못하고 내쳐 말해버렸다.

"그래 내가 나가주마. 당장 나가주지."

"그러세요. 저도 시어머니 모신 집에 들어오기 싫어요."

개성댁은 자신의 방으로 들어와서 주섬주섬 짐을 싸기 시작했다. 눈물이 줄줄 뺨 위로 흘러내렸다. 일생을 아들을 위해 살아왔는데 이 집을 나가주는 것이 아들을 위한 도리라는 생각을 지울 수가 없었다. 어떻게 해서든지 아들은 이 여자를 붙들고 살아야 한다. 처복이 징그럽게 없다는 말이 나오려는 것을 애써 삼키면서 부모 복 없는 자식에 대한 송구함이 솟구쳤다. 모두가 자신의 잘못이란 생각에 이르자 눈물을 닦고 아들 집을 나갈 준비를 했다. 이렇게 살다보니 여투어둔 돈도 없이 참으로 서럽고 막막했다.

저녁 8시경에 옷장사를 하는 며느리도 들어왔을 터이고 아들은 6시에 퇴근했을 것이니 손자 인동이만 들어오면 되는데 아직도 감감하다. 자정이 지나자 아들이 나와서 현관 밖을 잠시 서성거리다가 들어가버린다.

개성댁은 이렇게 그냥 노인 아파트로 돌아갈 수가 없다. 손자의 귀가를 보지 않고는 도저히 잠을 이룰 수가 없을 터이니 말이다. 지금쯤 개성댁의 침대에 켜놓은 전기장판은 이불까지 따뜻하게 덥혀놔서 그 속에 쏙 들어가면

밤이슬을 맞아 쑤시는 삭신이 금세 팍 풀릴 것이란 유혹이 마음을 심란하게 한다. 노인 아파트로 이사 오는 날, 아들이 신혼방을 꾸미는 심정이라면서 젊은 스타일의 전기스탠드를 사다가 침대탁상을 장식해주었다. 갓 결혼식을 끝낸 신랑각시가 뽀뽀를 하는 앙증맞은 도자기인형으로 장식한 전기스탠드에서는 분홍빛을 은은하게 토해낼 것이다. 침대보도 아들 내외 것을 사면서 똑같은 것을 사와서 노란 바탕에 활짝 핀 모란이 요염한 자태를 한껏 자랑하고 있을 터이다. 마치 20대의 신혼방을 연상케 하는 자신의 노인 아파트를 떠올리며 개성댁은 얼어오는 몸을 부르르 떨었다. 이곳 나성의 늦가을 밤은 사막 날씨라 차가운 바람이 겨드랑이 밑을 파고들었다.

밖에서 오랜 시간을 보내서인지 배도 고팠다. 혼자 사는 살림이지만 식기들도 모두 고급스럽고 예쁜 것들을 사들였다. 비록 마주 보는 사람 없이 혼자 식사를 할 적에도 정성스럽게 제대로 된 식탁을 차리고 먹었다. 가엾게 살아온 자신을 존중하고 잘 대접하고 싶은 마음에서 한껏 외롭지 않으려고 안간힘을 썼다. 식탁 맞은편 의자 위에는 인동이 어렸을 적에 가지고 놀았던 곰 인형을 앉혀놓고 혼자서 중얼대지만 그래도 말을 받아주는 말상대가 되어주었다.

나라에서 주는 돈으로 아파트 값을 내고 먹고 살기는 넉넉했다. 병원비까지 무료이니 정부가 효자였다. 매달아들이 주는 용돈으로는 노인들과 더불어 6개월에 한 번씩 나성 근교를 관광버스를 타고 여행할 수 있었다. 정말로 겉으로 보기에는 팔자 좋은 환경이었다. 그러나 외로움은 돈으로 해결될 일이 아니었다. 사람은 밥으로만 살 수 있는 존재가 아니었다.

잠자리에 들면 바로 잠들지 못하고 두어 시간을 헤매게 된다. 어린 아들을 혼자 힘으로 기를 적에는 직장에서 돌아와 밥을 짓고 집을 치우고 늦게 잠자리에 들면 베개에 머리가 닿는 순간 바로 잠이 들었는데 지금은 머릿속에 온 우주가 들어와 앉아 있다. 과거와 현재, 미래가 뒤엉켜 시공간을 초월하여 펄럭거린다. 이른 나이에 결혼하여 아기를 낳고 남편이 죽고 혼자 살아온 일생이 머릿속에서 대형 디지털화면으로 펼쳐지고 잡다한 생각들이 광풍을 타고 파도처럼 밀려온다.

개성댁이 저녁마다 비탈길을 올라 지켜 서서 손자의 등을 보고야 잠이 드는 일과를 시작한 이유가 있다. 그 내용의 대강인 즉슨 지난 여름에 일어난 엄청난 사건이 개성댁의 머리에서 언제나 집요하게 달라붙어 무섬증을 안겨주기 때문이다. 바로 옆방 할머니가 죽은 사건이다. 그녀는 매일 점심 때면 밥을 싸들고 와서 개성댁과 함께 식사를 했다. 세상에서 제일 못할 일이 혼자 식사를 하는 일이라고 늘 말했던 여자다. 노인 아파트의 노인들은 거개가 앞에 큰 인형을 놓고 혼자서 말을 주고받는 일인이역을 하면서 밥을 먹는다. 이런 친구가 일주일 동안 통 소식이 없었다. 바로 옆방이라 문을 두들기고 전화를 해도 무응답이라 멀리 샌프란시스코에 있는 딸네를 갔나 했다. 아들도 다섯이나 나성 근교에 살고 있으니 아들네에 갔을 거라고 짐작도 했다. 그래도 가면 간다고 연락을 하고 가곤했는데 내심 괘씸하고 섭섭했다.

그러나 그녀의 실종은 얼토당토않게 전개되었다. 보름만에 샌프란시스코에 사는 딸이 와서 개성댁을 찾았다. 통 연락이 닿지를 않아서 이렇게 왔다고 했다. 순간 아찔했다. 매니저와 함께 아파트 문을 따고 들어서니 그 할머니는 목욕을 하고 나오다가 쓰러져서 목욕탕 입구 문지방에 걸쳐 벌거벗고 엎드린 채 숨이 끊어진 상태였다. 나성의 무더운 여름 날씨에 보름이 지났으니 벌써 시신에서 악취가 풍겼다. 죽은 시신 배 밑으로 구더기가 드글드글했다. 그 모습은 가히 공포였다. 입을 열 수도 없었고 숨을 크게 쉴 수조차 없었다. 사람이 가는 것이 이렇게 허망할 수가 있단 말인가.

부엌에는 김치통이 열개나 나란히 놓여 있었다. 배추를 20포기나 사다가 김치를 담근다고 하던 말이 떠올랐다. 아들 다섯이 모두 김치를 사먹는 꼴이 보기 싫다고 구시렁거렸던 걸 왜 기억하지 못했던가. 자식들 모두가 어미의 김치 맛을 죽을 때까지 잊지 않도록 하겠다는 결심을 했다고 말한 적이 있었다. 다섯 통의 배추김치 통 옆에 나란히 다섯 통의 맛깔스러운 갓김치가 담겨있었다. 그러니 그 나이에 노인의 몸으로 무리하게 배추김치와 갓김치 모두 10통을 혼자서 담근 셈이다. 아마도 김치를 담그고 다 싸놓은 뒤에 목욕을 하러 들어갔다가 나오면서 심장마비를 일으켜 쓰러진 모양이다. 그때 사람이 옆에 있었다면 바로 병원으로 옮겨 살았을 터인데 아무도 곁에 없어서 얼마나 살려고 애를 썼는지 화장실 바닥을 손으로 긁어서 손톱 밑에서 흘러나온 피가 타일에 바짝 말라붙어 있었다. 따지고 보면 주체 못할 자식사랑을 거머잡고 담근 김치 탓에 할머니는 돌아가신 셈이다.

그 김치통들을 딸이 집어 들어 거실 바닥에 힘껏 내던져버렸다. 그래도 분이 풀리지 않은 딸은 바닥에 떨어진 통들을 발로 마구 걷어찼다. 다행히 유리그릇이 아니고 한국서 일부러 공수해온 스테인리스 둥근 통들이라 축구공처럼 데굴데굴 구르기만 했다. 딸이 어머니의 시신을 샌프란시스코에서 달려와서 발견한 것이 못내 가슴 아프다면서 울부짖었다. 오빠들이 다섯이나 있고 며느리가 다섯인데 그것도 모두 어머니의 아파트 근처에 살면서도 그렇게 무심했던 피붙이에 대한 고까움으로 딸의 얼굴은 무섭도록 일그러졌다.

죽은 옆방 할머니는 모자를 좋아했다. 외로움을 모자를 수집하여 쓰는 재미로 살았던 분이었다. 머리가 다 빠져

숱이 적은 걸 감추기 위해서도 그랬지만 서리처럼 내려앉은 흰 머리가 창피하다고 늘 모자를 쓰고 다녔다. 하긴 모자를 쓰면 나이를 짐작할 수 없을 정도로 모자의 화려함에 따라 젊어 보일 수 있는 이점도 있었다. 그녀를 따라 모자를 써보라고 권했으나 개성댁은 모자보다 손자에게 더 관심이 많았다. 옆방 할머니가 죽은 뒤에 모자를 모두 꺼내보니 50개도 넘었다. 관에 그 모자를 다 담아 보내는 것이 효도라고 딸은 울면서 50개의 모자를 가슴부터 다리까지 죽 늘어놓아 이불처럼 덮어주고 관 두껑을 닫았다.

이렇게 죽은 옆방 할머니가 밤마다 개성댁을 찾아왔다. 올 적마다 모자를 갈아 쓰고 말이다. 죽기 전에도 하루에 대여섯 번씩 모자를 갈아 쓴 탓일 게다. 손수 뜨개질을 하여 만든 모자도 있고 동네 벼룩시장에서 99센트를 주고 산 것도 있다. 50개의 모자의 역사를 전부 개성댁은 소상히 알고 있었다.

그 뒤부터 개성댁은 혼자 사는 것이 두려워지기 시작했다. 칠성판에 오르기 전에 하루를 살아냈다는 확증이 필요했다. 낮에는 볕바른 양지에 앉아 그 온기로 살지만 밤이면 사람의 훈기가 그리웠다. 살갗이 그리웠다. 서로 마주 앉아 주고받는 대화가 절실했다. 솔직히 고백하자면 옆방 할망구가 그렇게 비참하게 죽어나간 다음부터 개성댁은 그 치유책으로 손자의 등이라도 보려고 이렇게 저녁마다 아들네 현관 앞으로 나들이를 나서는 셈이다.

동녘이 희미하게 밝아올 즈음 개성댁은 쪼그라든 허리를 굼뜨게 천천히 펴고는 엉거주춤한 자세로 큰길로 나왔다. 아들 내외가 잠들어 있는 집을 일별하고는 천천히 인도로 들어섰다.

밤새 내린 이슬로 인해 풀꽃도 촉촉이 젖어있다. 찬찬히 살펴보니 산골짜기에 피어 있을 인동덩굴에 매달린 금은화처럼 생긴 꽃도 있고 적백색 무늬를 지니고 바위 틈에 피어 있는 동자꽃을 닮은 꽃 몽우리도 눈에 띄었다. 이름 모를 꽃들이 집집의 정원마다 그득 피어 있다. 새벽 미명에 들어난 꽃들은 실제보다 더 아름다워 보였다. 겨울에도 꽃이 피는 나성은 천국에 가장 가까운 곳이라고 늘 생각해왔다.

그리고 보니 개성댁의 옷도 밤새도록 내려앉은 이슬로 인해 눅눅해서 전신이 오스스 떨렸다. 이대로 조금만 더 있으면 혼절할 것 같은 기분이 들었다.

갑자기 차가 그녀 옆에 멈추었다.

"아니 할머니가 이 시간에 왜 여기 있어요?"

비탈에 차를 세우면서 인동이 앞바퀴를 비스듬히 꺾는다.

"너 왜 이제 오니?"

"그럼 절 여기서 기다렸단 말인가요?"

"그럼."

"설마 밤새 밖에서 절 기다렸단 뜻은 아니지요."

"……."

차를 현관 앞에 세워놓고 인동이 차문을 열은 채 할머니에게 다가온다. 키가 어찌나 큰지 개성댁을 내려다보는 눈이 송아지의 왕방울눈만 하다. 추위로 오그라든 몸을 인동이 번쩍 안아 올리더니 텔레비전에서나 본 자세로 할머니의 이마에 뽀뽀를 한다. 손자의 입에서는 들치근한 설탕처럼 달콤한 냄새가 난다. 싱싱한 꽃망울처럼 젊음이 넘치는 이런 손자가 싫지 않았다.

"차에 타세요. 모셔다 드릴게요."

"싫다. 걸어간다."

"그럼 제가 업어다드릴게요."

인동이 개성댁 앞에 등을 들이대고 엎드린다. 개성댁은 못 이기는 척하고 손자의 등에 전신을 던진다. 앞가슴에 닿는 손자의 등은 온기가 서려 있다. 바짝 얼어붙은 몸이 손자의 등에 닿자 난로 가에 선 듯 훈훈하다. 살그머니 손자의 목을 끌어안는다. 옛날 소방관이었던 남편보다 더 튼실한 어깨다. 더 듬직한 목이다. 목울대에 큼직한 호두알 크기로 불뚝 튀어나온 것이 개성댁의 손안에 쏙들어온다. 생경스러운 느낌에 전신에 소름이 좍 깔린다. 손자는 어릴 적 자신의 젖을 빨던 아기가 아니고 이제 어엿한 성인 남자가 되어 있었다.

이렇게 늦은 이유를 묻지 않았다. 대학에 들어갔으니 여자친구가 생긴 모양이다. 자기 짝꿍을 찾으면 남자는 부모를 떠나는 법이다. 손자도 이제 개성댁을 떠나려고 바위에 앉아 있는 독수리처럼 비상할 자세를 취하고 있는 셈이다.

"할머니 몸이 왜 이렇게 가벼워요?"

"나이 들면 다 그렇지."

"옛날에 할머니는 거인이라 내가 올려다보았는데 지금은 이렇게 작아졌으니."

"할머니가 작아진 것이 아니고 네가 큰 것이란다."

"할머니 오래 사셔야 해요. 제가 대학을 졸업하고 돈을 벌어 할머니 옷도 많이 사드리고 또 널찍한 밭이 있는 큰 정원이 달린 집을 살 거예요. 거기다 할머니가 좋아하는 고추도 심고 방울토마토도 심으세요. 상추랑 호박이랑 가지, 그리고 들깨를 심으면 참 좋겠지요. 저도 할머니처럼 깻잎장아찌를 좋아해요. 그렇게 우리가 함께 살 집을 살 터이니 그때까지 늙지 말고 건강하셔야 해요. 전 할머니가 농사지은 유기농 채소를 먹고 건강하게 매일 기쁘게 살 거구요. 그게 제 꿈이라 이렇게 열심히 공부하고 있어요. 할머니랑 둘이서 재미있게 살려고요."

아들도 어미와 둘이 살면서 늘 이런 말을 했었다. 대학에 다니는 동안 거의 매일 그런 말을 식탁 가에서 선포하면서 꿈꾸는 듯 행복한 미소를 흘렸었다. 넉넉하지 못하게 사는 것이 괴로웠고 어미가 혼자 먹고살기 위해 고생하는 모습이 민망하고 안쓰러워 마음이 아파서 그랬을 것이다. 지금 생각해보니 아마도 둥지를 떠나서 비상하기 전에는 자식이란 누구나 다 그런 꿈을 꾸는 모양이다.

손자의 등은 정말 안온하고 따스했다. 어린 시절 살았던 개성의 양지바른 뒷산 너럭바위처럼 맹하도록 깊은 평온이 깃들어 있었다. 한낮의 뜨거운 햇살을 듬뿍 받아 달구어진 온돌방바닥처럼 손자의 등은 따뜻했다. 그 시절은 참으로 행복하고 평안이 넘쳤었다. 유년의 숲에 감춰진 너럭바위 위에 사지를 펴고 등을 대고 누워 있을 때처럼 졸음이 솔솔 밀려왔다.

이렇게 듬직한 손자의 등에서 죽었으면 좋겠다고 생각하면서 개성댁은 손자의 등에 얼굴을 대고 비볐다. 이제 다 자란 성인 남자의 특유한 몸 내음이 물씬 풍겼다. 아주 그리운 냄새였다. 얼마나 오랜만에 맡아보는 남자의 향기인가! 그건 바로 아버지의 등에 업혔을 적에 맡았던 냄새이고 또한 일하고 저녁 늦게 들어온 남편의 가슴에서 나는 냄새였다. 그 향기에 끌려서 개성댁은 손자의 목에 키스를 했다. 손자의 등이 그녀가 장차 갈 하늘나라처럼 아늑하고 평안해서 뺨을 대고 비볐다. 이대로 눈을 감고 싶었다. 손자의 등에서 숨이 끊어지기를 소망했다. 개성댁은 깊은 숨을 들이마시고 죽은 사람처럼 한참 숨을 참았다.

아직도 오른팔에 끼고 있는 도토리묵무침 그릇이 손자가 걸을 적마다 달랑달랑 흔들렸다. ✈

— 2010년 봄 『크리스천문학』
(제1회 황계정문학상 수상. 지금은 범하문학상으로 이름이 바뀜)

신데렐라의 아침

ㅅㅣㄴㄷㅔㄹㅔㄹㄹㅏㅇㅡㅣㅇㅏㅊㅣㅁ

나는 한 달만 살고 죽기로 결심했다. 자살 결심을 하기 전까지는 정말 미칠 것처럼 괴로웠지만 일단 마음을 정하고 나니 거센 풍랑이 잠잠해지듯 마음이 차분하고 주위의 모든 것들이 무중력상태에서 떠다닌다.

한국의 정서가 담뿍 담긴 뒤란의 수석과 비싼 가격에 사들인 정원수랑 과일나무들, 그동안 심혈을 기울려 사드린 거실의 손때 묻는 자잘한 고급 가구와 장식품, 그중에서도 가장 아끼는 십장생 병풍과 구름, 산, 하늘을 담아 벽 한 면을 가득 채운 이름이 알려진 화가가 그린 동양화, 게다가 거부의 부엌처럼 이태리에 특별히 주문하여 수입해 들인 진홍색의 찬장까지 남김없이 모두 두고 떠나야 한다.

중국인들이 많이 모여 살고 있는 거리를 마주하고 있는

산 밑의 마을 미칠렌다(Michillinda)의 내 집은 대저택이다. 5년 전 미국으로 시집올 적에 친정아버지가 유산으로 사준 집이다. 그 당시 100만 불을 현금으로 지불하였으니 나는 백만장자로 태평양을 건너온 셈이다. 넓은 뒤란은 뒷산하고 직접 연이어 있어 다람쥐랑 산토끼도 심지어 이따금 사슴도 내려오는 곳이다. 여기에 한국에서만 볼 수 있는 단감나무와 대추나무, 속까지 빨갛게 익는 피자두까지 특별히 주문하여 사다 심어놓은 뒤뜰이 아깝다는 생각이 든다. 어디를 둘러봐도 모두가 꿈과 사랑이 잔뜩 담긴 추억이 서린 것들이다. 내 일생 동안 늙어 죽을 때까지 이사하지 않고 이 집에서 살다가 죽기로 마음먹고 가꾼 집이다.

간밤에 덮고 자던 모란이 큼직하게 그려진 솜이불을 개어놓고 이젠 전기도 물도 끊긴 부엌으로 나갔다. 다행히 정원수를 돌보기 위해 뒤란 끝에 설치한 수도는 어찌된 일인지 그대로 물이 나온다. 거기 가서 양치질을 하고 세수를 했다. 속이 쓰렸으나 죽을 사람이 육신을 위해서 무얼 게걸스럽게 먹는다는 것이 추하다는 생각이 들어 그냥 거실로 들어왔다. 지난 5년 동안 남편과 살 적에 그렇게도 정성스럽게 다듬었던 얼굴이 두 달 동안 아무것도 바르지 않았더니 손끝에서 거칠게 일어선다. 죽을 사람이 얼굴을 다듬는다는 것도 치사스럽다는 생각이 들어 그냥 일어섰다. 전기가 없다는 것은 이 집이 호흡이 멎었다는 뜻이다. 이 광활한 지구상에서 유일한 거처인 내 귀중한 집이 숨을 쉬지 않고 죽어버린 셈이다. 텔레비전도 전화도 멈춰버린 집 안은 원시인의 동굴처럼 괴괴하다. 전기와 물이 끊긴 간밤이 떠오르자 나는 밀려오는 공포심으로 몸을 떨었다. 뒷산에서 간간히 불어오는 바람과 동물의 끙끙거림은 집 안에 생명과 빛이 넘치고 소리가 울려 퍼질 적에 느낄 수 있는 낭만이요 즐거움이 될 수 있지만 죽어버린 집인 암흑의 동굴에서는 가히 폭발적인 위협이요 두려움이었다. 원시인이 지녔음직한 공포가 이랬을까.

흑장미를 줄이어 심어놓은 앞 정원은 4월에 접어들면서 꽃망울이 모두 입을 삐죽 내밀고 있다. 5월이 오면 앞뜰엔 흑장미의 알싸한 냄새가 가득 찰 것이다. 바람이나 흘러가는 구름 심지어 정원의 꽃들도 몸을 의지할 거처가 있고 먹을 것이 있을 적에 가까이 다가옴을 새삼스럽게 깨달았다.

화요일이라 길가에는 허리를 넘는 통들이 늘비하다. 초록은 나뭇잎과 잔디를 넣는 통, 하늘색은 재활용할 물건들을 버리는 통, 까만색은 음식 쓰레기나 잡쓰레기를 넣는 통이다. 화요일마다 새벽 일찍 3개의 통을 끌어내던 시절이 행복했었다는 사실에 나는 눈물을 찔끔 흘렸다.

바로 옆집의 백인 여자가 반갑게 인사를 한다. 끝까지 의젓해야 한다는 생각에 나는 억지로라도 나긋나긋하고 상냥한 목소리로 인사를 건넸다. 아이들은 학교로 성인들은 직장으로 모두 가버려 휑뎅그렁 비어 있는 앞길에 나오니 갈 곳이 없다.

　문득 단짝이었던 친구가 작년에 억지로 휴가를 내어 미국으로 시집간 나를 잊지 못하고 다녀간 적이 있었다. 그 친구와 학창시절을 떠올리며 걸었던 데스칸소 가든(Descanso Garden)이 떠올랐다. 친구가 왔던 시기가 바로 이맘때쯤인 4월이었다. 친구와 함께 공유했던 라일락 향기와 흐드러지게 피었던 동백꽃이 눈앞을 스쳤다. 갈 곳을 찾아낸 나는 힘차게 차를 파사데나(Pasadena) 쪽으로 몰았다.

　이름 모를 수많은 노란 꽃송이들이 키다리 고목을 뒤덮고 있다. 초록 잎이 단 하나도 없는 나무는 집채만 한 노란 구름덩이가 사뿐히 땅 위에 내려온 듯했다. 끝 간데없이 펼쳐진 맹한 노란 빛깔이 상한 내 마음을 깊은 구덩이에 내던지듯 짓눌렀다. 정원 입구에는 아기 손바닥 크기의 철쭉이 화사한 진분홍색을 힘을 다해 토해낸다. 일본 정원을 끼고 벚꽃이 운치 있게 펼쳐진다. 이 정원을 통과하여 산책길로 나오니 동백꽃의 행렬이 이어진다. 동백꽃 밑으로 줄이어 심어놓은 주홍색 난초들이 모두 입을 벌리고 있다. 동백은 이제 꽃송이를 다 떨어뜨릴 때라 더 기승을 부리며 안간힘을 쓰는 듯했다. 일본 정원 연못가에 심겨진 목련 세 그루가 송편주둥이처럼 입을 다물고 있다. 느려터진 거북이 두 마리가 연못가에 기어 나와 일광욕을 즐기고 있었다.

사막의 한가운데 오아시스처럼 자리잡은 자그마한 호수에서 발원한 실개울이 데스칸소 가든의 심장이 된다. 얕은 사발 모양으로 납죽하게 파인 산기슭에 자리 잡은 정원에 들어서면 200년 수령의 상수리나무들이 하늘을 찌른다. 그 옛날 이 지역의 원주민인 인디언들이 상수리 열매인 도토리로 식량을 삼았다니 그 당시의 울창했던 상수리나무 숲을 떠올리려고 눈을 감았다. 늦가을에 땅에 떨어져 가랑잎에 묻힌 도토리가 어른의 엄지손가락 만하게 컸다. 그리고 보니 사방에 다람쥐들이 사람을 두려워하지 않고 놀고 있었다.

　죽음을 결심한 탓인지 시공을 초월해서 모든 것이 덤덤하게 머릿속을 꽉 채운다. 죽음을 앞둔 사람의 표정이 가장 평온하다고 하지 않던가. 600만 명의 유태인학살기념관인 홀로코스트를 가본 적이 있었다. 참으로 기이하게도 유태인을 죽이려고 날뛰는 독일인들의 표정은 극도로 불안하고 독기가 서려 있었지만 정작 죽임을 당하는 유태인의 표정은 너무나도 평온했다. 내 심정이 바로 그랬다. 나를 둘러싼 모든 것이 안개 속을 부유하듯 흐릿하고 덤덤하다. 죽음을 각오하니 세상에서 가장 높은 곳에 서서 아래를 관조하듯 세상사 모든 사물들이 내려다보이며 나와는 무관하게 멀리 아득하게 늘어져있다.

　'In Memory of Daniel Hoffman'이라 각인된 긴 나무의자에 앉았다. 상수리나무 숲속은 텅 비어 있어서 의자 위에 팔베개를 하고 똑바로 누웠다. 얼마나 긴 세월, 인고를 견디며 자란 상수리나무들인지 옹이가 전신에 박혀서 제대로 멋지게 뻗은 가지가 단 하나도 없었다. 뭉클뭉클 가지마다 혹을 달고 마디마다 굴절이 있는 상수리 가지에 매달린 나뭇잎 사이로 조각만 한 하늘이 보인다. 이 나무 밑에 죽어 묻힌다면 어떤 기분일까. 나는 우거진 상수리나무와 양치류로 뒤덮인 나무 밑 의자 위에서 평안한 토막잠이 들었다. 간밤에 헐렁하게 빈 어둔 집에서 공포로 인해 발을 뻗지 못하고 옹크린 채 깊은 잠을 자지 못한 육신이 나무들이 내뿜는 산소로 수욕樹浴을 하니 갓난아기가 더운 목욕을 하고 난 뒤처럼 혼곤하게 잠이 든 모양이다.

꿈속에서 500여 년 전에 살았던 인디언 처녀를 만났다. 내가 누워 있는 바로 그 나무 밑에 묻혀 있다는 여자가 야생들꽃으로 머리와 목을 장식하고 행복하게 웃으면서 다가왔다.

"나도 너처럼 여기 묻히고 싶다."

"왜 그렇게 일찍 땅속으로 들어오려고 그러니?"

"이 땅 위의 생활이 싫다. 앞이 꽉 막혔다. 어떻게 살아야 할지 모르겠다. 지금 내 앞엔 가파른 절벽뿐이다."

"사랑하는 사람이 곁에 있다면 앞이 막힌들 어떠냐."

"날 사랑해줄 사람이 곁에 단 한 사람도 없다."

"너를 사랑해줄 사람이 아니라 네가 사랑할 사람이 있

느냐?"

　내가 사랑할 사람이 있느냐 하는 인디언 처녀의 질문에 말이 막혔다. 내가 사랑해야 할 사람인 아버지와 어머니는 내가 미국으로 시집온 5년 사이에 모두 교통사고로 돌아가셨다. 이 세상에서 유일하게 의지하고 사랑할 남편인 그 남자는……. 생각이 그에게 이르자 나는 이를 북북 갈면서 몸서리를 쳤다.

　눈을 뜨니 아주 잠깐 몇 초지만 단잠을 자고 난 뒤라 몸이 개운하면서도 남편의 얼굴이 악마처럼 눈앞에 다가와서 전신에 소름이 쫙 깔렸다. 데스칸소 가든이 문을 열자마자 일착으로 들어왔더니 산책을 하는 사람이 단 한 사람도 없는 정원은 깊은 정적에 갇혀 있었다. 갑자기 그 정적을 뚫고 동백나무 사이로 연분홍 바지가 보인다. 나는 흩어진 모습을 보이기 싫어 머리를 매만지면서 다가오는 분홍바지에 신경을 곤두 세웠다. 이마 위에까지 깊이 눌러쓴 챙 넓은 분홍모자 밑으로 삐져나온 흰 머리카락이 나이를 짐작하게 했다. 동양여자로 보이기도 하고 백인처럼 보이기도 하는 여자였다. 위에 걸친 재킷의 우아함에 나는 잠시 숨이 멎는 듯했다. 세련된 트위트 소재의 본바탕에 아이보리 8가지 색이 뒤섞인 블루는 아주 고급스러운 멋이 물씬 고여 있었다. 무릎까지 내려오는 재킷은 젖가슴 위에 나란히 달린 호주머니와 가장자리를 골드체인 더블로 라인 트리밍 한 것이 분홍빛의 모자와 바지에 아주 잘 어울렸다. 그 재킷은 언젠가 나도 사려고 나갔다가 너무 비싸서 포기한 적이 있기 때문에 지금까지 기억하고 있다. 보풀이 많이 일어나고 밑단 한두 군데 올 풀림과 잔 때에 절어있고 자연스럽게 착용감이 좋은 걸 보니 꽤 오래 입은 모양이다. 한국의 중고품상점에서 이런 아이보리 트위트 재킷을 산다면 유명한 샤넬 제품으로 불란서에서 만든 것이기 때문에 헌옷을 사도 팔십만 원은 호가할 명품이다.

얼마나 행복한 여자인가! 저런 차림으로 작은 책을 다소곳하니 가슴에 안고 눈을 내리깔고 조용하게 걷는 여인의 모습은 자살을 앞둔 내 눈에 하늘에서 내려온 천사처럼 보였다. 여자의 몸 언저리에 고인 평안함과 즐거움이 격조 있고 우아해 보였다. 저 나이가 되어도 저런 명품을 걸치고 안존한 모습을 지닐 수 있다는 것은 이 땅 위에서 누릴 수 있는 가장 큰 행복을 지닌 여자라는 뜻일 터이다. 더구나 아이보리 재킷이 닳을 정도로 입은 걸 보면 새것을 샀을 적의 기쁨은 어떠했을까. 적당히 때에 절어 소매 끝이 나긋나긋 헤어진 명품을 걸친 저 여인은 가난이 무엇인지 삶의 고통이 어떠한지 전혀 겪어보지 못하고 일생 동안 부와 명예를 누렸을 터이니 말이다.

이 지상에서 저다지도 지고한 조화미를 지닌 삶을 살아가는 여자도 있는데 나는 서른 고개에 접어드는 젊은 나이에 이 땅을 떠날 결심을 했으니 내 자신이 너무 가엾다는 생각으로 눈물이 절퍽하게 눈가를 따라 흘러내렸다.

천천히 상수리나무 숲을 벗어나서 계곡을 따라 걸었다. 출판으로 재산을 모은 버디(Boddy)라는 사람이 22개의 방을 넣은 큰 저택을 짓고 거실 앞에 아담한 정원을 만들었다. 대접 모양의 큰 그릇을 묘하게 접어놓은 형태의 분수는 시원한 물줄기를 기운차게 뿜어낸다. 이런 분수를 뒤에 두고 서면 데스칸소 가든의 전경이 한눈에 들어온다. 동백꽃 수집광이었던 버디는 길가를 따라 이 세상에 존재하는 온갖 종류의 동백을 수집하여 심어놓았다. 나는 천천히 상수리 숲과 동백 숲을 벗어나서 라일락 정원으로 향했다. 상수리나무 숲 가장자리에 심어진 캘리포니아 라일락에는 벌들이 우글거렸는데 기름지게 자란 큼직한 라일락에는 벌이 단 한 마리도 없이 알싸한 냄새만 진동했다. 내가 죽어 라일락으로 만약 태어난다면 냄새만 풍기는 거죽만 화려한 라일락이 될까 아니면 보잘 것은 없지만 벌들에게 꿀을 주는 캘리포니아 라일락이 될까 하는 생각이 문득 스쳤다.

버디라는 사람도 굉장한 사업을 하느라고 힘이 들었을까. 이곳을 사서 데스칸소란 이름을 붙인 걸 보면 아마도 몹시 세상사로 고통을 겪은 모양이란 생각이 든다. 데스칸소(Descanso)란 스페인어로 쉼의 목장(Ranch of Rest)란 뜻이니 말이다. 이곳에 집을 짓고 휴식하겠다는 뜻이 서린 이름을 붙인 걸 보면 그의 인생살이를 짐작할 수 있었다.

더구나 진보라와 연한 보라의 자잘한 꽃망울들이 짙은 초록 잎 사이에서 삼빡한 빛을 뿜어내는 꽃을 정원에 심어놓고 과거, 미래 그리고 앞날(Yesterday, today and tomorrow)이란 이름을 달아놓은 걸 보면 자신의 일생을 정리하려고 이리로 왔던 모양이다.

뒤뚱거리는 오리 세 마리가 연못에서 올라와 풀숲을 거닌다. 참으로 기이한 일은 오리의 세계에도 인간의 관계 같은 것이 숨겨져 있는 모양이다. 수컷이 두 마리이고 암컷은 한 마리였다. 암수 오리 뒤에 몇 발자국 떨어져 뒤따라가는 숫 오리의 가슴팍이 짓이겨져 있다. 아마도 전 남편이었던 모양이다. 아내를 빼앗긴 오리는 떠나간 아내 오리를 죽어도 잊을 수가 없는지 배신한 아내 뒤를 졸졸 따라다니고 있다. 이따금 뒤를 돌아본 현 남편오리가 끈질기게 따라오는 오리의 가슴팍을 물어뜯는다. 기운이 진하여 비실비실 피하면서도 적당한 간격을 두고 그들 뒤를 따라가는 모습에서 나는 내 현실을 보는 듯했다. 주위를 둘러보니 아무도 없다. 도톰한 나뭇가지를 주어들고 아내를 앗아간 못된 남편오리를 가차 없이 때려주려고 하니 잽싸게 날아가버린다. 오리가 날아가면 어디까지 갈 것이냐 하며 숨차게 따라갔지만 조금 날다가 내려앉기를 반복한다. 나보다 빨리 내려앉았다가 날아가버려서 잡을 수가 없다. 이 나라는 동물을 사랑하는 사람들이 많으니 그들의 눈도 두려워 그냥 포기하고 돌아섰다.

나는 사랑하는 부모를 떠나 남편 한 사람만을 바라보고 태평양을 건너왔지만 그는 나를 이용하여 돈을 벌려고 정략적인 결혼을 한 사기꾼 남자였다. 나란 여자는 죽도록 사랑하는 여자를 곁에 두고 돈을 벌려고 나선 한 남자의 마수에 걸려든 한 마리 연약한 먹잇감에 불과했다. 그래도 좀 똑똑한 여자 같았으면 그렇게 처절하게 당하지는 않았을 터였다. 그러나 곱게 자라서 세상물정 몰랐던 나는 남자를 의심할 줄 몰랐다. 사업을 한다고 내 집을 담보로 해서 돈을 다 빼가고 거죽만 남은 집에 버린 쓰레기처럼 동그마니 나는 혼자 남게 되었다. 그가 그렇게 교묘한 물밑작업을 하는 동안 나는 멋도 모르고 친정에 가서 계속 돈을 가져다가 백만 불짜리 집을 치장하고 채우느라고 정신이 없었다. 아이가 생기지 않았던 것도 남자의 술책이었는데 그것도 모르고 열심히 산부인과를 찾아다녔던 셈이다.

은행에 잡힌 집은 매달 붓는 돈이 엄청나서 남편이 나를 떠나가버린 뒤 3개월간 월부금을 내지 못했더니 강제로 쫓겨나게 되었다. 은행은 가차없이 다가와서 파산을 선고하고 차압에 나섰다. 내 이름으로 산 집이지만 속을 다 파먹고 팽개친 빈껍데기를 껴안고 있었던 바보가 바로 나였다. 집이 팔려 나갈 때까지 한 달을 이 껍데기 집에 거할 수는 있을 것이다. 집 안을 가득 채운 고급 가구와 명품 옷들이 아직도 내 곁에 있을 적에 죽고 싶었다. 기막힌 정성과 사랑을 담았던 집에서 쫓겨나 집 밖 길가로 내 모든 소유물과 함께 팽개쳐지는 현실을 참아낼 재간이 내 겐 없었다. 꿈에 부풀어 이 집에 소망을 걸고 그간 가득 채웠던 모든 것들이 부서져 내리는 상황을 직시할 자신이 없었다.

죽음을 결심하고 마음을 정리하여 유서를 써야한다. 부모는 죽었지만 그래도 사촌이랑 고모와 삼촌이 있으니 그들 앞으로 내가 죽었다는 흔적은 남기는 것이 도리가 아니겠는가. 이 세상의 모든 사람이 살다가 갈 권리가 있는 지구지만 나는 그 권리를 내 스스로가 강제로 포기하고 말았다. 모두가 나그네처럼 살다가 떠나는 땅이다. 조금 일찍 떠나는 것이니 슬퍼하지 말자 하면서도 자꾸 마음이 저려왔다. 이렇게 떠나면서도 그래도 나 자신의 흔적을 기억해줄 사람이 필요하다고 느끼는 것은 마음 깊은 곳에 숨겨진 이 땅에 대한 미련일까.

급히 나오면서 농에서 꺼내 걸친 옷이 크리스천 디올 레드 머플러 카디건이었다. 레드 컬러의 꽈배기 니트에 넥라인 머플러가 연결되어 목 언저리가 따뜻했다. 넓죽한 머플러가 배와 허리까지 내려와서 이렇게 조금 쌀쌀한 날씨에 몸을 따뜻하게 보호해주었다. 이 니트는 친정어머니가 미국에 사는 외동딸인 나를 보러 와서 백화점에서 오백 불을 주고 사준 옷이다. 이태리제로 아주 고급스러운 제품이다. 지금 이 돈만 있어도 며칠간 배불리 음식점에 들려 먹을 수 있으련만 하는 생각에 이르자 가슴이 짠했다.

문득 30개도 넘는 핸드백의 어딘가에 잔돈 몇 푼이라도 남아있을 것 같은 마음이 들었다. 집이 경매되어 팔려나갈 한 달간 무엇인가 먹어야 살 수 있으니 핸드백을 뒤져야겠다는 생각이 들었다. 백인처럼 키가 꼿꼿하니 훌쩍 크고 울창한 레드우드(Redwood) 숲을 지나 뽕나무 연못을 거쳐 수선화와 튤립이 잘 다듬어진 산책로를 빠져나왔다. 현실에 잘 적응하면서 꼿꼿하게 살아가는 미국의 이민자들처럼 내 키가 넘게 자란 털북숭이 열대지방 식물이 꿀덤불(Honey bush)이란 이름을 달고 뭉그러지라고 때려도 절대로 죽지 않을 기세의 강렬한 주홍빛 꽃을 피워냈다.

해가 지기 전 밝을 적에 집에 들어가야 핸드백을 뒤질 수가 있다. 시계를 보니 3시간을 데스칸소 가든에서 보낸 셈이다. 갑자기 허기가 물밀듯이 밀려와서 눈앞이 흔들리고 현기증이 났다. 그러고 보니 일주일을 아무것도 먹지 않았다는 사실을 알게 되었다. 허겁지겁 현관문을 따고 들어가서 핸드백이 나란히 진열된 농문을 열었다. 까만 이태리제 헝겊가방에서는 20불짜리가 한 장 나왔다. 짙은 갈색의 악어백에서는 백 불짜리가 구겨진 채 작은 지갑 속에 있었다. 백 불짜리를 보는 순간 나는 그걸 주머니에 쑤셔 넣고 마을 초입에 자리잡은 맥도날드로 달려갔다. 버섯을 잔뜩 넣은 더블햄버거와 커피, 그리고 튀긴 감자를 사서 그 자리에서 다 먹고 나니 정신이 돌아왔다. 서서히 주위의 사물들이 또렷하게 눈에 잡히기 시작했다.

다음날 아침 다시 데스칸스 가든으로 갔다. 천천히 장미원을 돌았다. 난초들이 한참 주둥이를 내밀었고 뉴질랜드 티 튜리(New Zealand Tea Tree)에 푹 익은 앵두처럼 매달린 앙증맞은 분홍 꽃들이 아침 햇살을 받고 활짝 피어난다. 이곳의 꽃들은 운동을 많이 한다. 햇살을 보면 입을 열고 해가 지면 입을 다무는 운동이다. 꽃의 생명력이 길어서 매일 입을 열고 다무는 일을 반복하는 꽃들이 지천이다. 배가 든든하니 데스칸소 가든에 핀 꽃들의 색상이 또렷하게 눈에 들어온다. 캘리포니아의 꽃인 노란 파피들이 화려하게 무리지어 접시꽃처럼 입을 벌리고 있다. 마틸리자 파피(Matilija Puppy)는 노란 머리의 천사들이 날개를 활짝 펴고 날아가는 듯 흰 꽃잎들을 달고 바람에 하늘거린다. 가파른 산비탈에 아침 햇살이 강렬하게 내리꽂힌다. 숨을 헐떡이면서 천사들이 우글우글 날아다니는 듯한 마틸리자 파피꽃 길을 힘겹게 걸었다. 그간 몸이 약해졌는지 이 정도의 산책에 숨이 차다니 하면서 아픈 어깨를 주무르기 시작했다. 심장에 좋다는 팍스 글로브(Fox Glove)가 삐죽한 키를 자랑하면서 줄을 서서 입을 벌리고 있는 산책길로 접어들었다. 그 꽃들의 독한 향기에 끌려 긴 의자에 털썩 주저앉았다. 정말 외롭다. 말이 하고 싶다. 누군가가 곁에 있어주면 살 것만 같았다. 꽃들도 동행자가 있어 함께 어울려 피고 지는데 나는 함께 무리지어 다닐 사람도 없고 말할 이웃도 없다.

창조주가 팍스 글로브란 요상하게 생긴 꽃을 만든 것이 틀림없다. 종처럼 생긴 30여 개의 꽃들이 줄을 이어 한 줄기에 매달려있고 꽃 안에는 굵은 고추 가루를 무분별하게 뿌려놓듯 붉은 점들이 꽃심지까지 깔려 있다. 바로 그 앞으로 어제 만났던 여인이 지나간다. 햇살이 퍼지는 아침이지만 이곳의 날씨는 초겨울처럼 쌀쌀하다. 여인은 이런 날씨에 연인이라도 만나러 나온 것일까. 레드컬러의 가죽 소재에 A라인 스타일이 귀여우면서도 화려한 재킷을 걸치고 있다. 둥근 컬러에는 두 줄 단추 6개가 달렸고 소매 폭이 넓어서 풍덩한 차림이다. 노란 모자를 쓰고 내 앞을 스칠 적에 자세히 보니 오래 입어 착용감이 자연스럽고 소매 가장자리에 스크래치가 많았다. 걸을 적에 살짝 들어난 안감엔 세월을 말해주는 때가 낀 얼룩이 많았다. 비록 낡았지만 양가죽 소재로 스페인산의 로에베(Loewe) 레드 가죽 재킷이었다. 낡아서 나긋나긋하지만 이런 헌옷을 산다 해도 한국에선 60만 원을 호가할 옷이었다.

결혼하기 전에 명품 집만 드나들면서 내 몸에 맞는 옷들을 찾아 강남의 중심가를 헤맨 탓인지 나는 한눈에 명품을 전부 분별할 수 있는 눈을 지녔다. 죽음을 앞둔 이 시점에 이런 명품이나 감상하고 있을 신분이 아니건만 인터넷 판매까지 섭렵해온 내 눈은 그런 것만을 용케 찾아냈다. 모든 것을 포기하고 죽으려는 사람에게 명품 옷이 과연 무엇이란 말인가. 마지막 인생길을 떠나려는 사람에게 하나님은 과거에 깊이 빠져 있던 것들을 한 번 더 보여주려고 이런 명품을 걸친 여인을 내 앞에 내세우는 것일까.

어제는 맥도날드를 먹었으니 오늘은 제일 큰 플라스틱 물 한 통을 샀다. 인 앤드 아웃(In And Out)에서 치킨 넉에다 튀긴 감자를 먹고 하루를 또 보냈다. 혹시 돈이 장롱에 걸려 있는 옷들의 호주머니에도 있나 싶어 장롱에 가득 걸려 있는 명품 옷들을 뒤지면서 마지막 남은 햇살을 아꼈다. 동전 몇 개와 일 불 오 불짜리 자잘한 돈들이 호주머니에서 나왔다. 그걸 귀중한 보물처럼 지갑에 넣으면서 허탈하게 웃었다. 엄청 비싼 명품만 입었던 내가 죽음을 앞에 놓고 먹을 것을 위해 입던 옷을 뒤지는 꼴이 한심하다는 생각이 들었다. 그러나 죽기까지 화분에 심은 화초를 돌보듯 마지막 모습이 추하지 않기 위해 나 자신을 돌보는 것이라고 스스로를 위로했다. 정원에 늘비한 화분들은 두 달째 버려두었더니 전부 죽어서 바짝 마른 잎을 매달고 줄기는 갈색으로 변하여 흉한 실체를 드러내고 있다. 이 동네에서 가장 아름답게 정원과 집을 가꾸고 산다고 늘 자만심을 지녔던 내가 단 두 달 동안 집을 돌보지 않았더니 어디를 둘러봐도 모두 추한 몰골이 되었다. 이것들처럼 되지는 않으리라. 나 자신은 죽는 날까지 음식을 입에 넣어서 시체를 치우는 사람에게 죽은 화초처럼 흉한 몰골을 보이지 말아야 한다.

집이 경매에 붙여져서 쫓겨나는 날까지 나의 살날은 정해져 있다. 아마도 일찍 내 집을 사는 사람이 나오면 나는 더 일찍 죽어야 한다. 나에겐 죽는 길밖에 없다. 사방이 다 막히고 오직 죽음의 문만 앞에 열려있기 때문이다. 아무리 살려고 해도 비비고 들어갈 틈이 없다. 돈이 있을 적에는 가깝게 접근하며 웃음이 헤펐던 사람들도 내가 이런 비참한 지경에 이르니 모두 멀리 가버리고 다가오는 사람이 단 한 사람도 없다. 한국은 권력을 가져야 살지만 미국은 돈이 있어야 사는 곳이란 점을 새삼 나는 절감했다.

벌써 데스칸소 가든을 오간 지 보름이 되었다. 이제 지갑에 든 돈도 간당간당 떨어져간다. 어쩌면 집이 공매되기 전에 먹을 것이 없어 굶어 죽을지도 모른다. 나는 음울함에 사로잡혀 데스칸소 가든을 거닐었다. 사람이란 먹고 마시고 배설하고 자고 입는 아주 간단한 기반 위에 서 있음을 죽음을 앞에 두고 깨닫다니!

정원에 들어서는 순간 또 신비한 이 여인을 만났다. 여인은 붉은 계열의 색을 좋아하는 모양이다. 오늘은 강렬한 붉은색의 심플한 디자인을 포인트로 삼고 입기 아주 편한 재킷을 걸치고 있다. 목이 높은 컬러에 매달린 두 줄의 단추가 단순한 디자인의 옷에 포인트를 강하게 주었다. 자세히 보니 마르니(Marni) 레드 재킷이다. 그녀의 나이만큼 입었는지 눈에 확 띄게 앞자락이 나긋나긋했다. 이태리산으로 헌옷도 백만 원을 호가하는 명품이다. 이 여자는 죽는 날을 카운트하고 있는 내 앞에 명품 쇼를 하고 있는 것일까. 오늘은 이 여자를 만난 것이 내 마음을 아주 상하게 했다.

하루하루 힘겹게 시간이 흘러간다. 페스트푸드만을 그것도 소량으로 먹었더니 제일 먼저 다리에서 힘이 빠져나가 몸이 흔들린다. 두 시간을 걸어야 데스칸소 가든을 다 돌아보는데 오늘은 반 시간만 걸었는데도 다리에 힘이 없어 걷기가 버거웠다. 바하 페어리 더스터(Baja Fairy Duster)란 팻말을 달고 있는 나무는 작은 붓처럼 생긴 붉은 꽃들을 너풀거린다. 벌새들이 한가롭게 이 꽃들을 맴돌면서 날갯짓을 하고 꿀을 먹는다. 차라리 벌새로 태어났다면……. 나는 죽음을 앞에 놓고 새끼손가락만 한 벌새를 부러워하고 있다.

공주라도 된 듯 예의 그 여인이 챙 넓은 초록색 모자를 쓰고 내 앞을 스친다. 햇살 탓인지 여인은 탐포드(Tom Ford) 선글라스를 쓰고 있다. 골드 브라운 투톤렌즈 컬러에 테 컬러는 골드, 다크 와인으로 20만 원을 호가할 이태리 제품이다. 이 안경은 빅 프레임이라 멋스럽고 계절을 타지 않는 디자인이다. 하지만 얼마나 오래 쓴 선글라스인지 미미한 잔 스크래치가 잔뜩 깔린 안경알은 가까이서 보니 너무 오래 써서 집어던져야 할 제품이었다. 더구나 안경다리 한쪽이 안쪽으로 살짝 굽어 있다.

매일 아침 이렇게 서로 만나다 보니 여인은 안경을 벗고는 잔잔한 미소를 흘리며 눈으로 인사를 한다.

"혹시 일본인이세요?"

선글라스를 벗은 여인의 눈 가장자리에 깔린 잔주름이 너무 거칠어서 놀란 나는 얼떨결에 영어로 물었다. 여인에게서 풍기는 멋이 일본 여인 특유의 잔잔한 몸짓이다. 기모노를 입고 몸을 도사리는 여인처럼 보이기도 했다. 그러자 여인은 살짝 미소를 품고 말했다.

"저는 한국사람입니다."

나는 놀래서 한국말이 튀어나왔다.

"아유! 너무 반가워요. 날마다 명품을 멋있게 걸치고 산책을 하셔서 전 일본인이라고 지레 짐작을 했지요."

"전 순수한 피를 지닌 토박이 한국사람입니다."

"언제 이민 오셨어요?"

"오십 년이 되었으니 정말 많은 세월이 흘렀네요."

"그럼 1960년대 초입에 미국에 이민 오신 거군요. 그 당시에 미국에 이민 오기는 하늘에 별 따기라고 들었어요."

"그랬지요."

문득 여인의 눈가에 그물처럼 깔린 주름이 그녀의 인생 길에 깔린 깊은 삶의 계곡리일 것이란 생각이 스쳤다. 그래도 일찍 이민 와서 얼마나 멋진 삶을 살았으면 저렇게 고상하게 노년을 즐기는 것일까. 늘 혼자 오는 걸 보니 남편은 일찍 죽은 모양이다. 노년에 과거를 회상하면서 긴 세월 입었던 명품들을 하나씩 꺼내 입고 옷에 얽힌 추억과 화려했던 지난날들을 회상하면서 이렇게 데스칸소 가든을 거닐고 있으니 말이다. 분명히 그녀는 데스칸소 가든의 주위에 자리 잡은 몇 백만 불짜리 저택에서 살고 있을 것이다. 보통 사람들은 감히 꿈꿀 수 없는 화려한 저택들이 데스칸소 가든의 주위에 자릴 잡고 있다. 시에서 허락을 받아야 자를 수 있는 상수리나무들이 집집에 서 있으니 그 나무 관리만 해도 힘이 든다는 지역이다. 이 여인의 집 안에는 내가 집을 가꾼 것보다 더한 명품들이 즐비하게 진열되어 있을 터이고 명품 옷들도 일 년 365일 갈아입어도 될 만큼 널려 있을 것이다. 참으로 인생을 멋있게 산 여자구나 하는 부러움을 지울 수가 없었다.

한국사람이란 사실이 나와 그 여인 사이를 급속도로 좁혔다. 햇살이 점점 힘을 얻는 시간대라 살갗이 따갑게 느껴지기는 했지만 나는 그녀의 옆에 바짝 붙어서 걸었다. 큰 호수를 끼고 있는 선인장 정원을 걸었다. 코스탈 촐라(Coastal Choll)의 키가 내 키를 넘었고 가시가 아주 날카로워 둘이 나란히 걷지를 못하고 한 줄로 서서 걸었다. 비버테일(Beaver tail) 선인장의 머리들이 요상한 모습으로 블럭을 쌓듯 위로 치솟고 인디안 픽(Indian Fig) 선인장은 집단을 이뤄서 자리를 잘 잡고 있다. 제일 가시가 크고 키가 큰 프리클리 페어(Prickly Pear) 선인장은 이제 머리마다 어른 주먹 크기의 꽃을 터뜨리고 있다.

'In Memory of Rachel Morran'이라고 각인된 의자에 우리 두 사람은 나란히 앉았다. 상수리나무 숲을 앞에 두고 호수와 선인장 정원을 낀 위치였다.

"매일 아침 정원을 산책하는 모습이 너무 행복해 보여요."

"맞아요. 전 너무 행복해서 말로 다 표현할 수가 없어요."

"행복한 삶을 사셨다는 것이 전신에 쓰여 있어요."

"그럼요. 정말 이 땅에 와서 행복하게 살았어요."

무릎 위에 나란히 놓인 여인의 손에 잔주름이 깔려 입은 옷에 비해 지나치게 투박하게 보이는 것은 아마도 살아온 날들이 길기 때문에 생겨진 흔적들이 분명했다.

라일락 정원 한가운데를 우리 두 사람은 천천히 거닐었다. 4월 중턱을 지난 탓인지 라일락꽃은 다 지고 센세이션(Sensation)이라고 쓴 팻말을 달고 꽃 가장자리에 흰 줄을 두른 살이 통통 찌고 짙은 보라색 라일락만 만발했다.

"이 라일락은 아침에는 향기가 없어요."

여인은 활짝 핀 라일락꽃에 코를 대고 큼큼거리면서 말한다.

"라일락에 향기가 없다는 건 상상할 수가 없네요."

"저녁 석양을 안고 여기 오면 향내가 아주 짙어요. 이라일락은 이상하게도 우리의 인생길처럼 죽음을 앞둔 노년에야 더욱 향기를 내뿜는 꽃이랍니다."

그러고 보니 나도 죽음을 앞에 두고야 데스칸소 가든의 꽃들이 나와 함께 호흡을 하고 내 몸처럼 다가오고 있음을 깨달았다. 죽음이란 꽃들과 만나는 순수한 마음을 지니게 하는 모양이다.

집에 오니 집을 살 사람이 결정된 모양이다. 안에까지 들어와서 집 안을 둘러본다. 지저분하게 흩어진 거실과 화장실을 스치면서 부동산업자와 살 사람이 상을 잔뜩 찌푸린다. 좋은 값을 받든 못 받든 그건 내 문제가 아니다. 이제 손을 털고 이 집을 나가야할 입장인 나는 돈과는 관계가 전혀 없는 사람이라 집을 가꾸고 치울 필요도 없는 것이다.

내 집이 팔려나가니 이젠 내일이나 모레 죽어야 한다. 마지막으로 석양을 안고서야 향기를 풍긴다는 라일락을 보기 위해 나는 문을 닫기 직전 데스칸소 가든에 들어섰다. 석양에 아련한 모습을 드러낸 라일락에서는 정말로 짙은 향기가 진동했다. 이번이 내겐 이생에서의 마지막 방문이 될 터이다. 나는 차를 몰고 환상적인 드라이브 코스라고 알려진 유명한 일번 도로를 태평양을 끼고 달리다가 한국을 향해 절을 하고 차와 함께 그대로 바다로 뛰어들면 된다. 90도 각도로 깎아지른 높은 절벽이 있어 쉽게 죽을 수 있는 곳에 남편과 함께 간 적이 있었다. 이상하게 그때 나는 죽고 싶으면 여기 와서 죽으면 좋겠다고 생각한 적이 있던 비유 포인트이다. 내일 아침 일찍 차를 몰고 집을 나와 세상의 모든 사람들이 찬사를 아끼지 않는 드라이브 코스에서 죽을 일만 남았다. 아아! 죽는 순간 얼마나 아플까. 물에 빠져 숨을 멈추는 시간이 5분쯤 될 터인데 얼마나 고통스러울까. 그러나 차를 탄 채 높은 곳에서 뛰어내리는 순간 분명 자유를 느낄 것이다. 남편을 증오하는 그 무서운 미움에서 해방될 터이고 모든 걸 잃어버린 허탈감에서 평안함을 얻을 것이니 새처럼 훨훨 날아가는 자유로움을 만끽할 것이 확실했다.

차를 탄 채 물로 뛰어드는 것이 두렵다면 샌프란시스코의 금문교로 가도 된다. 저녁노을을 안고 바다로 훌쩍 새처럼 날아서 물속에 잠기는 자살 방법도 괜찮을 것이다. 더구나 그 지역은 바다 물살이 세어서 시신을 찾기 힘들다고 한다. 일번 하이웨이에 위치한 절벽에서 죽는 일을 만에 하나 놓치게 되면 차를 몰고 그대로 금문교로 갈 것이다. 소망도 사라지고 벌거숭이로 살아야 할 용기도 없는 나란 여자는 이 땅 위에 존재하는 일이 아무리 생각해도 절대로 불가능하다. 그러니 당당하게 죽음을 택한 것은 참으로 잘한 결정이다. 그걸 위해 먹을 것을 줄여가면서 타고 갈 차에 가스를 잔뜩 채웠으니 이제 실행에 옮기기만 하면 된다.

죽기 전에 마지막으로 인간의 냄새가 물씬 고여 있는 다운타운을 한 바퀴 돌고 싶었다. 인간의 얼굴인 도시의 중심가에 하나 둘 켜지기 시작하는 거리의 등불이 감빛으로 물들어가는 석양을 안고 스산해지기 시작한다. 시내에서 가장 위험하다는 빈민가를 통과하고 있었다. 낡은 이층 건물의 앞 계단 꼭대기에 노인 한 사람이 하염없이 연시빛으로 물들어가는 석양을 바라보며 앉아 있었다. 그 앞을 지나면서 언뜻 보니 세상에! 바로 그 여자였다. 날마다 명품을 걸치고 데스칸소 가든을 거니는 여인 말이다. 명품은 집어던지고 헐렁한 바지에 너무 커서 몸이 둘이라도 들어갈 초라한 헌옷을 걸친 모습이었다. 묘한 호기심이 발동하면서 하루만 더 살고 죽자는 생각이 스쳤다. 내일도 저 여인이 데스칸소 가든에 나올 터이니 한 번만 더 만나보고 정원의 꽃들도 마지막으로 한 번 더 보고 나서 죽고 싶었다.

어김없이 다음날도 여인은 버버리(Burberry) 트렌치코트를 걸치고 정원을 거닐고 있었다. 가장 기본적인 베이지 색상 코트이다. 허리를 매고 있는 벨트 곳곳에 얼룩이 심했다. 영국산인 이 옷은 유행을 타지 않는 것이 특징이다. 아무리 헌옷이라도 한국에서 산다면 백만 원 값어치가 있는 옷이다.

어찌나 반가운지 나는 호들갑을 떨면서 여인의 손을 잡았다. 그녀의 손은 바짝 말라비틀어진 삭정이처럼 일에 닳아빠진 거친 손이었다. 여인도 나를 보자 활짝 웃었다.

"오늘도 아주 행복해 보이세요,"

"그럼요. 전 이 데스칸소 가든의 주인인 걸요."

로스앤젤레스 카운티가 운영하고 있는 가든을 자신의 정원이라고 말하는 여인의 입을 나는 멍청하게 쳐다보았다. 내가 이상한 표정을 짓는 것에 마음이 쓰였는지 여자는 웃으면서 말한다.

"누가 뭐라던 이 넓은 정원은 제 것입니다. 저는 이 세상에서 제일가는 부자라 이런 정원을 소유하고 삽니다. 아침마다 이 정원을 거닐면서 너무 기뻐 가슴이 뜁니다."

"무엇이 그렇게 기쁘세요?"

"제가 올 것을 알고 사람들이 정원 길을 이렇게 깨끗하게 치워놓고 나무나 꽃에 물을 주고 잡초를 뽑아내고 있어요. 날마다 많은 사람들이 나를 위해 죽은 가지를 잘라내고 나무와 꽃들을 예쁘게 다듬고 있어요."

그러자 나는 더듬거리면서 말했다.

"그 모든 것은 로스앤젤레스 카운티에서 하는 일인 걸요."

"저를 위해서 이 모두가 진행되고 있어요. 절 기쁘게 해주고 위로하려고요."

"위로한다고요?"

"일생 동안 혹사했던 내 몸과 마음을 귀하게 대접하고 위로하는 것이지요. 해서 전 매일 아침 명품으로 저 자신을 아름답게 가꾸고 천국 문을 향해 예쁜 모습으로 이 정원을 아침마다 걷고 있어요. 이곳이 지상과 천국을 연결하고 있는 현관문이거든요. 그래서 전 매일, 아침을 기다리는 여자에요. 이 시간이 너무 기뻐서 날마다 이 순간을 위해서 살아가고 있어요."

"제가 집에까지 모셔다 드릴게요."

나는 더 이상 대화를 나누지 않고 묵묵히 그 여인을 차에 태우고 운전을 했다. 집도 없고 돌볼 자식도 없는 가난한 노인들이 사는 노인 아파트 앞에 여인을 내려놓았다. 정부에서 주는 돈으로 가장 밑바닥 생활을 하는 노인들이 모여 사는 아파트이다.

노인 아파트 바로 옆에 드리프트 스토아(Thrift Store)가 눈에 들어왔다. 쇼윈도에는 이제 너무 입어 쓰레기통에 넣을 정도로 나긋나긋 닳아빠진 명품들이 걸려있다. 헌옷과 헌가구등 잡동사니를 싸구려로 파는 이 가게를 보는 순간 쿵하는 굉음이 내 가슴을 스쳤다. 내가 매일 아침 만나는 이 여자가 여기서…… 순간 눈앞에 빛이 번쩍했다. 그건 가히 큰 빛이었다. 옷장에 가득한 내 명품 옷들과 가구들을 이 가게에 팔아야겠다는 마음을 타고 강한 에너지가 가슴속을 급하게 뚫고 전신에 넘쳐흘렀다. ✈

— 2011년 6,7월 『한올문학』

어머니의 정원

어머니는 일 년에 꼭 두 번씩 어머니만의 정원에 나들이를 간다. 신록이 한창 우거진 5월 5일과 추석 며칠 전에 그곳엘 들린다. 이건 그녀의 생애에서 가장 즐거운 날이고 기다려지는 시기이기도 하다.

백수를 두 해 앞둔 나이니 이미 죽음의 문턱에 발을 걸치고 있는 연세다. 그러나 이 날을 위해 어머니는 아침마다 부지런히 손을 비비고 배를 두드리고 두 발을 문지르고 나름대로 그녀의 나이에 맞는 운동을 두세 시간씩 한다. 행여나 건강이 나빠져서 어머니의 정원에 나들이를 가지 못할까봐 안달하는 모습이다.

추석을 사흘 앞둔 날 나는 어머니와 동행하여 정원이 있는 동산으로 향했다. 내가 미국에 있는 동안 만든 정원이니 나로서는 처음 가보는 곳이다. 막내 올케가 운전을 하고 막내 남동생이 앞자리에, 나와 어머니는 뒷자리에 앉았다. 포천 못 미쳐 차는 오른쪽으로 꺾어져 산속을 파고들었다. 김장김치 담글 적에 집집마다 가지고 있는 큰 함지박을 엎어놓은 듯 무덤들이 산꼭대기까지 빈틈없이 꽉 들어찬 곳이 앞을 가로 막았다. 산은 성깔 부리며 곤두섰으나 앞에 북한강을 끼고 나른하게 펼쳐진 평야로 인해 풍광이 뛰어난 곳이다.

어머니의 정원은 가파른 입구에 자릴 잡고 있었다. 동생부부가 앞장서서 걷는 동안 어머니는 아주 즐거운 표정으로 툭 치면 노래라도 입술에서 솔솔 흘러나올 정도로 경쾌한 분위기가 전신에 흘러넘쳤다. 무덤 사이로 큰길이 정상까지 뚫려있었으나 어머니의 정원은 절벽처럼 비탈을 돌로 쌓은 가파른 곳에 자릴 잡고 있었다. 그곳까지 젊은 사람도 맨몸으로 혼자 가기도 힘들어 헐떡일 위치였지만 막내아들이 어머니를 들쳐 업고 가파른 동산까지 풀뿌리를 잡아가면서 올라간다. 어머니는 아들의 등에 업혀서도 지극히 행복한 표정을 감추지 않았다. 따가운 가을 햇살에 어머니를 업은 막내의 얼굴에 땀방울이 흘러내린다.

어머니의 정원엔 무덤 세 개가 나란히 자릴 잡고 있다. 무덤들 주위에 어린아이 키가 넘게 자란 산딸기나무들이 바짝 말라붙은 줄기에 빈틈없이 매달려 있는 가시의 위엄을 자랑하고 있다. 그 사이사이 보랏빛 들국화가 처절할 만큼 시린 빛을 토해낸다. 무덤들의 머리에도 잡풀이 자라 올라 장발의 히피처럼 수북하니 헝클어져 있다.

그래도 어머니의 정원답게 앞에는 곰솔이 나란히 서 있고 그 안쪽으로 어머니의 소원이었는지 곰솔의 허리께까지 자라 오른 화양목이 제법 자리를 잡아서 싱싱한 빛을 뿜어내며 일렬로 울타리를 이루고 있다. 산소 뒤쪽으로는 목백일홍 두 그루가 펑퍼짐하게 퍼져 듬직한 몸체를 자랑하고 있다.

갑자기 어머니가 통곡하기 시작했다. 여느 때는 들어보기 힘든 속이 확 뚫린 듯 시원한 통곡이다. 진짜 슬퍼서 우는 것이 아니라 헤어져 있다 오랜만에 만난 기쁨을 토해내는 울음이다. 돌보지 않아 수북이 자라 오른 산딸기나무들과 활짝 핀 연보랏빛 국화와 잡풀이 주는 서러움이려니 하고 동생부부는 어머니의 눈치를 보면서 손바닥에 피가 맺히도록 무덤가의 풀들을 잡아 뜯기도 하고 낫으로 열심히 걷어내 깔끔하게 이발을 해주고 있다.

나는 세 개의 무덤 앞에 어설프게 자리를 잡은 돌비석을 하나하나 훑어보았다. 맨 오른쪽에 할머니인 장무숙, 그 가운데에는 외할머니인 박현아, 그리고 왼쪽 가장자리에는 아버지 이길남, 그리고 어머니의 이름이 아버지와 함께 나란히 각인된 비석들 셋이 서 있다. 할머니와 외할머니의 이름은 어쩌다 들었는데 아주 낯설게 다가왔다. 더구나 내가 여섯 살 적에 마지막이 된 아버지의 이름은 진짜 이방인처럼 거기 각인되어 있었다.

어머니는 두 다리를 쭉 뻗고 남도창을 하듯 가락 있는 울음을 토해내다가 아들부부가 말끔하게 깎아낸 무덤머리를 마치 오랜 만에 만난 친척들의 얼굴을 대하듯 정답게 쓰다듬기 시작했다.

솔직히 말하자면 이 세 개의 무덤은 모두 비어 있다. 아무도 거기 묻힌 사람이 없다. 어머니가 정원을 만들어놓고 모두 불러들여 이름만 덜렁 내걸고 있는 빈 무덤들이다.

나이 들어가며 되돌아보니 어머니는 강인한 분이었다. 전쟁의 와중에 먹을 것이 없어 굶어죽게 되자 어머니는 산골마을로 들어가 남의 집 돼지새끼 목을 찔러 죽여 끌고 오는 용맹성을 발휘했다. 어머니는 우리를 향해 중얼댔다. 이건 도둑질이 아니다. 최소한 목숨을 부지하기 위한 최후의 수단이다. 전쟁에서는 강한 놈이 먹고 사는 법이다. 그러니 너희들은 이걸 먹고 살아남아야 한다.

전쟁이 끝나갈 무렵 아버지가 돌아오시지 않자 할머니는 앉은 자리에서 곡기를 끊고 물마시기를 거부하더니 꼭 일주일 만에 숨을 놓았다. 전쟁의 끝자락에 입에 풀칠하기도 어려운 판이라 어머니는 이불 호청에 할머니를 두르르 말아서 가마니 위에 올려놓고 앞에는 어머니가 잡고 뒤에는 그때 12살이었던 오빠가 잡고는 질질 끌다시피 피난지 마을의 뒷산 기슭에 묻었다. 당시 6살이었던 나도 오빠와 함께 산비탈에 올라가 손톱에 흙이 고일 정도로 우벼 파서 겨우 시신이 누울 만한 공간을 확보하여 할머니를 묻어버렸다. 세월이 흘러 정신을 차리고 난 뒤 그 무덤을 찾으러 갔으나 산기슭은 평지로 다져져서 집들이 들어섰으니 할머니는 그냥 어디론가 가버린 셈이다.

그러니 할머니의 무덤은 당연히 비어 있다. 그 할머니를 어머니는 마지막이 될 어머니의 정원에 모시어 놓은 셈이다.

외할머니는 어머니의 고생을 옆에서 그 생명이 다 하기까지 지켜주신 분이다. 유복자로 태어난 내 막내 동생을 길러내고 우리 식구들의 식사를 담당했으니 말이다. 아들네 가기를 거부하고 끝까지 혼자 된 어머니를 지켜주신 분이다. 아이들이 배고픔을 견디지 못해 하면 할머니는 수수를 갈아가지고 길거리로 나가서 수수부꾸미를 부쳐 팔았다. 검은 콩을 튀겨 가지고 나가 팔기도 하고 삶은 고구마를 들고 나가 팔기도 했다. 할머니는 우리 가족을 위해 헌신하다가 마지막 중풍으로 쓰러지자 외삼촌네로 가서 임종하셨다. 그 뒤에 가보니 할머니는 화장을 해서 산야에 뿌려진 뒤였다. 그러니 외할머니 산소도 비어 있는 셈이다.

따지고 보면 어머니는 일생 자신만의 정원을 가꾸면서 사신 분이다. 어머니의 첫 정원은 내가 짐작컨대 아버지와의 신혼생활 시기에 가꾼 정원일 것이다. 그러나 그건 내 기억에 전혀 없다. 여기서는 다만 내가 기억하고 있는 것들만 기술하려고 한다.

어머니는 막내를 낳고 산후 조리도 하기 전에 육이오가 터졌다. 아버지가 북으로 잡혀가는 수모를 기억하고 있는 어머니는 일사후퇴 때는 온 식구를 이끌고 남하하기 시작했다. 그해 겨울은 어찌도 그리 많은 눈이 내렸는지 여섯 살 먹은 내 허리를 넘게 눈이 쌓였다. 빈 들판에서 어머니랑 우리 네 자녀들은 할머니와 외할머니까지 합쳐 모두 일곱이 이불을 눈 위에 깔고 모두 부둥켜안고 추운 겨울밤을 한몸이 되어 지냈다. 얼어 죽지 않기 위해서 우리는 서로 몸을 비벼가면서 동그랗게 둘러앉아 이불을 머리 위로 뒤집어쓰고 입김으로 그 안을 덥히기도 했다. 밀려 내려오는 피난민들 속에서 식구들이 흩어지는 걸 막아야했다. 어머니는 농가에서 새끼줄을 얻어다가 그 당시 12살이었던 오빠가 끌고 가는 리어카에 묶어서는 어린 시절 기차놀이를 하듯 칙칙폭폭을 하면서 행진했다. 그래도 마음이 놓이지 않았는지 어머니는 리어카에 명주목도리를 높이 세운 대나무 끝에 묶어 매달아놓았다. 우리 식구는 새끼줄 안에 갇혀 리어카의 명주목도리를 보면서 행진을 계속했다.

반갑게 맞아줄 친척도 없는 남쪽으로 식구를 끌고 내려가면서 헛간에 잠 터를 마련한 한밤중에 미군이 들이닥쳤다. 어머니는 비녀를 빼 던지고 머리를 산발하고 앞머리를 내려 얼굴을 가리고는 어린아이들이 마귀놀이를 하듯 '나는 할머니다'를 외치면서 징징거렸다. 얼마나 보기에도 험했던지 기겁을 해서 미군이 달아나버렸다. 이건 내게 충격이었고 일생 내내 지워지지 않는 한 폭의 그림이었다. 이 그림은 내가 살아가는 동안 나이에 따라 변하면서 내게 교훈을 주었고 내 삶을 이끌었다. 어머니는 정원처럼 자신의 몸도 아름답게 지켰던 셈이다.

어머니는 그 어려운 피난시절에도 자신의 정원을 꾸밀 치밀한 계획을 세우고 있었다. 식구들을 먹이기 위해 몸은 도립병원의 식당에서 간호사들의 밥을 해주면서 어린 자식들을 폭격으로 무너져 내린 병원건물의 폐허로 내몰았다. 산처럼 쌓인 건물더미를 헤쳐서 성한 벽돌을 주어 나르게 했다. 천막을 친 가건물 야전병동의 산허리를 돌면 야트막한 평지가 나온다. 바로 거기에 벽돌을 나르게 했다. 당시 12살이었던 오빠와 6살이었던 나는 손끝에 피가 맺혀 성한 곳이 없었다. 하루 종일 어머니의 지시에 따라 허물어진 건물더미를 헤치고 성한 벽돌을 골라서 하나씩 둘씩 날라다 집을 지을 산중턱에 쌓았다. 눈만 뜨면 어머니의 가건물 병원식당을 기웃거려 던져주는 누룽지나 반찬 찌꺼기를 얻어먹고는 우리는 산더미처럼 무너져 내린 폐허에서 성한 벽돌을 고르느라고 시간을 보냈다. 밤에는 어머니까지 합세했다. 그믐 같은 어둔 밤엔 앞이 보이지 않아서 포기하지만 손톱 달이 뜨면 그 빛을 의지하고 벽돌을 주어 날랐다.

어머니의 첫 번째 정원은 그렇게 모습을 드러내기 시작했다.

머리를 숙여야 들어갈 수 있는 일자집엔 나란히 방 두 개와 부엌이 오른쪽 끝에 붙어 있었다. 앞마당에 펌프를 박았고 빙 둘러 판자를 둘렀다. 그 울타리는 오빠와 내가 주어온 나무판으로 둘러쌌는데 나는 오빠가 신경질을 내면서 박는 못질에 판자를 대고 도끼로 받쳐주는 일을 주로 하면서 날마다 질질 짜면서 울었다. 무거운 도끼를 내 나이에 힘이 부치게 망치질하는 오빠의 힘에 맞먹게 대주는 일이 너무 벅찼고 오빠의 짜증과 지청구가 심했기 때문이다. 솔직히 고백하자면 형태만 울타리이지 어린아이들이 지은 판자울이 오죽했겠는가.

그래도 울안은 상당히 넓었다. 그 울안에 봉숭아며 과 꽃이랑 채송화까지 아주 흐드러지게 피어있어 전쟁 와중에도 우린 정원을 가진 집에서 살았다. 그 정원에서 따낸 봉숭아꽃잎에 백반을 찧어 넣어 손톱 발톱을 물들이기도 했다. 과꽃은 물을 많이 먹기 때문에 우리는 열심히 펌프질을 해서 정원에 물을 뿌렸던 기억이 생생하다. 그 시절에는 몰랐는데 지금 떠올려보면 어머니는 산야에서 야생초를 수집하여 심었다. 7월부터 하얀 꽃을 삼개월간 피워내는 산구절초나 시월에 황색 꽃을 자랑하는 감국, 연한 홍색 꽃이 피는 엉겅퀴도 뜰 한쪽을 장식했다. 머위도 울타리 가장자리에 심어 쌉쌀한 머위 나물을 신물이 나도록 먹은 기억도 있다. 식구들이 모기와 개미나 벌에 쏘여 아파하면 어머니는 머위 즙을 짜서 발라주곤 했다.

그 좁은 집의 맨끝 방을 세를 놓아서 그 돈으로 오빠를 중학교에 보내는 억척 엄마였다. 그 시절 어머니는 강한 척한 것이지 절대 그렇지 않다. 어머니는 고양이를 싫어한다. 아니 무서워한다. 그 일례로 오빠가 길에 버려진 고양이를 주워왔다. 어린 시절 아이들은 누구나 고양이를 한 번씩은 좋아하게 마련이다. 그 고양이를 보자 어머니는 기절하려고 했다. 며칠 뒤란에 숨겨놓고 길렀는데 이 고양이가 밤이 되면 방 안에 들어오려고 안간 힘을 썼다. 고양이란 태생적으로 인간의 온기를 그리워하는 모양이다. 밤에 문을 북북 긁어 열린 틈새로 고양이가 안으로 뛰어 들어오면 어머니는 비명을 지르면서 방구석으로 도망쳤고 어린 우리는 어머니를 따라서 함께 비명을 지르면서 어머니 쪽으로 몰렸다. 어쩔 수 없이 고양이를 대문 밖에 버렸으나 고양이는 허술한 울타리를 넘어와 다시 방문을 긁었고 어머니의 비명은 밤새 계속되었다. 어머니의 고양이 무섬증 때문에 식구들이 모두 잠을 잘 수 없었다. 다음 날 밤엔 고양이를 멀리 개울가에 버리고 마음을 졸이면서 온 가족이 발을 오므리고 잠을 자려는 순간 다시 고양이가 문을 긁었다. 어머니가 비명을 질러대는 밤이 연속되자 오빠와 나는 고양이를 미군부대에서 나온 군인옷색 부대에 넣어 원을 그리며 빙빙 휘두르면서 걸었다. 그래야 고양이가 집을 찾아오는 길을 모를 것이란 어린 소견에서 였다. 오빠는 버려도 좀 잘 사는 집에 버리자고 고급스러 워 보이는 집 안으로 휙 던져 넣었다. 그 뒤에 고양이는 돌아오지 않았다. 어린 우리 자식들의 눈에 어머니는 이 정도로 보호본능을 자아내는 여성적인 면이 많았고 겁쟁 이였다.

두 번째 어머님이 가꿨던 정원은 종암동의 작은 한옥이 었다. 손바닥만 한 마당은 시멘트를 덮어서 땅은 틈새도 없었다. 거기서도 어머니의 정원은 계속되었다. 동네 쓰 레기통을 뒤져서 흙을 담을 수 있는 깡통이나 깨진 냄비, 심지어 줄줄 새는 주전자도 모두 주어다가 화분을 삼아 마당은 온통 선인장 종류와 화초고추로 가득했다. 문제는 겨울에 그 많은 선인장과 화초고추 뿌리를 죽이지 않고 월동해야 하는 일이었다. 그것들이 방이나 마루를 차지하 고 있는 바람에 식구들 모두가 몸살을 했다. 퀴퀴한 화분 흙냄새를 맡으며 잠자리도 비좁아 모두 몸을 앙당그려야 하는 식구들 고생이 말이 아니었다. 더구나 선인장은 번 식력이 대단하고 생명력도 강했다. 이웃 사람들 집에서 떼어온 개발선인장과 공작선인장은 어찌나 새끼를 많이 치는지 화분 수는 기하급수적으로 늘어났다.

종암동의 옛 한옥에선 어머니의 극성으로 음식찌꺼기 를 썩히기도 하고 산에 가서 부토를 자루에 담아다 화분

에 뿌려 양분이 풍부한 선인장 꽃과 화초고추 열매는 일
년 내내 위용을 자랑했다.

우리 자식들의 눈엔 어머니는 아버지 대신 꽃을 택한
것이 아닌가하는 생각을 했기 때문에 어머니의 정원에 대
하여 이렇다 저렇다 불평할 수가 없었다.

내 어린 시절의 기억으로는 어머니도 정원을 가꾸는 대
신 재혼할 기회가 꼭 한 번 있었다. 북에 아내와 자식을
두고 왔다는 키가 크고 눈에 우수가 서린 아저씨였다. 이
분은 우리에게 과자도 사주고 가끔 데리고 나가 자장면도
먹였다. 우리는 어머니가 혹시 개가하여 우리를 버리는
게 아닌가 하여 그 남자가 오는 걸 겉에 드러날 정도로 싫
어했다. 비가 추적추적 오는 어느 날 밤 어머니는 첫 번째
정원을 가꾸고 있던 일자집의 좁다란 툇마루에 꺾어 앉혀
놓은 인형처럼 맥을 놓고 앉아 있었다. 밤 소변을 누러나
온 나는 눅눅한 비바람에 진저리를 쳤다.

"엄마, 안 자?"

"잠이 안 오는구나."

"비가 오는데 왜 여기 앉아 있어?"

"글쎄 잠이 오지 않는구나."

나는 어머니와 나란히 앉았다. 어머니는 혼자 빗줄기를
보며 중얼거렸다.

'여자 혼자 산다는 것은 참으로 힘든 일이다.'

나는 그때 어머니의 말을 이해 못하는 어린 나이었다.

멍청이처럼 그저 담담하게 어머니 말을 들었을 뿐이다. 어머닌 아버지 자리에 그 아저씨가 들어오려고 할 적에 거절하며 번민했음에 틀림없다.

  나이 들어 어머니는 오빠의 집으로 들어갔다. 15층 아파트에 살게 되어서 내심 우리 형제들은 어머니의 정원은 이제 끝이 났다고 생각했다. 집 안에 항상 고여 있는 퀴퀴하게 썩는 흙냄새에서 탈출할 아주 좋은 기회라고 제각기 속내를 감추고 안도의 숨을 내쉬었다.

  그러나 우리의 추측은 빗나갔다. 어머니는 어머니 방에 딸린 베란다에 화분을 들여놓기 시작했다. 자녀들이 주는 용돈으로 예쁜 화분을 사는 기쁨으로 충만했다. 매일 화분집과 꽃집을 드나들었다. 아파트 베란다의 꽃은 과꽃이나 봉숭아, 야생초가 아니고 선인장도 아니었다. 란이나 고급 화초들이었다. 어머니는 15층의 높은 공간에서 화분을 가꾸는 재미에 푹 빠져 지냈다. 고급 꽃은 오래 가는 것이 특징이라 잎사귀를 매일 닦아서 파리도 미끄러질 정도로 윤기가 흘렀다.

  가끔 어머니 집에 들려서 베란다를 보면 어머니의 정원은 이제 고급 플라워타운으로 변신을 했다. 이름이나 알면서 이런 식물들을 수집하나해서 슬그머니 물어보았다.

  "어머니, 저 관엽 이름은 무엇이에요?"

  신이 난 어머니가 풋풋한 웃음을 삼키며 즐비하게 베란

다에 들어찬 관엽들의 이름을 나열하기 시작했다.

"저 구석에 있는 키가 제일 큰 놈은 관음죽이고 그 옆에 홍콩야자가 서 있구나. 나무줄기가 훤칠한 놈이 파키라고 다음 놈이 비쩍 마른 손자를 닮은 마지나타. 이쪽 구석에 있는 놈이 몬스테라, 그 옆에 야자수 잎처럼 생긴 놈이 겐 자이자……."

어머니는 마치 함께 살고 있는 가족들의 이름을 대듯 서슴없이 줄줄 낯선 외국이름을 늘어놓는다. 고급 꽃들은 수입품이라 이름도 요상했으나 그 이름을 잘도 기억하고 있는 어머니였다. 베란다가 발을 들여놓을 수 없을 정도로 화분으로 가득 차자 이번에는 햇살이 잘 드는 방 안에 층계 화분대를 사다놓고 난을 기르기 시작했다. 뿌연 빛살이 미치는 곳까지 난화분이 어머니의 방을 차지했다. 화분마다 이름을 써서 꽂아놓아서 나는 초등학교 학생이 한글을 배우고 입을 떼는 것처럼 하나하나 소리 내서 읽었다.

보세, 건란, 금화산, 철골소심, 황금소심, 한란, 춘검, 옥화, 사계란, 대만한란 등 얼추잡아 20여 종이 넘는다. 덩치가 크고 꽃이 화려한 호접란이나 덴파레, 온시디움, 심비디움 같은 것은 전부 거실로 내보내고 어머니는 작은 난을 키우는 재미로 정신이 없었다. 난이 피는 날은 온통 어머니의 환희에 찬 밝은 목소리의 전화를 받는 날이다. 네 자녀 모두에게 전화를 걸고 오늘은 옥화가 꽃을 피우기 시작했으니 저녁에 모이라고 다그치고 우리들은 케이크나 과일을 사들고 어머니를 방문해야만 했다. 난초는 바쁜 도시생활에서 어머니를 찾게 하는 어머니 정원의 메신저였다.

　어머니의 이상한 행동은 베란다의 관엽과 방 안의 난을 전부 없이하는 데부터 시작이 되었다. 일생 꽃을 가꾸는 재미로 살아온 분이 갑자기 정원을 없애는 데는 이상한 징후가 보인다고 어머니를 모시고 사는 큰올케의 전화를 받았다. 급히 달려가 보니 어머니의 정원은 뫼산山자 모양의 숯들 위에 작은 난을 꽂아놓은 숯 부작만 덜렁 베란다의 한가운데 놓여 있었다. 갑자기 휘휘하게 빈 어머니의 정원에 마음이 쓰인 올케가 베란다에 어머니의 나이만큼 활짝 핀 빨간 장미꽃바구니를 사다 놓아서 그런 대로 쓸쓸함을 면해주었다.

　예고 없이 들이닥친 방문을 받고 어머니는 흐릿한 눈을 들어 의아하게 나를 쳐다보았다.

　"어머니의 정원이 왜 이렇게 비었어요. 제 일생 어머니의 정원이 이렇게 썰렁한 건 처음이네요."

　"이제 정리를 하려고 한다."

　지그시 눈을 감은 어머니의 얼굴이 잔주름으로 바짝 마른 건포도씨알 같다. 현명한 어머니는 그 연세에 어울리게 죽음을 준비하는 것인가 해서 나는 피식 웃어가면서 너스레를 떨었다.

"어머니 돌아가시면 저희들이 정원을 다 치우든지 아니면 계속 어머니를 생각하면서 돌볼 터인데 왜 미리 치우세요."

"이젠 필요 없다니까."

어머니는 역정을 내면서 버럭 소릴 질렀다. 그 바람에 흩어져 살고 있던 자식들이 다 모여들었다. 일생 자신만의 정원을 가꾸어 오신 어머니가 이제 정신적인 이상이 온 것이 아니냐. 치매가 시작되는 건가. 아니면 정말 돌아가실 날을 예측하고 준비하는 것이 틀림없다는 억측이 난무했다. 정원을 싹쓸이 하듯 치워버린 뒤끝에 자녀들이 신경을 쓰면서 긴장하여 주시해도 어머니의 행동에는 별 이상이 없었다.

그렇게 반 년이 지난 뒤에 큰올케의 다급한 전화를 받았다.

"어머니가 사라졌어요. 어디로 갔는지 행방을 모르겠어요."

"언제 집을 나가셨어요?"

"어제 아침에요. 저녁에는 돌아오실 것이라고 생각하고 그냥 지냈는데 간밤에 돌아오시지 않았어요."

큰올케는 이제 반 울음을 섞어서 울먹인다.

"친구네 가셨겠지요."

"그 연세에 주위 친구들은 벌써 모두 돌아가셨어요. 갈

만한 집이 없단 말이에요. 혹시 먼 친척네라도 가셨나 보다고 모두 확인전화를 넣었는데 안 계셔요."

"혹시 가지고 나가신 물건이 있어요? 핸드백이나 뭐 그런 것 살펴보았어요?"

"핸드백이 없어요. 그러고 보니 옷도 몇 벌 없어졌어요."

"큰올케. 곰곰이 생각해보세요. 근간에 어머니의 행동에 이상한 일이 없었어요."

"아하! 그러고 보니 돈을 백만 원 달라고 하셨어요. 왜 그러냐고 했더니 늙으니까 그만한 돈이 호주머니에 있어 보았으면 한다고 하시더라고요. 그래서 얼른 드렸지요."

돈 백만 원을 가지고 어머니는 자취를 감췄다. 코끼리가 죽을 때는 깊은 산속으로 들어가서 혼자 죽는다는데 어머니도 그런 심정이 발동한 것일까. 그나저나 아무튼 이상했다.

자녀들이 모두 흩어져서 어머니를 찾기 시작했으나 어머니는 흔적도 없이 종적을 감춰버렸다. 어쩔 수 없이 실종신고를 내고 자녀들은 직장에 모두 며칠 휴가를 얻어서 오빠네를 중심으로 커다란 원을 그려 서로 구역을 정해놓고 길가를 뒤지고 다녔다. 연세가 많으니 혹시 집을 잃어버릴 수도 있었다. 아파트가 모두 엇비슷하게 생겼으니 조금 멀리 나갔다가 길을 잃어 그 연세에 아예 실종됐을 수도 있으니 말이다. 수십 군데의 파출소에도 연락해놓고 무숙자들이 모인 곳이나 행려병자를 취급하는 곳이랑 나중엔 무료양로원까지 한 달간을 뒤지고 다녀도 어머니의 흔적은 종잡을 수가 없었다.

모두 지쳐서 각자 직장으로 복귀하고 전화에만 신경을 곤두세우고 있을 즈음에 큰올케의 전화가 걸려왔다.

"어머니를 찾았어요."

"어디서?"

"속초의 군사분계선이라고 해요."

나는 큰올케가 말하는 속초경찰서로 달려갔다. 어머니는 나를 보자 입을 비죽비죽하며 아가처럼 울먹인다. 그물처럼 엉긴 주름진 얼굴 위로 소리 없이 눈물만 줄줄 흘러내렸다.

"무슨 일이에요?"

의아해서 묻는 내게 경찰은 피식 웃음을 터뜨렸다.

"글쎄 할머니가 그 연세에 북한으로 간다고 군사분계선 근처를 얼찐거리다가 잡혀서 노망나셨다는 군인의 연락을 받고 모셔왔어요."

나는 황당한 표정을 지으면서 어머니를 보니 이제 아주 눈을 질끈 감고 있다. 아흔을 넘긴 분이 노망이 나도 이상하게 났다는 구시렁거림을 등뒤로 하고 북새통을 떠는 경찰서를 나왔다. 속초의 횟집에서 저녁을 사드리면서 나는 나긋나긋하게 지나가는 말처럼 어머니를 어르기 시작했다. 처음엔 으름장을 놓고 목소리를 높였더니 어머니는 모른 척 딴청을 부리기 때문에 어린아이를 달래듯 살살 비위를 맞추며 엉너리를 부리기 시작했다. 그래도 입을 열지 않던 분이 식사가 끝나갈 무렵 불뚝 내뱉었다.

"네 아버지 만나러 가려고 했다."

기가 막힌 나는 입을 딱 벌리고 어머니의 눈을 노려보았다.

"그게 가능한 이야기입니까. 우리나라는 분단이 되어서 군사분계선엔 군인들이 삼엄하게 지키고 있고 지뢰를 묻어놔서 아무도 걸어서 못 건너요. 게다가 사상이 틀려서 우린 거기 못 가요."

"내가 나이가 이렇게 먹었는데 사상이 무슨 관계가 있냐. 빨갱이가 어떻고 하면서 나를 가르치려고 그러지 마라. 이 나이에 빨갱이니 어쩌니 하는 건 다 지났다. 이젠 사상에 관계없는 나이니 지뢰를 밟고 죽으면 죽으리라 하는 마음으로 결심하고 나왔는데 이렇게 잡혔으니 엉엉……."

어머니는 식당이 떠나갈 정도로 소리를 내서 울기 시작했다. 식당 안 사람들이 이상한 눈으로 쳐다보고 주인이 달려오고 해서 간신히 어머니를 이끌고 차에 태워 달리기 시작했다.

아버지를 찾아보지 않은 것은 아니었다. 이산가족 만남을 주선하는 적십자사에 올렸으나 살아 있지 않은 것 같다는 통보를 받는 터였다.

"어딜 가느냐?"

"어머니 소원대로 북한에 가려고요."

"아니다. 넌 거기 가면 큰일 난다. 넌 아직 할 일이 남아 있다. 나는 이 나이에 죽어도 되니까 이렇게 용기를 내서 왔지만 넌 아니다. 내가 잘못했다. 가지 마라."

등뒤에 앉은 어머니는 내 어깨에 손을 얹고 애걸한다. 나는 차의 액셀러레이터를 더 힘 있게 밟으면서 속도를 내기 시작했다. 위험하게 속도를 내도 될 정도로 길은 비어 있었다. 정말 이대로 어머니와 함께 군사분계선을 넘어간다면 하는 상상을 했다. 아마도 양쪽에서 쏘아대는 총에 맞아 차는 악살이 날 터이고 불타버릴 것이다. 전쟁영화의 한 장면이 그럴 듯하게 눈앞에 어른거렸다.

속도가 붙자 어머니는 불안해서 벌벌 떨리는 손으로 내 등을 뒤에서 껴안았다.

"아가, 아가. 내가 잘못했다, 잘못했어. 전처럼 집에서 꽃을 가꿀 터이니 나를 용서해라. 난 이제 북한에 가서 네 아버지 찾는 꿈을 접었으니 내 말을 믿어라."

나는 어머니를 모시고 군사분계선에 가장 가까운 동해안의 해변에 섰다.

"어머니, 여기가 남쪽에서 갈 수 있는 가장 가까운 끝자락입니다. 여기서 아버지 있는 쪽을 바라보고 마지막 인사를 올리세요."

어머니는 아무 말없이 조촘조촘 북쪽을 향해 걸음을 옮기다가 무릎을 꿇고 앉았다. 뭇 새들이 시원스럽게 북쪽을 향해 날아간다. 날씨는 후텁지근했지만 싸한 바다 냄새가 코를 찌른다. 그 새들을 멍청히 바라보던 어머니는 두 손을 맞잡는다. 나도 어머니 뒤에 서서 아버지를 향해 사랑한다는 몸짓을 한다. 손자 손녀들이 나를 보면 사랑한다고 머리 위로 두 손을 모으고 원을 그리듯 그렇게 아버지에게 마지막 인사를 보내면서 어머니의 등 위로 흐려오는 눈을 끔뻑거렸다.

엎드려 절하는 어머니가 아버지와 헤어질 적 내 나이는 6살이었다. 그 나이의 어린 몸짓으로 애교스러운 인사를 하고 있는 내 옆으로 파도가 북쪽을 향해 바람을 타고 자유롭게 밀려간다. 태양이 강렬한 빛의 여운을 남기며 밑으로 가라앉는다. 농익은 홍시 색깔로 물든 하늘이 세찬 바람을 몰고 와서 나는 어머니를 옆에서 껴안고 나란히 모래 위에 앉았다. 다시 평정을 찾은 어머니는 내 허리를 바짝 마른 손으로 껴안고는 부드럽게 속삭인다.

"나를 용서해다오."

"어머니 그게 무슨 소리예요. 어머니 연세에 이르기까지 아버지 보고 싶은 걸 너무 참았지요. 이 나라도 나쁘고 세상도 나빠요. 동물도 아닌 살아 있는 사람들을 강제로 갈라놓고 이렇게 긴 세월을 살아야 했으니."

"이제 네 아버지 만나보고 싶은 마음은 오늘로 접었다."

"잘 하셨어요. 이제 잊어버리세요."

"너에게 죽기 전에 꼭 하고 싶은 말이 있었다. 일생 살면서 소원했던 정원도 있고 이렇게 너와 둘이 호젓하게 앉으니 이 말을 꼭 해야겠구나. 너를 너무 고생시켰다. 그게 이제 마음이 너무 아파서 그냥은 못 떠나겠구나. 미안하다. 용서해라."

셋이 아들이고 하나뿐인 딸인 나는 어머니의 험난한 고난의 세월을 함께 지켜온 터였다. 어머니의 산 증인이기도 하다.

"전 고생했다고 생각하지 않아요. 어머니가 이렇게 제 곁에 살아 계셔서 전 정말 행복해요."

"나에게 지워진 짐을 네가 너무 많이 가져다 졌다. 남자들 사이에 딸이 하나이니 넌 어려서부터 가정일에 속박을 너무 많이 받았다. 오빠니까 돌봐야 했고 동생들이라 뒷바라지를 해야 했으니 말이다. 넌 대학생 시절에도 가정 경제를 위해 가정교사로 하루에 세 군데나 뛰었다. 그게 이렇게 내 가슴이 미어지게 아프구나. 용서해다오."

학교수업이 끝나기가 무섭게 자정까지 아이들을 가르치고 들어오면 어머니는 늘 동네 입구까지 나와 서 계셨다. 그리고 앞서거니 뒤서거니 들어왔다. 그 시절엔 가끔 어머니 앞에서 울기도 했었다. 짐이 너무 무겁다고.

아마도 그걸 어머니는 지금까지 가슴에 묻고 있었던 모양이다.

가을 햇살이 살갗이 따끔거릴 정도로 내려쬔다. 외할머

니 묘를 쓰다듬으면서 통곡하던 어머니가 나를 오라고 손짓한다.

"외할머니 무덤 속에 네 오빠가 금반지를 해서 넣었다."

"그게 무슨 소리에요?"

"죽기 전에 꼭 금반지를 한 번 끼어보고 싶다고 네 오빠에게 소원을 말했다는구나. 그걸 이제야 이뤄준다고 네 오빠가 금반지 세 돈짜리를 해 넣으면서 그렇게 울더라. 내가 그래서 큰 한을 풀었다."

북으로 가서 생사를 모르는 아버지, 전쟁 중에 주인 없는 야산에 묻혀 사라져버린 할머니, 화장하여 산야에 뿌려진 외할머니를 어머니는 자신의 무덤과 나란히 불러드려 모셔놓았다. 어머니의 마지막 정원이 될 이곳에 올 적에 어머니의 화기에 넘치는 얼굴은 일생 가꾸어온 다른 어떤 정원보다도 어머니를 더 기쁘게 하는 모양이다. 인생의 마지막 길에 마련한 정원에 만족하여 아버지의 산소에 등을 기대고 앉은 어머니는 앞에 펼쳐진 산야를 안고 기쁨에 달떠서 이렇게 말했다.

"내가 죽은 뒤에 너희들이 일 년에 두 번은 여기에 올 것이 아니냐."

"그럼요. 봄가을 두 번은 꼭 올 겁니다."

올케가 힘차게 말한다.

"너희들 여기 아버지와 내가 묻힌 무덤 둘레에 다 모여 앉아야 한다. 그러면 우리 식구 모두가 할머니와 외할머니를 모시고 한 자리에 모여 앉게 된다."

어머니의 눈에 꿈이 서린다. 북으로 사라져버린 아버지와 산야에 흩어져 살고 있던 두 할머니를 모셔온 어머니는 우리들까지 모두 모여들 정원을 가꾸어 놓고는 너무너무 행복해서 만족한 웃음을 앞에 펼쳐진 산야와 북녘 땅을 향해 맘껏 날려 보냈다. 아마도 어머니는 전쟁 당시 오빠의 리어카에 높이 세운 장대 위에 휘날리는 명주목도리를 어머니의 정원에 높이 매달아놓고 쳐다보고 있는 모양이다. ✈

— 2010년 10월 『월간문학』

황혼의 미로

ㅎㅗㅏ ㅇㅎㅗㄴㅇㅡㅣ ㅁㅣㄹㅗ

　11월 초입은 온 세상이 갈색과 짙은 홍시색으로 물들기 시작한다. 미풍을 타고 한 잎, 두 잎 살살 떨어지는 낙엽이 산책로에 쌓여 발밑에서 푹신하게 밟히는 촉감이 좋다. 간밤에 세차게 불던 바람도 멎고 가을 햇살이 아주 따사롭다. 하늘을 올려다본다. 도심지를 살짝 벗어난 곳이지만 가을 맛이 고인 파란 하늘이 깊고 맑다. 호수공원은 봄에도 아름답지만 각양각색으로 물들어 떨어지는 낙엽과 함께 노란 국화꽃이 만발한 가을 흥취도 대단하다. 거목이 우거진 공원이 아니라서 고색이 창연하지는 않지만 작은 나무들이 주는 운치도 만만찮다.

　메타세쿼이아나무가 줄이어 아취를 이루고 있는 산책로는 호수공원에서 일품으로 꼽는 길이다. 땅을 디딜 수 없는 도시의 생활에서 메타세쿼이아 산책로는 흙길이라 시골정취가 물씬 풍긴다. 더구나 산책로를 따라 함께 나란히 흐르는 도랑에서 풍기는 시궁창 냄새도 정겹고 이따금 수탉의 힘찬 울음소리도 들려온다. 메타세쿼이아 잎이 영미의 나이와 비슷하게 노릇노릇 물들기 시작한다. 한파가 몰려오면 우수수 다 떨어질 잎들이다. 산책로 양옆으로 꽃밭을 이뤄 심어놓은 벌개미취는 까까중머리를 밀 듯 싹둑 잘라버려 6월 초부터 10월 중순 내내 정강이까지 올라온 줄기에 풍요롭게 매달렸던 탐스러운 보랏빛 꽃들은 간 곳 없다.

지금 이 순간 영미는 너무 행복하다. 딸도 시집을 잘 가서 영국에 유학간 사위를 따라가 잘 지내고 있고 아들은 미국에 있다. 자랑스러운 아들은 공부를 잘 해서 과외를 시키지 않았어도 좋은 대학에 들어갔고 이렇게 유학까지 가서 박사학위 논문을 마무리짓고 있다니 너무 감사하고 행복했다. 더구나 며느리도 대학원까지 나온 터라 영미에겐 너무 과분했다. 부잣집 딸이라 처음에는 꺼렸는데 그것도 아들 앞길에 도움이 된다니 복덩이가 굴러들어온 셈이다. 아들이 사랑하는 여자이니 무슨 짓을 해도 전부 예뻐 보여 눈에 넣어도 아프지 않았다.

만물이 겨울을 위해 갈무리하는 가을은 쓸쓸하다. 마치 영미의 나이처럼 이제 세상을 떠날 준비를 해야 한다는 교훈을 암암리에 심어주는 듯해서 숙연해지기도 한다. 남편 없이 아들, 딸 공부시켜 시집장가 보내느라고 자신을 돌볼 겨를이 없었는데 모두 떠난 이제야 자신을 스스로 돌볼 마음이 생겨 이것저것 사 입기도 하고 자신만을 위한 음식도 해먹으니 그렇게 행복할 수가 없다. 날마다 한 시간 반 동안 호수공원을 한 바퀴 돌고 나면 몸이 아주 개운하고 호젓하게 호수를 바라보면서 남은 인생을 정리하는 멋도 있다. 이제 아들 며느리가 돌아오면 두 돌을 지낸 손녀의 재롱도 볼 수 있고 같은 공간에서 함께 살아갈 터이니 혼자 썰렁하니 큰 아파트에 살아온 것에 비해 얼마나 온기가 돌고 기쁠까 하는 생각으로 웃음이 절로 나왔다.

문득 아파트이기 때문에 한 지붕 밑에 살고 있는 가여운 할머니가 떠올랐다. 그녀에 비하면 영미는 얼마나 행복한 여자인가! 어제 해가 지면서 으스스한 저녁, 바로 앞에 살고 있는 할머니가 벨을 눌렀다. 영미처럼 혼자 사는 분으로 친정어머니 나이 또래로 작년에 이곳으로 이사를 왔다. 찬거리를 사려고 마트에 나올 때 말고 사람들하고 담을 쌓고 살아서 내막을 전혀 모르는 분이다. 유행에 뒤떨어진 낡아빠진 한복을 입고 화장기도 전혀 없는 얼굴이다. 이런 분이 어떻게 이런 아파트에 들어와 혼자 사는지 전혀 감이 잡히지 않았다.

"미안하지만 새우젓을 좀 얻을까하고요."

시골에서 사는 사람들끼리 하듯 작은 양념장 종지를 내밀면서 새우젓을 달라고 한다. 마침 김치 담을 적에 쓰려고 사둔 새우젓이 있어서 할머니를 억지로 끌어 안으로 들어오게 했다. 선인장과 꽃으로 가득 찬 베란다와 거실이 눈부신 듯 할머니는 입을 딱 벌리고 눈을 비비면서 한참 동안 어릿거리며 집 안을 둘러보았다.

"난 시골에서 농사를 짓고 일생을 산 사람인데……."

"그 나이에 어쩌자고 도시로 이사를 오셨어요. 그냥 농촌에 사시지 그러셨어요."

"나 갑갑해서 아주 미치겠어. 시골로 되돌아갈 수도 없고 이거 정말 고려장을 당한 기분이야."

할머니는 한숨을 삼키면서 아직도 오지 말아야 할 곳에 온 듯 주뼛거리며 두리번거리기만 한다.

"여기 앉아 차나 한 잔 들고 가셔요."

영미는 감과 배를 깎아 내놓고 녹차를 끓이기 시작했다. 할머니는 말문이 터져서 과일을 먹으며 말이 많아졌다.

"하나뿐인 아들이 나를 이곳으로 옮겨놓고 돈만 부쳐주고 오지도 않아. 아들 며느리 얼굴 본 지 5년이 넘었어."

"외국에 사나보군요."

"아니야. 한국에 살아. 여기서 가까운 곳이라고 들었어. 그런데 전혀 얼굴을 내밀지 않아."

"시골에서 이웃들과 어울려 사시지 왜 여기로 오셨어요?"

"내가 살던 마을이 개발이 되어 아파트가 들어서는 바

람에 땅이 비싼 값에 다 팔려나갔어. 아들이 그 돈을 챙겨 가고 이곳에 아파트를 하나 사서 나를 데려다 놨어. 이것 도 내 이름이 아니고 손자 이름으로 된 거야. 앞으로 값이 뛰면 또 팔아서 옮긴다고 하더군."

"생활비를 드리려고 한 달에 한 번은 오겠군요."

"회사 운영하느라고 둘 다 바쁜데. 며느리가 사람을 시 켜 돈만 보내."

"아주 못된 며느리네요."

"남의 자식 탓할 거 없어. 내 자식이 문제지."

"아들을 불러 야단치지 그러세요."

"제 아내의 치맛자락에 휘감겨 있는 아들자식이 늙은 어미 말을 듣겠어. 세상이 변했어. 여자도 남자하고 똑같 이 행세하면서 사는 세상이야. 내가 살던 시대하고 달라. 여자가 힘이 세졌어."

"그래서 요즘은 아들보다 딸이 낫다고 해요."

"난 딸이 없어서 손해를 봤지. 아들을 빼앗겼으니까. 요 즘 세상에서는 여자가 남자 머리 위에서 널을 뛰거든."

5년이나 아들 며느리가 같은 도시에 살면서도 얼굴을 내밀지 않는다고 한다. 참말로 시대는 변하고 있다. 할머 니의 말을 빌리면 며느리는 친정식구들하고만 만난다니 옆에서 보기에도 괘씸했다. 사돈이 그녀의 아들을 데릴사 위처럼 끼고 돌아서 아들을 낳은 어머니하고는 관계를 아 예 갖지 못하게 한단다. 다 키워놓은 남의 자식을 힘들이

지 않고 앗아가는 심보였다. 심지어 사위 앞에서 어머니를 짓뭉개고 정을 떼도록 별별 말을 다 해서 세뇌를 시켰다나. 할머니는 눈물을 글썽이면서 사돈이란 여자가 어머니에 대한 추억이나 아련한 유년시절까지 모두 짓밟아서 이젠 아들이 어머니는 아주 나쁜 여자라고 한쪽으로 밀어 놓는다고 비죽비죽 울면서 하소연했다.

"아들이 어렸을 적에 밥도 해주지 않았다고 사돈이 말하더군. 매끼마다 더운밥을 해먹였는데 말이야. 아주 건강하게 키워놨더니 밥을 해먹이지 않았다고 하니 기가 막혀 죽겠어."

"아들에게 물어보지 그랬어요?"

"물어봤지. 그랬더니 그래야 장모에게 점수를 따니까 그랬다는 거야."

새우젓을 한 종지 얻어 가지고 나가는 할머니의 등이 너무 초라해 보였다. 그래도 혼자 먹고 살겠다고 새우젓을 얻으러오는 것이 삶의 아름다움일까 아니면 원초적 본능일까.

앞집 할머니처럼 불행한 여자가 아닌 자신이 자랑스러웠다. 좋은 아들과 며느리를 둔 것이 날개를 단 것처럼 몸을 가볍게 했다.

내년 늦봄에 졸업식을 하고 아들 내외가 돌아온다니 아파트를 어떻게 꾸밀까 하는 생각에 깊이 빠져들었다. 호수공원의 온실에 그득한 앙증맞은 선인장을 하나 둘 사드렸더니 베란다에 꽉 차서 집 안이 아주 넉넉해 보인다. 아들 가족이 귀가할 즈음, 어른 키를 넘게 자란 행운목을 사다가 거실의 소파 옆에 놓을 예정이다. 구슬꿰미처럼 줄줄 늘어진 사랑사슬 화분을 창가에 매달아 상큼하게 느껴지는 분위기로 만들 참이다. 오랫동안 꽃을 피우는 서양 난초도 사야하리라. 아들, 며느리가 현관문을 들어서는 순간 감탄을 자아낼 정도로 아주 화사한 패랭이꽃 색이 좋을 것이다. 내년이면 세 살이 될 손녀의 원피스를 연한 분홍색으로 꽃무늬를 넣으면서 뜨개질하느라고 머리를 짓 숙이고 있었더니 눈알이 빠질 정도로 아팠는데 메타세쿼이아 숲을 보니 눈과 머리도 맑아진다. 아들 가족을 기다리는 마음이 평안과 행복을 영미의 가슴에 듬뿍 안겨주어서 콧노래를 부르면서 산책을 했다.

아득하게 길게 뻗은 메타세쿼이아 아취 숲길 저끝에 보랏빛 배낭을 멘 할머니가 걸어간다. 허리가 약간 왼쪽으로 삐딱하게 기울어진 할머니는 키가 너무 작아서 몸에 비해 지나치게 큰 배낭이 할머니의 등을 다 덮었다. 배낭 색이 너무 튀어나게 화려해서 할머니는 없고 배낭이 넘실넘실 걸어가는 것처럼 보인다. 노인은 힘겹게 비틀거리며 걸어서 영미가 그렇게 빨리 걷지 않았는데도 따라잡을 수 있었다. 보랏빛 배낭을 가까이 보는 순간 영미는 기절할 것 같았다. 너무나 눈에 익은 물건이기 때문이다. 왜 이

가방이 한국에 와있단 말인가. 분명히 지난봄에 미국 며느리에게 부쳐준 것이 아닌가. 걸음이 느린 할머니가 멈춰 서서 허리를 펴고 숨을 몰아쉬는 바람에 영미가 앞장을 섰다. 뒤를 돌아보지 말아야 한다. 만에 하나 할머니가 등에 멘 배낭이 그녀가 짜서 며느리에게 생일선물로 보낸 것이라면……. 숨이 막힐 정도로 두려움이 왈칵 밀려왔다.

　며느리에게 금년 봄에 부쳐준 보랏빛 배낭은 6개월간 코바늘로 한 뜸, 한 뜸 정성을 다해 손수 뜨개질한 작품이다. 더러 핸드백을 뜨개질해서 쓰기도 하지만 배낭을 뜨개질하는 사람은 본 적이 없다. 아이들을 위해 원숭이나 토끼 모양으로 뜬 배낭을 보았지만 아무튼 성인용은 없다. 그만큼 힘이 들기 때문이다. 며느리가 좋아하는 연보랏빛 가는 실을 택해서 촘촘하게 뜨개질을 했다. 명품도 부럽지 않을 만큼 정성과 사랑과 기도가 어린 배낭이다. 그걸 어떻게 돈으로 환산할 수 있단 말인가. 일생 한 번이나 이렇게 온몸과 마음을 다해서 뜨지 두 번 다시 할 수 있는 일이 아닐 정도였다. 잔잔한 꽃무늬를 짜 넣기도 힘들었지만 어깨달이 끈을 뜰 적에는 열 번도 더 고쳐서 달아냈다. 아기가 있으니 겉에도 주머니를 두 개나 만들었고 뒤에는 물론 옆구리에도 지퍼를 달아서 아주 편리하게 고안한 배낭이다. 기저귀를 담아 들고 다니는 가방만큼 넉넉하게 커서 우유병을 넣어도 될 정도의 크기다. 시어머니를 생각하면서 쓰라고 일생 비축한 힘을 다해 땀 흘리며 정성껏 짠 배낭이다. 보라색만 하면 가벼워 보인다는 생각에 흰 실을 중간중간 넣어서 짜느라고 얼마나 신경을 썼는지 그걸 다 뜨고 나서는 한의사의 침 치료까지 받은 터였다. 한 코, 한 코 정성을 다 해 코바늘로 뜨면서 아들의 행복을 기원했고 며느리가 건강하고 평안하기를 빌었으며 손녀가 커서 공부 잘 하고 건강하라고 기도했다. 이런 정성어린 물건은 값을 매길 수 없는 진품이라 대를 물리면서 유산으로 물려야할 귀중한 것이다. 해서 썩지도 않고 닳지도 않을 나일론실이 주축을 이루고 빛도 발하지 않을 것이란 다짐을 상인에게 단단히 받고 사온 실로 뜬 배낭이다.

무의식적으로 뒤를 돌아보니 허리가 아픈 할머니는 걷기를 포기하고 벤치에 앉아 있다. 영미는 다시는 뒤를 돌아보지 않고 집으로 향했다. 산기슭에 다양하게 설치한 운동기구에 매달릴 기분도 아니었다. 평상시에는 허리운동도 할 겸 그곳까지 가파른 계단을 올라가 반 시간 정도 여러 가지 기구를 사용하는 운동을 했는데 오늘은 그냥 지나쳤다. 늘 같은 시간대에 산보를 하기 때문에 운동을 하면서 고함을 치는 할아버지의 음성도 들리고 재깔거리는 여자들의 티 없이 맑은 웃음소리도 가을 하늘 속으로 빨려 들어간다.

집에 와서도 가슴이 콩닥콩닥 뛰었다. 오만 가지 생각

이 주마등처럼 지나가서 마음뿐만 아니라 머리도 어지럽다. 이건 분명 사탄의 꼬임이 분명했다. 보라색이라는 사실 하나만으로 영미가 만든 물건이 아닐 터인데 이렇게 신경이 쓰이는 건 분명 평온하고 행복한 마음을 교란시키려는 마귀의 짓이 분명했다. 두근거리는 가슴을 진정하려고 좋아하는 찬송가를 틀기도 하고 요한 스트라우스의 '봄의 소리' 왈츠를 듣다가 나중에는 가을이면 항상 듣는 이용이 부른 '잊혀진 계절'을 틀었다. 가수의 애수가 담긴 목소리도 슬프지만 '……한 마디 변명도 못하고 잊혀져야 하는 건가요. 언제나 돌아오는 계절은 나에게 꿈을 주지만 이룰 수 없는 꿈은 슬퍼요 나를 울려요.'라는 대목에서는 가슴이 찡해서 코끝이 알큰했다.

　이상할 만큼 안정을 취할 수 없을 정도로 불안했다. 미국에 있는 아들네에 어려운 일이라도 생겼나 하는 방정맞은 생각은 나중에 고속도로를 달리던 차가 큰 사고를 당했을지도 모른다는 상상까지 했다.

　불면증으로 부슥부슥한 눈을 쓰다듬으면서 영미는 만에 하나 또 그 배낭을 멘 할머니를 만날 것이 두려워서 호수공원을 피해 그 반대에 위치한 정발산으로 향했다. 산책로가 급경사라 숨이 찼지만 소나무가 많아서 공기가 산뜻했다. 천천히 산비탈을 올라가는데 아뿔싸! 보랏빛 배낭을 멘 할머니가 산중턱에 앉아 있는 것이 아닌가! 그녀를 피해 이리로 왔는데 어쩌자고 이 할머니는 영미를 따라 여기까지 왔단 말인가. 못 본 척 지나치려는데 그 할머니가 먼저 말을 걸었다.

"이 나이에 노망이 났지 어쩌자고 여기까지 와서 걸을 수가 없네. 다리가 후들후들 떨려 걸을 수가 없어. 나를 좀 도와서 저 산 밑으로 내려다 주구려."

주위를 둘러보니 아무도 없다. 한낮이라 늘 시끄럽게 나대는 십대들은 모두 학교로 갔고 노인들은 이 비탈진 산보다는 가을 낙엽이 아름다운 호수공원으로 다 몰려가서 정발산은 텅 비어 있었다. 어쩔 수 없이 영미가 다가가서 노인을 향해 오른손을 내밀었다.

"내가 죽기 전에 예쁜 가방을 메고 호수공원이랑 정발산을 꼭 한 번 가보리라 용기를 내서 나왔는데 역시 나이는 못 속여. 평지는 찬찬이 걸을 수 있었는데 정발산은 역시 산이라 만만치가 않아."

애써 배낭에서 눈을 떼고 무릎을 꿇고 앉아 등을 내밀었다.

"업어드릴게요."

"아이쿠! 무슨 소리. 이래 봬도 내 몸무게가 얼마나 많이 나간다고. 그냥 지팡이처럼 나를 잡아주시구려."

노인을 한사코 업히기를 거절하고 영미에게 몸을 기대어온다. 허리를 한 손으로 감싸고 어깨 위로 한 팔을 올려놓게 한 뒤에 노인을 부축하면서 조심스럽게 산비탈을 한 걸음씩 내딛었다. 그때도 영미는 눈길을 등뒤에 매달린 배낭에 주지 않았다.

"내 등에 멘 가방이 멋있지요?"

할머니는 어깨로 배낭을 들썩이면서 자랑을 한다. 쇄골 언저리에 그물처럼 깔린 주름과 시골 아낙 옷차림에 어울리지 않는 화려한 색깔의 가방이다. 그래도 영미가 말을 하지 않자 숨을 헐떡이면서 노인은 말이 많았다.

"이거 딸이 부쳐준 거요."

"……"

"내 딸이 미국으로 시집을 갔는데 내가 산보 나갈 적에 물병이랑 수건을 넣어 어깨에 메고 나가라고 부쳐주었어. 이 나이에 너무 화려한 색이지만 딸의 마음이 담긴 것이라 이렇게 어제와 오늘 처음으로 들쳐 메고 나왔지. 등 가방이 아주 가볍고 부드러워서 옷을 입은 것처럼 좋아."

눈길이 배낭에 멎는 순간 영미는 숨이 멎는 듯했다. 가방의 가는 실에 매달린 두 개의 방울이 분명히 영미가 고심 끝에 고안해서 달은 꽃 방울이기 때문이다. 옆에 지퍼를 다느라고 몇 번을 뜯어 고쳐 올이 조금 닳은 것도 똑같았다.

"할머니 딸이 미국 어디에 살아요?"

끝까지 아닐 것이란 희망의 줄을 놓지 않고 영미가 다그쳐 물었다. 사람이 만든 것이니 엇비슷할 수도 있지 않겠는가. 바다의 모래처럼 하늘의 별처럼 많은 사람들이 사는 지구덩이 위에서 똑같은 물건이 있을 수도 있지 아니한가.

"나성에 살아."

뒤통수를 거세게 얻어맞은 기분이다. 아들네도 거기 살기 때문이다. 입이 바짝 타들어갔다.

"이 배낭은 따님이 손수 뜬 것인가 보지요. 시중에서 살수 없는 물건인데요."

"우리 딸은 장사하느라고 이런 것을 뜰 시간이 없어. 인터넷에 이게 나왔는데 너무 예쁜 배낭이라 사서 부치는 거라고 했어. 손으로 만든 것이라 값을 매길 수 없는 귀한 것이니 내가 쓰다가 죽으면 딸이 물려받겠다고 잘 보관하라고 하더군."

"세상에! 이건 코바늘로 정성들여 뜬 가방인데 이런 걸 가보家寶로 보관할 것이지 어쩌자고 인터넷에 나왔데요?"

"아마 시어머니가 떠서 부쳐준 모양인데 내다 팔은 모양이야. 딸의 말로는 이런 촌스러운 것을 요즘 세상에 누가 메고 다닌다고 이런 걸 보냈다고 불평을 늘어놓더라고 했어. 젊은 세대를 너무 모른다고 시어머니 흉을 잔뜩 보면서 말이야. 세상이 말세야. 정성어린 물건을 몰라보는 요즘 것들 사람이 아니라 짐승들이라고. 사랑과 정성이 깃든 것을 어떻게 시장 물건하고 비교할 수 있겠어."

"얼마에 샀대요?"

"오십 불이라고 하더군. 한국 돈으로 치자면 오만 원 조금 더 된다고 했어. 이런 배낭은 명품하고 비교할 수 없는 값진 것이라고 딸이 전화로 얼마나 떠벌리는지! 그래서 이걸 메고 산보를 나왔는데 산은 내 나이에 무리야."

할머니가 입은 회색의 유행하고는 먼 풍덩한 가랑이 바지와 누런 반코트 때문에 뒤에 매달린 들국화색 배낭은 눈길을 끌 정도로 툭 튀어나왔다.

어느새 두 여인은 산 밑까지 내려왔다. 건널목만 건너면 이제 헤어져야 한다. 할머니의 발목을 주물러 주었더니 평지에서는 절름거리면서 천천히 걸을 수가 있었다.

"할머니 등에 멘 가방을 저에게 파세요."

"내 딸이 준 선물인데 절대로 팔 수 없어. 나 죽은 뒤에 유물로 달라고 했거든."

"제가 사신 값에 다섯 배를 줄 터이니 저에게 파세요."

"무슨 소리를 해요. 딸이 혹여나 미국에서 나를 보러 나와 그 가방을 어쨌느냐고 물으면 어떻게 하라고. 이건 시장에 가서 살 수도 없는 세상에서 하나뿐이 없는 귀한 물건이라고."

"백만 원을 드려도 안 파실래요."

"뭐라고? 백만 원이라고?"

"사신 값의 20배라면 큰 장사를 한 셈인데요."

할머니는 숨을 몰아쉬면서 길가의 화단 가장자리에 앉았다.

"도대체 이 물건을 왜 그렇게 탐을 내면서 비싸게 주고 사려고 하는 거요. 이건 딸이 준 선물이라 절대로 팔 수가 없다니까요."

팔지 않겠다고 고집을 피우는 할머니의 집까지 따라가서 저녁노을이 곱게 서녘 하늘을 물들 때까지 매달리니 어쩔 수 없어서 할머니는 등 가방을 내려서 내용물을 꺼내기 시작했다.

"이게 딸이 보낸 선물이고 바다를 건너왔으니 잘 보관해야 하는데 나를 도와준 분이 자꾸 탐을 내니 어쩔 수 없구려. 그러나 백만 원을 받는 것은 도둑놈이니 그렇게 많이 받을 수는 없지. 그냥 열 배나 주구려. 내가 딸에게 전화하지. 돈이 필요해서 열 배를 주고 팔았다고."

영미는 오십만 원을 은행에서 찾아다 주고 배낭을 사가지고 집으로 돌아왔다. 전신이 와들와들 떨려서 마음을 진정할 수가 없었다. 세상에! 이 가방을 오만 원에 팔아먹어. 시어머니가 바친 반 년간의 정성과 사랑과 기도를 헌신짝처럼 내던져버려. 이건 시어머니를 발샅에 때만큼도 여기지 않는다는 뜻이야. 어떻게 그럴 수가 있어. 감히 지가 뭔데 내 가슴에 못을 박아. 영미는 거실의 소파에 쓸어져 소리쳐 울었다. 가슴을 주먹으로 치고 고함을 내지르면서 통곡했다. 어둠이 짙게 거실로 밀려들어와서 껌껌했으나 불 켜는 것도 잊어버리고 울기만 했다. 남편이 죽었을 때보다 더한 아픔이 가슴을 도려내는 듯했고 배신감이 파도처럼 밀려와서 그녀를 덮쳤다.

저녁 먹는 것도 잊은 채 자정이 지나서야 불을 켰다. 정신을 차려야 한다. 이대로 무너지면 일어서기 힘들다. 일어서야 한다. 일어서야 한다. 가슴을 손바닥으로 쓸어내리면서 냉장고 문을 열어 찬물을 한 컵 마셨다. 정신이 들었다.

이곳이 자정이면 나성은 아침 8시다. 아들네에 전화를 걸었다. 숨을 몰아쉬면서 자신을 달랬다. 절대로 성을 내지 말고 다정한 음성으로 가장해야 한다. 분노를 터뜨리면 며느리에게 지는 것이다. 아들이 전화를 받았다.

"어머니, 어쩐 일이세요?"

"식구들 모두 건강하냐?"

"네. 이곳은 다 잘 있어요. 혼자 계신 어머니가 늘 걱정입니다. 제때 식사 챙겨 드시고 건강하셔야 해요. 길 건널 때 오른쪽 왼쪽 잘 보고 건너세요. 요즘 나쁜 운전기사들이 많아요."

아들의 마음이 진하게 전해온다.

"애 엄마 바꿔라."

손녀의 웃음소리도 들리고 설거지를 하는지 덜거덕거리는 소리도 들린다.

"어머니세요? 안녕하세요."

"그래. 나는 잘 있다. 내가 떠준 배낭을 잘 메고 다니니?"

"그럼요. 어머니 손재주가 수준급이라고 칭찬이 자자하다고요. 이런 시어머니를 둔 저를 얼마나 부러워하는지 몰라요."

"그래, 그래……."

천연스럽게 거짓말을 하는 며느리가 마귀로 둔갑해서 앞에 서 있었다. 무서웠다. 소름끼쳤다.

속에서 끓어오르는 걸 꾹 참고 영미는 수화기를 놓았다. 지금 만약 소리를 지르고 야단을 친다면 며느리와의 사이는 끝장이다. 아들을 봐서라도 그렇게 할 수는 없다. 참아야 한다. 이를 악물고 참아야 한다. 진땀이 등줄기를 타고 흐른다. 아무튼 수화기를 재깍 놓은 것은 잘한 짓이다. 우선 큰 불은 끈 셈이다.

며느리를 처음 본 날이 떠올랐다. 솔직히 고백하자면 첫눈에 마음에 들지 않았다. 이마가 불거진 것이 문제였다. 뒷박이마는 윗사람의 의견을 존중하지 않는 고집불통의 상이다. 게다가 코도 짧고 코끝이 날카롭게 치솟았다. 그런 코는 복코가 아니다. 돈이 붙는 코가 아니다. 여직 살아온 인생살이에서 자연스럽게 터득한 관상은 그러했다. 코가 그 모양이면 성질이 조급하고 경망스러움을 상대방에게 안겨주게 마련이다. 복코는 코끝이 도톰하고 콧방울이 널찍하며 윤기가 흐르면서 펑퍼짐해야 된다. 그래야 돈이 붙는다. 또 귀는 어떠한가. 귓불이 짧고 밑이 너무 뾰족했다. 이런 귀는 단명하다는 뜻이다. 그녀가 바랐던 며느리의 귀는 얼굴 중간에서 아래를 꽉 채운 도톰하고 길쭉한 귀다. 둥그렇고 넉넉한 입술이 좋은데 며느리는 그 반대였다. 검푸른 빛이 감도는 얇고 작은 입은 길거리 여인처럼 경박하고 색이 강해 보였다. 며느리 관상은 결코 후덕한 상이 아니었다.

첫인상은 그랬지만 아들이 사랑하여 일생 데리고 살겠다고 고른 여자다. 그런 생각을 절대로 입 밖에 내지 않고 꿀꺽 삼켰던 지난 일이 마구 밖으로 튕겨 나오기 시작했다. 어쨌든 지금까진 내 집 식구라고 데려다놓고 보니 그런 흠은 사라지고 귀엽고 사랑스러웠었다. 그런데 이제 배낭 사건으로 인해 그런 믿음이 뿌리 채 마구 흔들렸다. 잔잔한 호수에 고인 물이 휘몰아치는 강풍에 세차게 출렁이듯 그렇게 영미의 마음이 요동쳤다.

결국 얼굴값을 하는 셈이다. 첫인상이 정확했다. 틀린 짐작이 아니었다. 앞으로 긴 세월 이 여자하고 살면서 아들은 얼마나 많은 마음고생을 할지 앞길이 훤하게 보이는 듯했다. 아들이 더 이상 불행해지기 전에 이혼을 시켜야 하는 것이 아닌가 하는 생각까지 들었다. 멋있게 키가 큰 아들에 비해 학교 다니는 내내 일번을 독차지했다는 며느리의 작은 키가 아들 어깨 밑에 드는 것도 미웠다. 거기서 태어날 자식들은 만에 하나 제 어미를 닮으면 난장이가 태어날 것이 확실했다. 이건 내 자식의 짝이라고 인정했을 적에는 절대로 보이지 않던 것들이다. 배신을 당한 뒤에야 며느리의 미운 단점들이 아우성을 치면서 마구 펑펑 쏟아져 나오기 시작했다.

남편이 죽고 난 뒤에 느꼈던 그런 이질감이 밀물처럼 온몸을 감싸 안았다. 남편이 초등학교 선생이었던 시절엔 만나는 사람들마다 다소곳하게 대해주었고 고분고분하니 친절했다. 학부모를 만나도 머리를 숙이고 존경을 표하며 선물을 안겨주면서 웃어주었다. 그러나 남편을 땅에 묻은 뒤에는 모든 것이 변했다. 모두 면전에서 그녀를 냉대했다. 튼튼했던 울타리가 강풍에 날아가버린 뒤 같았다. 휑 뎅그렁하게 집 안이 써늘했다. 다정하게 머리를 숙였던 이웃들이 혼자 된 여자를 천대한다는 생각이 들 정도였다. 남편의 울타리가 그렇게 인생살이에서 귀한 사실을 그때 처음으로 뼈저리게 깨달았었다.

　이제 며느리의 냉대를 당하니 한겨울에 현관문을 활짝 열어놓은 듯했다. 찬바람이 마구 집 안으로 밀려들어왔다. 영미는 늙어서 울타리도 없고 현관문도 없는 신세가 되었다. 며느리의 배신은 뼛속이 녹아내리는 듯 아팠다. 그만큼 며느리를 자식으로 인정했었다는 뜻이 된다.

　잠도 잘 수 없고 음식도 먹을 수가 없었다. 배신감으로 인해 머리가 빙빙 돌 지경이었다. 이러다가는 순간적으로 정신이 돌 것 같았다. 그렇게 믿고 아낌없이 주고 싶도록 사랑했던 며느리의 배신은 자식의 배신보다 더 강렬했다. 이제 학위를 받고 곧 돌아올 아들 내외를 맞는 일이 두려웠다. 무서웠다. 아무리 애를 써도 그악한 며느리를 가면을 쓰고 다정하게 맞을 마음이 아니었다.

영미는 한낮에 호수공원을 걷기 시작했다. 집 안에 그대로 있다가는 그냥 미쳐버릴 것만 같았기 때문이다. 길쭉한 붓꽃 잎들이 찬바람에 모두 몸을 땅바닥에 누이고 일어설 기미가 없다. 그런 모습으로 저들의 생은 마감을 한 셈이다. 그 긴 몸을 자기 힘으로는 도저히 일으킬 수 없을 터이니 말이다. 만약 영미가 여기서 붓꽃처럼 쓰러지면 다시는 일어설 수 없이 주저앉고 말 것이다. 힘을 내자. 힘을 내자. 이렇게 쓰러지면 안 된다. 하면서 영미는 있는 힘을 다해 호수를 끼고 한 바퀴를 돌기 시작했다. 가을이 깊어갈수록 모든 꽃과 나무들은 잎과 꽃잎을 떨어버리고 알몸이 되어간다. 어제보다 오늘 더 많은 잎을 떨어낸 나무들이 벗은 몸을 가을 하늘 속으로 내던지고 있다. 잎이 무성한 나무보다 어쩌면 모든 것을 벗어던진 나무가 더 엄위롭게 느껴졌다. 가식 없이 베일을 벗어던지고 적나라하게 자신을 내보이고 있으니 말이다.

그동안 베일로 가리고 가면을 완벽할 만큼 두껍게 뒤집어쓴 며느리를 대했다는 뜻도 된다. 이제는 잎을 다 떨어버린 나무처럼 나신이 되어 얼굴을 맞대고 마주 서서 바라보고 있는 셈이다. 아무리 생각해도 며느리를 도저히 용서할 수 없었다. 절대로 다시 받아 안을 수가 없었다. 죽이고 싶다는 마음이 들기도 했다. 죽었으면 좋겠다는 생각도 들었다. 순간 무서운 살인 판타지가 앞에 어른 거렸다. 감히 생각할 수도 없는 사악한 생각이 가슴에서 마구 싱싱하게 뛰었다. 며느리를 손수 죽일 수 없으니 교통사고라도 나서 죽었으면 좋겠다는 사악한 생각이 스치고 지나갔다. 무서운 일이다. 자신의 어디에 이토록 악한 마음이 숨어 있었단 말인가. 몸은 산책길을 따라 걸으면서 마음은 마구 어둔 곳을 헤집고 다녔다.

앞으로 어떻게 두 사람이 나란히 공존할 수 있을까. 그건 불가능한 일이다. 대학원을 나온 며느리다. 영미 자신은 동생들 뒷바라지하느라고 고등학교만 졸업하고 회사를 다녔으니 며느리보다 지식 면에서는 훨씬 뒤져 있다. 학문에서는 며느리와 겨눌 수가 없을 터였다. 그러나 영미는 살아온 인생이 길고 백발의 머리를 지녔다. 백발이 인생의 면류관이라고 하지 않던가.

젊은 시절 남편이 살아 있을 적의 사건이 떠올랐다. 성탄절 밤에 케이크 선물을 받았다. 아주 가난한 학생이 보낸 선물이었다. 그 집에서 이런 선물을 샀다는 것은 가계에 구멍이 났다는 뜻일 터였다. 좋은 빵집의 빵이 아니라 길거리에서 반짝 세일로 마구 파는 그런 케이크였다. 크리스마스 전야에 가난한 사람들도 작은 케이크를 사다놓고 가족들이 모여 불을 밝히고 즐기라는 배려로 급조하여 파는 종류의 케이크였다. 그 밤에 이상하게 그런 케이크가 두 개나 선물로 들어왔다. 마침 학교에서 일하는 청년이 와서 케이크를 주어 보냈다. 그리고 당부했다. 선물로 받은 것이니 다른 집에 주지 말고 식구들끼리 성탄전야에

먹으라고.

그 다음날 케이크를 선물한 학생의 어머니가 찾아왔다. 현관문에 들어서면서 통곡했다.

"왜 무슨 일이 일어났나요. 혹시 사고라도 났나요?"

걱정이 된 남편이 다급하게 물었다.

"우리가 가난하다고 이렇게 무시해도 됩니까?"

"무슨 말입니까?"

"우리가 사 보낸 케이크가 고급 빵집의 것은 아니지만 우리 형편에는 정성을 담아서 보낸 것인데 그걸 다시 우리집에 보내는 의도가 무엇입니까?"

"네? 무슨 말씀입니까?"

"학교에서 일하는 청년을 통해 우리가 선물한 것을 다시 돌려보내시면 더 비싼 것으로 사보내란 뜻입니까? 아니면 우리를 무시하면서 그런 싸구려 선물을 받지 않겠다는 뜻입니까?"

그 뒤를 따라서 청년이 들어왔다. 얼굴이 사색이었다.

"선생님, 미안합니다. 저는 이 선물을 가난하고 어려운 이 학생이 생각나서 그 집에 가지고 갔는데 이 선물이 그 집에서 선생님 댁에 보낸 것인 줄 꿈에도 몰랐습니다. 제 잘못입니다."

아무리 청년이 사과하고 빌어도 이미 토라진 학생의 어머니를 달랠 수가 없었다. 그 일로 인해서 선물의 의미를 다시 한 번 깊이 새기는 기회가 된 적이 있었다.

그렇다면 며느리는 불쌍한 사람을 돕기 위해 그녀가 그토록 정성을 다해 짜준 선물을 팔았다는 뜻인가. 아니면 불쌍한 어머니를 둔 여인에게 선심을 쓰려고 시어머니의 정성어린 배낭을 준 것인가. 아무리 짜깁기 해봐도 이건 있을 수 없는 일이란 결론에 이르렀다.

지혜로워야 한다. 사랑하는 아들이 걸린 문제다. 남이라면 등을 돌릴 수 있다. 다시 보지 않으면 되지만 가족이란 끈으로 연결되어 있으니 이를 어쩐단 말이냐. 더구나 피가 섞인 손녀가 그 사이에서 태어나지 않았는가. 앞집 할머니보다 더 불행한 자신이 징그러워서 갑자기 몸이 한 마리의 징그러운 송충이로 변한 기분이었다. 하루아침에 사람이 아닌 벌레로 변해버린 자신을 사람들 앞에 내세울 수 없을 정도였다. 두꺼운 이불 속에라도 숨어야할 것 같았다.

죽음의 길처럼 어차피 혼자 인생을 살아야 한다. 보랏빛 배낭 사건이 없을 적엔 생각해보지 않았던 일이다. 인생길에 두 사람이 하나가 되려고 하는 마음이 괴로움을 낳는 법인가 보다. 아무리 목숨을 내 줄 정도로 사랑한다고 난리를 쳐도 인생이란 혼자 가는 길인 걸 왜 몰랐단 말인가. 그렇다면 이런 사건이 혼자되는 연습이 아니겠는가.

그래도 마음이 허락하질 않는다. 며느리 얼굴 관상이 말하는 것처럼 이기주의고 자기중심적이고 고집이 세고 성질이 급한 것이 며느리라면 사랑을 일방적으로 마구 퍼부어 준 것이 잘못한 짓이다. 미리 대비를 하고 방패로 막았어야 한다. 따지고 보면 미물인 참새도 날개에 힘이 생기면 둥지를 떠나게 마련이다. 다시 돌아온다면 병들었거나 아직도 유아적인 망상에 사로잡혀 어미를 찾아 뒤로 돌아서는 셈이 된다. 둥지를 떠나 날아간 새는 결코 돌아오지 않는 법이다. 또 그래야 한다. 이젠 자식을 날려 보내야 한다. 돌아오지 못하도록 보내면서 축복해주어야 한다. 인중에 누런 콧물을 매달고 치맛자락을 휘감고 매달렸던 아들을 머리에서 싹 지워버려야 한다.

영미는 끊어진 목걸이를 고치는 심정이었다. 무를 자르듯 댕강 잘라진 목걸이의 사랑사슬을 이어보려고 머리를 갸웃거리면서 새털구름이 흘러가는 가을 하늘을 멍청히 바라보았다.

통곡하지 않아도 눈물이 뺨을 타고 줄줄 흘러내렸다. 조용히 영미는 혼자서 자신을 향해 말했다.

'부모자식 간의 사랑이란 내리사랑이야. 개울물처럼 흐르는 이런 사랑은 절대로 거슬러 올라올 수 없는 법. 하나님의 사랑도 자신이 창조한 인간을 향해 밑으로 내려오는 원리와 같아.'

문득 호수공원을 산책하면서 늘 읽었던 돌 판에 새겨진 정지용의 '호수'라는 시詩가 떠올랐다.

얼굴 하나야

손바닥 둘로

폭 가리지만

보고픈 마음

호수만 하니

눈을 감을 밖에

　영미는 호수만 한 마음을 지니려고 호흡을 가다듬으면서 눈을 꼭 감았다. ✈

　── 2010년 신춘 「들소리문학」

사막의 나그네들

버스는 황막한 모하비 사막을 달리고 있었다. 캘리포니아 주 남동부와 네바다, 애리조나. 유타 주의 일부에 걸쳐 있는 건조한 이 사막은 시에라네바다 산맥에서부터 콜로라도 평원까지 뻗어있다. 거의 한반도의 크기다. 얼마나 광활한 사막인지 북쪽으로 그레이트베이슨 사막과 남동쪽으로 소노라 사막과도 만난다.

물이 없어 말라비틀어진 관목들이 차창을 스친다. 여자의 치맛자락처럼 펑퍼짐하게 펼쳐진 산이 이따금 나타나기는 하지만 가도 가도 끝이 없는 사막엔 가이드가 마이크를 잡고 설명해주는 관목들이 말라비틀어진 채 납작 엎드려 있다. 이래도 사막은 살아 있단다. 석탄산 관목, 조수아나무(Joshua tree), 당나무 풀, 갖가지 선인장들이 사막의 열기 속에서도 숨 쉬고 있다고 벌써 열 번도 넘게 오십 줄에 든 가이드는 웃어가면서 열심히 설명하고 있다. 흔들림이 없이 미끈한 고속도로는 사막의 한가운데를 뚫고 하늘과 맞닿아 아물아물 아득히 멀리 앞으로 쭉 뻗어 있다.

차창 밖의 풍경과는 달리 버스 안은 한껏 들떠 있었다.

"제발 저를 부를 적에는 아저씨란 말은 삼가주세요. 그렇게 부르면 전 대답을 하지 않겠습니다. 이래 봬도 가이드 경력 30년이 넘었고 요즘 방송 중인 관광명소에 출연하고 있습니다. 그런 사람이니 저를 미스터 최라고 불러주세요."

미스터 최는 맨 앞줄에 앉아 있는 두 사람의 얼굴에 자꾸 시선을 던지면서 자신의 이름을 미스터 최라고 기억시키려는 의도가 완연한 눈길을 저들에게 던진다.

"이 앞에 앉아 계신 두 분 할머니는 특히 이 사막을 조심하셔야 합니다. 제가 일러주는 곳에서 화장실에 가야지 급하다고 중간에 버스를 서게 하고 내리셔서 사막에 피피(오줌)나 푸푸(똥)를 하면 큰일 납니다. 사막이 죽어 있는 듯 보이지만 아닙니다. 여기에는 바다거북이 사막색을 닮은 산山거북으로 변하여 살고 있고 전갈, 방울뱀, 늑대를 닮은 코요테(coyote)도 있습니다. 더구나 선인장 가시가 얼마나 날카로운지 피피(오줌)누려고 앉았다가 찔리면 큰일 납니다. 여자의 은밀 곳에 박힌 그 많은 선인장 가시들을 누가 다 빼냅니까. 의사도 하기 힘듭니다."

미스터 최의 말에 버스 안에 빼곡하게 앉아 있는 50명 관광객들이 까르르 웃음을 터뜨린다. 나성 시내에서 떠난 관광버스에는 추수감사절 연휴를 맞은 관광객들로 붐볐다. 대부분 이 도시에서 장사하는 사람들로 경제 한파에 지친 심신을 다른 환경에 맡기려고 2박 3일 코스의 데스밸리(Death Valley)와 레드 록 캐넌(Red Rock Caynon) 관광에 끼어들었다.

마이크를 잡은 가이드가 사람들을 웃겨가면서 너스레를 떤다.

"지금 광활한 모하비 사막 위를 달리고 있는 이 버스는 여러분들에게 우주이고 지구이며 국가가 됩니다. 작게는 직장이고 가정이 되지요. 목적지까지 어쩔 수 없이 한몸이 되어서 살아야 할 운명이 사흘간 주어졌습니다. 여러분들에게 저는 여러분들을 이끌고 갈 모세와 같은 존재고 또한 신神과 같은 존재입니다. 아이쿠! 이왕이면 이 작은 버스의 대통령이 되는 게 좋겠군요. 으하하……. 한 가지 꼭 기억할 것은 여러분들은 방랑자가 아니고 나그네란 점입니다. 방랑자는 목적지가 없지만 여러분들은 목적지가 정확하게 정해져 있는 나그네들입니다."

그렇게 말해놓고 가이드는 다시 한 번 앞줄에 앉은 할머니들에게 눈길을 준다. 맨 앞좌석에 나란히 앉아 있는 두 분 할머니를 관광버스에 태워준 딸의 말에 의하면 미국 땅에 일주일 전에 도착했다고 한다. 10년이나 준비한 여행이란다. 충청도 산골, 그것도 바위산으로 유명한 대둔산 기슭에서 일생을 살아온 할머니들이다. 그런 노인들이 미국행 비행기를 타고 태평양을 건너와서 아직도 어릿거리는 판에 모하비 사막을 가로지르는 버스를 탔으니 몸도 마음도 얼어붙어서 가이드의 너스레에 모두가 웃어도 입을 꾹 다물고 차창 밖만 응시했다.

버스가 지평선을 향해 달리는 동안 대부분의 관광객들은 이민생활로 찌든 삶에서 탈출구를 택하여 나온 여행이라 모두 음울한 표정으로 눈을 감기도 하고 멍청하게 밖을 내다보기도 한다.

가이드가 다시 마이크를 잡고 지껄인다.

"미국에 이민 왔으니 모두 교회에 나가고 있지요. 그럼 이 버스를 노아의 방주라고 생각하십시오. 죄악이 난무하는 더러운 세상을 홍수로 모두 물속에 푹 담가서 죽여버리는 시간대에 우리들만 골라 뽑아서 살리려고 창조주가 이 노아 방주 같은 관광버스에 태웠다고 믿으시기 바랍니다."

그러자 눈을 감았던 사람들도 살며시 눈을 뜨고는 까르륵 웃어가면서 재미있다고 휘파람을 불고 괴성을 발했다. 그러자 신이 난 가이드는 드디어 자신의 가이드 임무를 이행하려는 듯 열심히 설명하기 시작한다.

"여러분들은 사막하면 모래를 연상하지요. 그런 사막은 늙은 사막이고 여기 보시는 모하비 사막은 청년기의 사막이라 바위와 관목들이 이렇게 널려 있습니다."

미스터 최는 특히 청년기의 사막이란 말을 하면서 맨 앞자리에 나란히 앉아 있는 할머니들을 흘끔 곁눈질한다. 진짜 이 분들에게 신경이 쓰인다는 표정이 역력했다.

"우리는 지금 저쪽 멀리 후버 댐을 옆에 두고 지나가고 있습니다. 미국에 경제공황이 밀려왔던 시절 실업자들을 구제하려고 루즈벨트 대통령이 실시한 뉴딜정책으로 1936년에 완공된 댐이지요. 그곳에서 일하던 인부들 중 96명이 콘크리트에 생매장돼 죽었는데 그중 94명이 중국사람이었답니다."

그러자 앞줄에 앉은 두 할머니 중 한 분이 버스 안이 쩡 울릴 정도로 기성을 발했다.

"우메! 못 믿겠네. 이 낯선 남의 땅에서 어쩌자고 중국 사람들이 예까지 와서 죽었단 말이요? 순 거짓말을 하고 있네."

그러자 버스 안은 또다시 으하하……. 웃음바다가 되었다. 미스터 최는 가슴이 조마조마했다. 이 할머니들을 데리고 이번 관광 가이드를 제대로 할 것인가 하는 걱정이 앞섰다. 이건 그의 오랜 관광 가이드 생활에서 느낌으로 오는 조짐이다.

지금 저렇게 얌전하게 앉아 있어도 틀림없이 그에게 걱정을 안겨줄 기미를 육감으로 감지하고 있었다. 우선 두 노인의 외모가 문제였다. 여기 사는 인디언 본토 사람들보다 더한 구리빛 살갗이 햇살에 너무 익어버려서 측은하다는 생각이 들 정도로 눈에 띄었다. 머리 스타일도 문제였다. 아프리카 토인들처럼 뽀그르르하게 파마를 한 에프로 스타일에 쌍둥이처럼 똑같은 색의 엉겅퀴꽃색 윗도리를 입었고 바지도 활짝 핀 도라지꽃색이다. 뒤만 봐서는 도저히 구별할 수 없는 모양새였다. 무릎 위에 가지런히 놓인 두 손은 마디가 툭툭 불거지고 바짝 마른 삭정이처럼 앙상하고 거칠다. 손만 봐도 농사일로 일생 찌들대로 찌든 모습이다. 고국의 벽촌에서나 살아갈 촌로들이 태평양을 건너왔다는 사실이 신기할 지경이다. 하필이면 이런 할머니들이 그가 가이드 하는 버스에 탄 것 자체가 불행이란 생각에 가이드는 불안하기 짝이 없었다.

"여러분은 운이 좋습니다. 여름에는 데스밸리의 온도가 섭씨 88도까지 올라간 적도 있답니다. 그래서 우리 관광회사에서는 11월부터 4월까지만 이 지역 관광을 받습니다. 여름철에는 개인적으로 차를 가지고 데스밸리에 가기도 하는데 실제로 어떤 사람이 무모하게 걸어 들어갔다가 3일 만에 발견되었는데 명태처럼 말라죽어 있었다고 합니다."

가이드인 미스터 최는 끊임없이 불안한 마음이 들어서 앞에 앉아 있는 두 할머니를 향해 겁을 주는 표정을 지어 보이면서 뺨을 실룩거린다. 제발 여행 중에 단체행동을 해야지 개인행동을 하지 말라는 엄포였다. 나무가 우거진 산이나 바닷가를 구경할 것이지 어쩌자고 시인들이나 사진작가들이 즐겨 찾는 이런 삭막한 죽음의 골짜기를 조국 산골짜기에서 농사나 지었을 할머니들이 관광을 하겠다고 나섰는지 그 의도를 도저히 이해할 수 없었다.

데스밸리는 미국에서도 가장 더운 날씨를 자랑하는 곳이지만 바람의 속도에 따라 그 모습이 다양하게 바뀌는 모래언덕 무늬를 보려고 한국에서 온 어떤 시인은 10번도 넘게 여길 찾았던 적도 있다. 노인들이 좋아하는 나무와 산이 어우러진 경관이 아니다. 바다 밑이 지각운동으로 인해 땅 위로 불쑥 솟아오른 곳이라 세상에서 유일하게 요상한 모습을 지닌 오묘한 진풍경을 찍으려는 사진작가들이나 글 쓰는 사람들이 오는 곳이고 더러는 인생을 관조하는 지식층들이 찾는 곳이기도 하다. 이런 곳을 산골짜기 할머니들이 관광한다는 것 자체에 이상한 호기심도 발동했다. 무사히 이번 여행 가이드를 마쳐야한다는 다짐을 해보면서 미스터 최는 늘 암송하고 있는 데스밸리에 대해서 나열했다. 가능하면 쉬운 말로 해서 할머니들이 조금이라도 알아듣게 하려고 애를 썼다. 그래도 지루하지 않게 더러는 우스갯소리도 지껄이면서 코미디언처럼 나댔다.

가이드는 과거에 바다였던 이 지역이 기후변화와 지각변동으로 이상한 모습의 계곡으로 변했다는 사실을 이 시골 할머니들이 알아들을 것인가 고개를 갸웃거리기도 했다. 바다 속이 화산폭발로 인해 지상으로 치솟아 올라 오랜 세월 사막의 기운을 받아서 바짝 말라버린 터라 하얀 소금밭이 하늘의 파란색과 함께 강처럼 보이기도 하는 지역이다. 오아시스처럼 보이는 베드 워터(Bad Water)는 먹을 수 없는 물이라고 하는 설명을 듣고도 할머니 두 분은 그저 묵묵히 창밖만을 내다본다. 일란성 쌍둥이처럼 저들은 시선도 한 방향으로 던지면서 벙어리처럼 앉아 있다.

왜 데스밸리(죽음의 골짜기)란 지명을 얻게 되었는가? 1849년 캘리포니아로 향한 서부개척자들이 지름길이라고 들어선 곳이 지글지글 끓는 사막 속으로 빠져 들어와서 반 이상 독이 고인 베드 워터를 마시고 죽었다고 한다. 간신히 죽음의 골짜기를 빠져나온 사람들이 사막에 듬성듬성 난 나무들이 마치 두 손을 벌리고 죽음의 골짜기를 빠져나와 살아난 것을 환영하는 것처럼 보여서 그 사막나무를 조수아나무(Joshua tree) 즉 여호수아나무라고 명명했다고 한다. 여호수아란 두 손을 들고 기도하여 승리했다는 기록이 성경에 남아 있는 인물이다.

우리 나그네 인생길에도 이런 죽음의 계곡이 도사리고 있다고 말하면서 두 할머니를 다시 한 번 가이드는 훔쳐보았다. 여전히 깎아 세워놓은 목각인형처럼 무감각이다.

이 지역에는 900여 종의 식물과 지구상에 유일한 희귀식물만도 20여 종이나 된다는 설명을 하고 난 뒤에 미스터 최는 두 할머니의 얼굴을 흘끔 보았다. 너는 떠들어라

우리는 이렇게 보기만 한다는 듯 저들은 마치 망부석처럼 말없이 그저 묵묵히 차창 밖을 응시할 뿐이다. 전혀 그의 말을 듣고 있는 것처럼 보이지 않았다. 가부좌를 틀고 있는 중들처럼 그저 깊은 사색에 잠긴 듯 초연해 보이기도 했다.

데스밸리의 가장 좋은 위치에 자리 잡은 전망대인 자브리스키 포인트(Zabriskie Point)에 버스가 섰다. 오르는 길이 가팔라서 너무 힘들 터이니 그냥 버스에 남아 있으라고 미스터 최가 두 할머니에게 말했더니 머리를 주억거리면서 그대로 남아 있어 다행이었다. 나이로 봐서 팔순을 넘었을 분들이라 강렬한 햇살을 받으며 반 시간 산보코스를 소화하기 어려울 것이란 우려 때문이었다. 고집이 센 것이 노인들의 특징인데 다행히 이 할머니들은 아주 다소곳하고 고분고분해서 마음이 놓였다.

요세미티 국립공원(Yosemite National Park)의 5배가 넘는 데스밸리 국립공원을 빠져나와 3시간을 달려야 투숙할 수 있는 라스베이거스 호텔에 이르게 된다. 해발 85m나 밑으로 꺼져있는 지구상에서 가장 낮은 데스밸리 옆에 약 3,367m나 되는 높은 산봉우리가 우람하게 버티고 서 있어 해거름이 빨리 죽음의 골짜기를 덮쳤다. 석양이 내려앉는 죽음의 계곡은 색다르고 특이한 풍경을 연출해서 관광객들은 창에 카메라를 대고 사진을 찍느라고 부산했으나 두 노인은 지그시 눈을 감고 조용히 잠들었는지 다리를 꺾어 세워놓은 인형들처럼 미동도 하지 않는다. 달리는 버스 안이니 깊은 잠이 들었을 리는 없고 얕은 잠을 자련만 수굿한 허리를 곧추세우지도 못한 자세로 입술을 사려 물고 두 노인은 서로 기대어 눈을 감고 있다. 산골에 갇혀 있던 분들이 갑자기 태평양을 건너서 이곳까지 왔으니 순간적으로 느껴지는 정서적 압박감에다 시차 때문에 이렇게 축 처져 있는 것일까. 흐릿한 불빛에 도라지꽃색 바지가 무릎 위에 놓인 저들의 갈퀴손에 어울리지 않게 고운 빛을 발했다.

라스베이거스에 최근 문을 연 유일한 한국 식당을 택하기 잘했다고 미스터 최는 가슴을 쓸어내렸다. 양식이라도 먹든지 아니면 호텔 뷔페라도 하는 날엔 쫓아다니면서 시중을 들어야 할 판인데 다행이다 싶어 식당 안쪽에 자리를 잡아주었다. 김치찌개가 어찌나 짠지 다른 관광객들은 별로 식사를 하지 않고 나중에 햄버거라도 먹을 태세였으나 두 할머니는 게걸스럽게 뚝딱 김치찌개를 다 먹고 입맛을 다셨다.

첫날의 여행 스케줄을 무사히 마치고 Paris Casin Hotel에 짐을 풀게 되었다. 라스베이거스에서 최근에 건축된 호텔로 파리의 명물인 피사탑과 센 강가의 풍경을 그대로 빼박은 도박장을 거쳐서 호텔방으로 가게 되어 있다. 드높은 천장에 새파란 하늘과 구름이 일렁이는 그림이 조명을 받고 황홀한 빛을 뿜어낸다. 사람들로 흥청거리는 도박장에 들어서자 관광객들은 모두 흥분한 모습이었다.

"할머니 이곳은 도박을 하는 카지노란 곳이에요. 한번 해보실래요?"

미스터 최는 두 할머니가 온 하루를 다소곳이 사고치지 않고 말을 잘 들어준 것에 상이라도 주려는 심정이 치솟았다. 우선 7층 호텔방에 짐을 풀게 하고 두 할머니를 모시고 동전을 넣는 기계 앞에 앉게 하고 어떻게 하는 법을 상세히 일러주었다. 두 할머니는 뒷방구석에 처박힌 곡식 자루처럼 무표정하면서도 눈가에 장난기가 서린 금산댁이 먼저 빠찡꼬 지식을 빨리 터득해서 버티고 앉아 신나게 두드리기 시작했다. 그 옆에 나주댁이 어릿거리면서도 매미처럼 달라붙어서 열심히 모니터를 응시했다. 어느 정도 할머니들이 잘하는 것을 보고 깡통에 들어 있는 동전만 하라고 수없이 다짐을 받아낸 미스터 최는 호텔방으로 올라가는 법까지 친절하게 가르쳐주었다. 그제야 밀려오는 피로감을 누르면서 자기에게 배정된 방으로 급히 올라가서 샤워를 하고 막 잠을 청하고 있는데 핸드폰이 방정맞게 울렸다. 관광객들이 사고라도 친 것인가 싶어서 미스터 최는 용수철처럼 튀어 올라 전화를 받았다. 한국말이 아닌 영어가 다급하게 울렸다.

"무슨 일이요?"

"당신이 데려온 관광객들 중에 할머니 두 분이 있지요?"

순간 머리가 띵해졌다. 깡통에 남은 돈만 가지고 놀고

올라오라고 했는데 무슨 사고를 쳤단 말인가. 미스터 최는 허겁지겁 저들이 호출하고 있는 지하로 내려갔다. 호텔 지하에는 임시 구치소가 있고 경찰이 있으며 카지노 전체를 촬영하는 화면이 있어서 모든 걸 한눈에 볼 수 있는 곳이었다.

"할머니들이 무슨 사고를 쳤습니까?"

"여기 촬영된 걸 보시오."

호텔 책임자가 촬영한 것을 되감아서 천천히 돌렸다. 놀랍게도 빠찡꼬 기계의 벨이 요란하게 울리자 놀란 두 할머니는 서로 눈짓을 하고 줄행랑을 치기 시작했다. 기계를 고장나게 했으니 어서 도망가자는 몸짓이었다.

"이게 무슨 뜻입니까?"

여직 가이드를 해도 이런 일은 처음이라 머쓱한 표정을 지으면서 미스터 최는 호텔 담당자의 얼굴을 응시했다.

"이건 대박이 터진 거라고요. 그런데 문제는 여기 보시요."

기계를 다시 돌리자 놀랍게도 두 할머니가 줄행랑을 친 자리에 옆에 앉았던 백인여자가 슬그머니 다가와 앉는 것이 아닌가. 자기가 대박을 터뜨린 것으로 가장을 한 셈이다. 그걸 지나가던 한국 유학생이 보고 고발을 했다는 것이다.

미스터 최는 빨리 할머니들을 데려와서 대박이 터진 돈을 타야하기 때문에 호텔방으로 갔다. 705호 방 초인종을 아무리 눌러도 대답이 없다. 무려 20분이나 기다리면서 문을 두드리기도 하고 벨을 눌렀으나 여전히 잠잠했다.

"할머니 우리 관광버스가 곧 떠나요."

미스터 최가 이렇게 거짓말을 하자 문이 열렸다. 여전히 나주댁은 이불을 머리끝까지 뒤집어쓰고 숨어있다. 금산댁이 나와서 넙데데한 얼굴에 근심어린 표정을 감추지 못하고 손사래를 쳤다.

"우린 아무 잘못 없어요. 지가 그냥 고장이 나서 소리를 낸 것이지 우린 아무 짓도 안했다니까요."

"으하하……. 할머니 그게 아니라 대박이 터진 거예요. 어서 옷을 입고 따라오세요. 돈을 받아야지요. 이건 기적입니다. 어서 어서 서두르세요."

무슨 소리인지 몰라서 두 노인은 조금 어릿대다가 나중에야 감이 잡혔는지 재빨리 옷을 입고 따라나섰다. 근심거리였던 두 노파가 관광객들의 즐거운 웃음거리가 되어서 다음날 아침식사 시간은 온통 두 할머니들의 이야기로 풍성했다. 그간 미스터 최가 걱정한 것이 기우였다는 안도감에 복덩어리 노인들을 태웠다고 혼자 가슴을 쓸어내렸다.

한 가지 걱정을 덜고 나니 두 할머니 바로 뒤에 앉은 50대 부부가 가이드인 미스터 최의 신경을 까슬까슬 건드렸다. 반백인 남편이 어쩌자고 혼자 온 30대의 여자를 따라다니는지 가이드는 내심 조마거리면서 은근히 그 옆에 앉아 있는 아내의 눈치를 보게 되었다. 그의 아내는 입을 꾹 다물고 있지만 신경질이 난다는 표정을 감추지 못하고 있었다. 저녁을 먹을 적에도 부산에서 왔다는 남자는 미스 오라고 부르는 여자를 졸졸 따라다니더니 저녁식사 시간에는 아예 아내를 혼자 버려두고 그 젊은 여자와 동석하여 시시덕거려서 모든 관광객들이 얼굴을 찌푸렸다.

하룻밤을 자고 난 관광객들은 아침식사 시간에 대박이 터진 두 할머니 이야기 말고도 이들 중년부부의 짓거리에 잔뜩 신경을 곤두세우고 있었다. 걱정했던 일이 현실로 나타났다. 식사를 막 마치고 나오는 길에 경찰이 와서 부산남자를 데리고 가는 것이 아닌가. 일이 이렇게 되면 관광객들이 움직일 수 없게 된다. 한 사람을 버려두고 관광을 할 수 없기 때문이다. 버스 안에 탄 사람들이 한몸이 되어 함께 움직여야 하기 때문이다.

미스터 최는 경찰차에 오르는 부산남자를 따라갈 수밖에 없었다. 우선 다른 관광객들은 모두 버스에 올라 잠시 기다리라는 말을 남기고 말이다. 두 할머니 사건으로 인해 어젯밤에 갔었던 지하 구치소로 다시 내려가야 했다.

"이유가 무엇입니까?"

"남편이 아내를 어뷰즈(abuse) 했습니다."

"네! 그게 무슨 소리입니까?"

미스터 최는 나이스하게 사근사근 웃어가면서 경찰에게 좋게 보이려고 애를 썼다. 두 할머니만 신경 썼던 것이 이런 결과가 나왔나 해서 살짝 미안하기도 했다.

사건 내용은 새벽까지 그 젊은 여인과 함께 시시덕거리면서 도박장에 있던 남편에게 아내가 내려와서 잔소리를 한바탕 늘어놓은 모양이다. 이런 아내를 남편이 보기 좋게 따귀를 때리고 그것으로도 분을 삭이지 못하고는 발로 마구 걷어차는 걸 사람들이 보고는 바로 고발한 모양이다.

"어쩌자고 아내를 사람들 앞에서 때렸습니까?"

미스터 최는 난처한 얼굴을 감추지 못하고 성난 음성으로 물었다. 여행 가이드 30년 동안 이런 일은 처음 있는 일이었다.

"혼자 온 여자가 심심하지 않게 도와주려고 선심을 베풀고 있는데 아내가 집에서처럼 바가지를 긁으니 자존심이 상해서 그랬지. 집사람을 쥐어 패는 일은 집에서 늘 내가 하는 짓인데 여기서는 왜 이 난리지? 남의 일에 왜 끼어들어 이렇게 야단인지 참으로 이상하군. 도저히 이해할 수 없어."

그제야 감이 잡힌 미스터 최는 경찰 앞에서 싹싹 빌기 시작했다.

"이건 문화의 차이입니다. 한국에서는 이런 학대(abuse)가 가장의 사랑표현이라 부부간의 일로 여기고 그냥 봐주는 풍습이 있습니다."

미스터 최는 어서 부산남자를 꺼내 데리고 오늘의 관광 일정을 채워야하기 때문에 싹싹 빌었으나 경찰은 머리를 흔들면서 막무가내였다. 사람들 앞에서 아내를 구타한 남자는 당연히 징역을 살아야한다는 주장이다. 두 분 할머니가 말썽을 부릴 줄 알았는데 엉뚱하게 부산에서 장사를 하고 있다는 중년부부가 문제였다. 이들 부부는 미국에 이민 온 아들이 초청하여 관광을 하고 있는 참이었다.

한국과 미국의 문화차이를 들이대고 슬쩍 넘어가려고 아무리 설명해도 통하지가 않아서 벌써 관광스케줄에서 한 시간이나 낭비했다. 어쩌자고 미국 땅에 와서 아내를 구타하여 이런 사고를 냈는지 미스터 최는 화가 치밀었다. 아직도 아내를 때리는 습관을 지닌 남편이 있고 그 매를 맞고 살아가고 있는 아내가 있으며 한국사회가 아직도 그런 일을 허용하고 있다는 사실에 놀라기도 했다.

"50명이나 되는 관광객이 이 사람 때문에 모두 발이 묶였습니다. 그러니 제발 풀어주세요. 이 부부는 여기 미국에 거주하는 사람들이 아니고 한국에서 관광 온 사람들이니 관광이 끝이 나는 즉시 바로 한국으로 돌아갑니다."

"미국에 왔으면 미국 법을 적용하는 것이니 풀어줄 수 없습니다. 변호사를 사십시오."

긴급한 경우를 대비하여 늘 대기시켜 놓은 다른 가이드를 불러놓고 미스터 최는 버스로 돌아갔다. 남편이 갇혔으니 어쩔 수 없이 아내도 다른 가이드와 함께 호텔에 머무를 수밖에 없어서 그 사람들을 내려놓고 버스는 레드 록 캐넌(Red Rock Caynon)으로 향했다. 어제처럼 버스를 많이 타는 곳이 아니다. 이곳은 라스베이거스 근처에 있는 산으로 관광회사에서 처음으로 개발하여 시험하는 첫 케이스였다. 인디언들이 주로 살았던 이곳은 바위산의 색이 여러 색깔로 치장을 하고 있어 데스밸리하고는 아주 다른 놀라운 감동을 안겨주는 곳이었다. 인디안 뷰 포인트(Indian View Point)에 서서 미스터 최는 부산부부가 갇힌 사건으로 마음이 울적했으나 졸졸 따라다니는 관광객들에게 내색을 않고 안내를 했다. 다른 관광객들도 가이드의 기분을 알았는지 모두 묵묵히 눈치를 보고 있었다.

"이곳 원주민 인디언들은 자손들에게 자연을 고스란히 인계하는 관습으로 인해 자연훼손이 거의 없습니다. 그들은 자연을 성스럽게 보고 아끼고 존중했지요. 하지만 이 땅을 정복한 백인들은 자연을 정복하는 자세라 아메리카 대륙을 많이 훼손했습니다. 이렇게 인디언의 관점과 백인의 관점이 달라요."

금산댁과 나주댁은 사막에서 살아남기 위해 가능하면 물을 아끼는 잎사귀를 지닌 모스키트나무(Mosqite Tree)와 붉은 가시를 수북이 피어올린 바렐 선인장(Barrel Cactus)을 유심히 보면서 이놈들을 대둔산 밑의 앞마당에 심으면 어떨까 하는 생각으로 가득했다. 특기 모스키트나무는 봄에 달짝지근한 향기를 뿜어내는 아카시아의 축소판이라 귀엽게 보였다. 땅 빛과 산 빛깔이 비슷하니 산의 높이를 가늠할 수 없었다. 밑에서 보기에 나지막해 보이는 산이지만 상당한 높이라고 가이드가 열심히 설명해주었다.

척박한 땅에 뿌리를 내린 선인장과 기괴한 암석을 병풍처럼 두른 산을 보면서 두 과수댁은 삭막했던 지난날을 떠올렸다. 열 살에 맞았던 전쟁의 장면이 눈앞에 펼쳐졌다. 그 시절 비행기장을 지날 적에는 사방이 꼭 모하비 사막처럼 황량했었다. 비행기장 위로 날아왔던 비행기가 하필이면 이곳 레드 록 캐년에 불현듯 다가왔다. 쌕쌕이는 피난민들을 향해 내려 꽂혔고 그 뒤를 이어 땅을 패는 총알이 날아와서 아수라장이 되었던 현장이다. 그때 어머니 등에 업혔던 동생은 등뒤를 총알에 맞아 죽었고 할머니도 현장에서 돌아가셨다. 전쟁의 와중에 살아남은 금산댁과 나주댁은 대둔산 산골에서 나란히 담을 사이에 두고 일생을 살아왔다. 금산댁은 아들이 미국으로 이민 갔고 나주댁은 딸이 미국으로 국제 결혼하여 갔기 때문에 자녀들 초청으로 칠순 생일을 축하해주는 여행을 하게 된 것이다.

다른 자녀들도 모두 대처로 떠나고 없어 동갑네기 두 할머니는 일생을 한몸처럼 살아가고 있었다. 척박한 이런 사막 위를 걸어서 살아온 인생이었다. 억척스럽게 산나물과 약초를 캤고 농사일을 하면서 살아온 인생길이 사막에 우뚝 선 산들을 보면서 영화의 한 장면을 보듯 확 펼쳐졌다.

"우리 같은 날 같은 시간에 함께 죽자. 우리 둘이는 손을 꼭 잡고 함께 하늘나라에 가서 살자."

"그렇게 하자. 우리 꼭 그렇게 하자. 이 땅 위가 호텔방처럼 잠시 머물렀다 가는 나그네 길이란 것이 얼마나 다행이냐."

두 분 할머니는 철학자처럼 인생까지 논했다. 여행이란 사람들을 짧은 시간에 많은 것을 보고 생각하게 만들기 때문일 게다.

"이 여행을 마지막으로 우린 더 외롭게 살 터이니 이제 우린 하늘나라에 갈 일만 남았구나."

하긴 그동안 근 10년을 두고 미국여행을 꿈꾸느라고 늙음과 죽음이 멀리 있었으나 이제 이 여행을 끝으로 귀국하면 무슨 재미로 남은 삶을 살아갈지 가슴이 저몄다. 그래도 다행인 것이 동전을 가지고 노는 도박에서 5천 불이란 거액을 땄으니 동네 사람들이랑 다른 자녀들에게 줄 선물을 사가지고 가게 되어서 너무 기뻤다.

"우리가 가져온 돈에 도박장에서 딴 돈을 합쳐 선물을 사가지고 가면 모두 얼마나 좋아할까. 어떤 선물을 사야 하지?"

"그건 미국에 사는 자녀들이 잘 알 터이니 그 애들을 데리고 다니면서 사면 좋을 거야. 여기 사막에서 나온 꿀이 좋다고 하던데 꿀을 사가야겠어."

두 할머니가 주고받는 대화를 엿들으면서 미스터 최는 끝나가는 여행이 다행이라고 안도의 숨을 내쉬었다. 문제가 된 부산남자가 골칫거리지만 어떻든 이제 하룻밤만 자면 나성으로 돌아가게 된다. 이런 날엔 피곤이 더 진하게 몰려와서 미스터 최는 마지막 의무로 도박장을 한 번 돌아보았다. 금산댁과 나주댁이 다시 빠찡꼬 앞에 나란히 앉아 있었다.

"할머니들 들어보세요. 어제처럼 대박이 터지는 일은 하늘의 별따기입니다. 그러니 조금만 놀고 들어가세요. 알았지요? 깡통에 든 동전만 가지고 놀다가 올라가세요."

그러마고 두 노인은 미스터 최를 향해 머리를 끄덕이고는 눈치를 보면서 금산댁이 20불짜리로 동전을 더 바꿔 오자 나주댁이 걱정을 하기 시작했다.

"이거 하다가 다 잃을 수 있으니 우리 고만 들어가자."

"요런 재미를 어떻게 하고 들어가. 자네나 들어가 자라고. 난 건강 체질이니까 조금 더 하고 들어갈 거야. 또 대박이 터지면 선물을 더 살 수 있잖아. 우리 일생에 이런 재미는 두 번 다시 오지 않을 터이니 말이야."

금산댁만 남고 나주댁은 잠을 자겠다고 일어섰다. 미스터 최는 금산댁의 어깨를 두드리면서 조금만 하고 들어가 쉬라고 충고를 했다. 그래도 마음이 놓이지 않아서 엘리베이터를 타고 가다 다시 내려와서 주의를 주었다.

"할머니 조금만 하고 들어가세요. 알았지요. 따신 돈으로 자녀들 선물 사가지고 가야지요. 잘못하면 다 잃어요. 이곳은 다 빼앗기는 곳이니 재미로 조금만 하세요."

알았다고 금산댁은 머리를 크게 주억거렸다. 미스터 최는 아직도 갇혀 있은 부산남자 문제로 지하로 내려갔다. 6개월은 감옥에서 지내야 하고 재판을 받아야 한다는 등 저들과의 대화는 점점 나락으로 빠져들었다. 어쩔 수 없이 호텔 지배인을 만나 한국의 풍습을 설명하고 간신히 그를 빼낼 수가 있었다. 그러나 조건이 달렸다. 나성으로 가면서 바로 귀국한다는 토를 달았다. 그리고 미국에는 다시 오지 말라는 조항도 내세웠다. 간신히 부산남자를 데리고 지하 감방을 빠져나오면서 미스터 최는 안도의 숨을 내쉬었다. 그러나 부산남자는 묵묵히 뒤를 따라 걷는 아내를 향해 다시 종주먹을 흔들었다.

"너 부산 우리집에 돌아가면 가만두지 않을 거야. 고놈의 주둥이가 문제야. 넌 나를 그 주둥이로 화를 돋워 미치게 만든단 말이야. 이 모두가 다 너 때문이야."

혼이 난 터라 부산남자의 아내는 꾹 입을 다물고 머리를 숙이고 다소곳이 따라왔다. 50명이나 되는 사람들을, 그것도 지구만한 공간에서 자유롭게 누비고 다녔던 사람들을 좁은 공간에 가두어놓고 단체로 이끌고 가자니 미스터 최는 너무 힘이 들었다. 관광의 막바지에 이른 마지막 밤을 지내고 내일 아침 이들을 전부 데리고 나성으로 이동하여 풀어놓으면 끝이었다.

밤새 전화가 없는 걸 보면 지친 관광객들도 모두 깊이 잠든 모양이다. 아침 일찍 미스터 최는 늘 해왔던 것처럼 도박장을 한 번 둘러보려고 나섰다. 혹시 만에 하나 아직도 밤새워 도박을 하고 있을 사람이 있나 하는 기우증에 서였다. 그의 경험을 종합해보면 처음 이곳 관광 가이드를 시작했을 적에는 미국인들이 주종을 이뤘으나 차츰 그게 일본인들로 채우다가 그다음 한국인들이 몰려오더니 이제는 중국인들이 도박장을 꽉 메웠다. 한국인이나 중국인은 겉은 비슷하게 생겼으나 자세히 보면 눈빛이나 살갗에서 심지어 살냄새까지 무엇이 달라도 상당히 차이가 나서 미스터 최는 한눈에 저들을 식별할 수 있었다.

도박장의 맨 가장자리 두 분 할머니가 대박을 터뜨렸던 자리에 눈이 머물렀다. 저런, 저런 저 일을 어쩌나! 그 자리에 눈이 벌게진 금산댁이 그저 앉아 있었다. 그럼 이분이 이 자리에서 밤을 새웠단 말인가. 기가 차서 미스터 최는 발소리를 죽이고 다가갔다. 여전히 금산댁은 밭두렁의 김을 매듯이 식식거리면서 빠찡꼬 판을 두드리고 있었다. 그것도 10달러씩 내는 판이 큰 기계 앞에 앉아 있지 아니한가. 얼마나 오랫동안 자판을 두드렸는지 손끝이 새까맣게 먼지와 때로 물들어 있었다.

"할머니! 미쳤어요. 밤새워 이걸 했단 말인가요?"

금산댁은 도박장 특유의 공기와 냄새에 찌든 진짜 도박

꾼의 흐리멍덩한 눈으로 미스터 최를 올려다보았다. 구름 속을 해매 듯 는개가 잔뜩 어린 눈이었다.

"돈을 얼마나 잃었어요? 어제 딴 돈을 전부 잃었지요? 자녀들 선물을 사가라고 했더니 세상에 이게 무슨 짓이에요."

그러자 나주댁이 윗옷의 앞 단추도 다 잠그지 못하고 달려왔다. 성이 잔뜩 나서 뿔난 황소처럼 식식거렸다.

"아니 자네 미쳤어. 우리 둘이 나눠가진 돈을 전부 가져가고 자식이 용돈으로 준 5백 불도 다 가져갔잖아. 난 한 푼도 없어. 한국 가기 전에 선물 사가려고 몰래 감춰놓은 잔돈까지 다 훔쳐 가면 어떻게 해. 당신 미쳤어."

그래도 금산댁은 여전히 머리를 숙이고 자판의 과일들을 일자로 맞추려고 안간힘을 썼다. 늦게 배운 도둑이 사람 잡는다더니 이 경우를 두고 한 말일 터였다.

두 분 할머니는 빈 털털이가 되어서 서로 이를 드러내고 으르렁거리면서 물고 뜯어댔다. 미스터 최는 단 한 점의 세상 물이 들지 않았던 한국의 순박한 시골 할머니들을 이렇게 타락하게 만드는 곳이 바로 라스베이거스라는 점을 새롭게 인식하고는 몸을 떨었다.

입구 쪽에 눈길을 던진 미스터 최는 기가 막혀 입이 다시 딱 벌어졌다. 어제 늦은 밤에야 겨우 아래층 감옥에서 꺼내놓은 부산남자가 젊은 여자와 함께 거기 앉아서 시시덕거리고 있었다. 조금 있더니 아내가 내려와서 여자의 멱살을 잡고 사납게 대들어서 고함소리로 시끌벅적했다. 두 여자 사이를 갈라놓으면서 미스터 최는 부산남자에게 화난 어조로 말했다.

"다시 감옥으로 가시려고 그래요."

"그래서 내가 지금 손이 근질거리는 걸 참고 있잖아요. 한 대 쥐어박아야 하는데 태평양 건너갈 때까지 참느라고 손이 저려요. 저걸 그냥 짓이겨버려야 하는데……."

"난 이곳 아들네서 살지 절대로 한국에 안 가요. 지긋지긋한 부산 바닥 시장터에 돈 벌려고 가지 않는다고요. 혼자 가서 잘 살아 보시요. 저 여자 데리고 가서 잘 살아 보구려. 나를 보호해주는 이 미국이란 나라에 반했으니 나는 절대로 귀국하지 않아."

"그럼 이혼감이야."

"아이쿠! 그 말 잘 했수다. 나 이혼하고 싶어요. 차마 내 입으로 먼저 말하지 못했는데 좋수다. 곧 이혼합시다."

어제는 그렇게도 다소곳했던 여자가 완전히 변해서 날뛰고 있었다. 부산남자는 미쳐도 단단히 미쳤다는 말이 목구멍까지 올라왔으나 두 주먹을 불끈 쥐고는 씩씩거렸다. 미스터 최는 어서 이들을 끌고 버스에 오르는 것이 급선무이기 때문에 얼렁뚱땅 양몰이를 하듯 달래고 으름장을 놓으면서 버스에 올랐다.

버스는 모하비 사막을 가로질러 나성으로 향하고 있었다. 앞줄에 앉은 두 할머니가 서로 으르렁거리면서 싸우고 있다. 얼마나 화가 났는지 나주댁이 나중에는 금산댁의 머리채를 잡아당기면서 기성을 발하자 금산댁도 지지를 않고 덤벼서 두 여자는 뽀그르한 에프로 머리칼을 서로 쥐어뜯으면서 으르렁댔다.

"우리 이제 갈라서자. 우리집하고 너의 집 사이에 담을 아주 높이 쌓아서 절대로 너와 얼굴을 맞대지 않을 것이다. 공산당도 너보다는 낫다."

"그래 내가 빨갱이 공산당이면 너는 뭐냐? 네 아버지를 죽인 남한 군인이냐?"

나주댁이 철천지원수를 만난 듯이 이를 갈자 금산댁도 지지 않고 덤벼들었다.

"내가 해준 털목도리를 내놓아라. 그건 너를 좋아해서 내가 석 달 걸려서 짜준 것이 아니냐. 그걸 너에게 주느니 차라리 우리집 똥강아지인 똘똘이에게나 주겠다."

"그래라. 그따위 것 다 주겠다. 그것 뿐만 아니라 네년이 준 무말랭이랑 취나물 말린 것도 다 주겠다. 네년이 아파도 내가 돌봐주나 봐라."

"나도 네가 아프다고 울어도 물 한 모금 디밀지 않을 터이다."

분이 극에 달한 나주댁이 나중에는 이를 갈면서 대든다.

"내가 가는 하늘나라에 너 따라오지 마라. 네가 거기까지 온다면 난 차라리 지옥으로 갈 터이다."

"나도 너 있는 곳에는 가지 않는다. 내가 하늘나라에 갈 터이니 네가 지옥으로 가라."

격렬했던 한국동란도 함께 겪어냈고 일생을 서로 의지하며 오순도순 손을 잡고 살았다던 두 할머니는 남과 북이 갈린 듯이 싸우고 있어 버스 안은 푹 내려앉은 안개 속처럼 속이 더부룩하고 뭉글거리는 분위가 되었다.

바로 그 뒤에 앉은 부산남자와 아내는 서로 등을 돌리고 다른 방향으로 머리를 틀고 앉아있다. 떠날 때와는 달리 저들은 앙숙이 되어서 말이다. 얼마나 싸워야 이 나그네 길의 다툼이 끝이 나려는가. 미스터 최는 의자에 깊숙이 몸을 묻고 눈을 지그시 감았다. 이렇게 슬프게 이 여행을 마무리 지어서는 안 된다.

미스터 최는 벌떡 일어나서 마이크를 잡았다.

"여러분 우리는 이제 한 시간만 달리면 목적지인 나성에 도착합니다. 인생은 나그네길이지요. 우리 모두 보람 있는 삶을 살아야 합니다. 이제 국가에서나 직장에서 심지어 가정에서 모두들 싸움을 그치고 하루에 꼭 할 일들을 일러드리겠습니다. 하루에 반드시 한 번은 선행을 베푸세요. 하루에 10번 웃고 100자를 읽고 1000자를 쓰고 10000보를 걸으세요. 그게 장수 비결이고 가치 있게 사는 길입니다."

미스터 최의 말은 버스 안을 맴돌다가 사그라지고 아무도 그것에 응하는 사람이 없었다. 2박 3일간의 여행을 마무리져가는 분위기가 꼭 죽은 쥐에서 풍기는 악취처럼 아주 퀴퀴하니 칙칙했다. 더러는 지쳐서 잠속에 푹 빠지기도 했다.

부산남자가 걱정이 되는지 아내를 향해 툭 한 마디한다.

"너 정 이렇게 막무가내로 나가면 나 달리는 버스에서 뛰어내린다. 그래도 좋아."

"전직 대통령도 심지어 부자 회장님도 게다가 요즘은 유명한 배우들이 자살을 줄줄이 하는데 당신은 죽어도 신문에 나오지도 않아. 용기 있으면 해보지."

부산남자는 기가 막혀 입을 딱 벌리고 토라진 아내를 흘겨본다. 버스는 모하비 사막 한가운데를 달리고 있었다. 어느 한 사람도 여기서 내릴 수는 없다. 지금 이 순간 50명은 어쩔 수 없이 꼼짝 못하고 버스에 갇혀 있다. 그들이 탄 이 버스 안에서 목적지까지 어쩔 수 없이 한몸이 되어 살아야 할 운명이다.

사막 위를 달리는 관광버스를 보름달이 다정하게 보듬어 안는다. 햇살에 들어난 사막보다 달빛에 살짝 몸을 내보이는 것들이 더욱 신비롭게 다가온다. 버스에 탄 모두가 인생을 놓고 생각하게 하는 으스름 빛이 사위를 찍어 누른다. 둥글게 뜬 달이 구름에 걸려 머무적거린다. 달 허리를 감고 길게 누운 구름이 바람에 밀려 흐느적거리면서 느릿하게 흘러가고 있다. 나그네들을 태운 버스는 달에

걸린 구름이 가듯 그렇게 사막 위를 달리고 있다. 장차 도착할 목적지를 향해. ✈

— 2011년 가을 『크리스천문학』

소설 요나

지금부터 2800여 년 전 이스라엘이라는 나라는 한반도처럼 남과 북으로 갈라서서 서로 으르렁거렸다. 한 핏줄을 이어받은 단일민족 이스라엘이 남과 북으로 나뉘어 서로 미워하고 상대방을 죽이려고 무기를 배치했다. 북 이스라엘의 왕인 여로보암 2세는 이스라엘 지경을 회복하여 하맛 어귀에서부터 아라바 바다까지 나라를 키워갔고 남 유다는 아마샤 왕이 통치하던 시대였다.

여호와의 음성이 아밋대의 아들 선지자 요나에게 임하였다.

"요나야! 너는 일어나 저 큰 성읍 니느웨로 가서 내가 네게 명한 바를 그들에게 선포하라."

하나님의 목소리를 듣고 불에 댄 듯 놀란 요나는 허겁지겁 뜨거운 햇살을 등에 지고 지중해에 있는 큰 항구 욥

바로 달아나기 시작했다. 목이 말라도 물을 먹을 생각을 하지 않고 비가 오지 않아 먼지가 풀썩이고 버석거리는 길을 허겁지겁 달렸다. 어서 도망가야 한다. 아무리 하나님의 명령이지만 이건 있을 수 없는 일이다. 어디로 달아날까? 다시스로 가자. 다시스는 그 당시 세상의 끝이라고 믿고 있는 곳이었다. 스페인 남서지역에 위치한 타르테쑤스(Tartessus) 성읍이 있는 곳이고 지브롤터(Gibraltar) 근처에 있는 뵈니게인의 광산 식민지가 위치한 지역이다.

당시 아수르의 수도인 니느웨는 티그리스 강 동쪽 연안에 자리 잡고 있다. 여긴 무자비하고 잔혹하기로 유명한 사람들이 사는 도시다. 성경에서는 아수르란 나라는 이스라엘을 깨우치기 위한 진노의 몽둥이요 막대기라 했고 이스라엘의 머리털을 깎기 위해 빌려온 면도칼이라고 했으며 창일하여 넘치는 하수라고도 했다.

하나님은 요나더러 이런 나라의 수도인 니느웨로 가라니 이건 너무한 것이 아닌가. 하나님의 구원은 이스라엘 백성에게만 국한된 것인데 이방 민족을 구원하시겠다니 요나는 아무리 생각해도 이해할 수가 없었다. 실제로 아수르는 거친 풍토에다 이웃에는 헷과 미타니 제국처럼 힘센 나라를 두고 살면서 줄곧 전쟁을 치루며 살아왔기 때문에 그곳 사람들은 성격이 난폭하고 거칠고 몹시 사나운 기질을 지니고 있다. 백성은 모두 국민병으로 훈련되었으며 정부는 군대를 유지하고 총괄하는 군사조직으로 되어 있다.

이런 나라이기 때문에 아수르 사람들의 잔악성은 고대 중동사회에서 격언으로도 알려졌을 정도다. 정말 끔찍할 정도로 잔인한 사람들이란 소문이 파다했다. 일례를 들자면 잡은 포로를 깔고 앉아 입에 손을 넣어 혀를 움켜잡아 그 뿌리까지 뽑아낸다고 한다. 그뿐인가. 팔목과 발목을 단단히 묶어놓고 능숙한 솜씨로 예리한 칼을 가지고 산 채로 각을 뜨기도 한다는 소문이다. 심지어 살아 있는 포로의 살가죽을 벗겨 성벽에 내걸고 더러는 그걸로 집의 담을 장식하기도 한다니 얼마나 무서운 족속인가. 또 뾰족하게 깎은 날카로운 장대 끝을 살아 있는 포로의 가슴에 깊숙이 찌른 뒤에 살아서 버둥거리며 신음하는 사람을 공중에 높이 추켜올려 세워둔다는 그들의 잔인성은 널리 알려진 사실이다.

이런 난폭하고 짐승 같은 니느웨 사람들을 구원하려고 하나님은 강권적으로 요나더러 가라하니 이건 있을 수도 없는 일이다. 선지자 요나는 허겁지겁 뒤도 돌아보지 않고 하나님을 피해서 멀리 달아나기 위해 욥바 항구로 달음질했다.

아무리 생각해도 니느웨로 갈 수는 없다. 하나님도 그들의 악독함을 들어 알고 있다고 하지 않았던가. 그런데로 어떻게 그를 보내려고 한단 말인가. 그들이 믿는 이방 신들은 다양했다. 전쟁과 사랑의 여신 이쉬타르(Ishtkar)나

전쟁과 사냥의 신 니누르타(Ninurta) 지혜와 문필의 여신 나부(Nabu) 말고도 폭풍의 신 아다드(Hadad)……. 이런 이방신들을 믿고 있는 니느웨 사람들에게 왜 하나님은 관심을 가지고 그 사람들을 구원하겠다고 요나에게 거기 가라고 명하는지 도저히 이해할 수가 없었다.

너무 급히 달렸더니 숨이 차서 헐떡이며 욥바 항구에 도착한 요나는 마침 다시스로 가는 배를 만났다. 얼른 표를 사가지고 배에 올랐다. 우휴! 요나 선지자는 안도의 숨을 내쉬었다. 이제 그 무서운 큰 성읍 니느웨로 가지 않아도 된다는 안도감이 가슴 뿌듯하게 밀려들었다. 웅성거리는 뱃전의 사람들을 피해 배 밑층으로 내려가서 곤히 잠을 자는 척 눈을 감았다. 하나님이 직통으로 내려다볼 수 있는 배 위보다는 배 밑에 있는 것이 하나님의 눈을 피하기 좋은 장소라고 생각되었다.

배는 잔잔한 파도를 안고 출발하여 얼마쯤 가다가 갑자기 불어오는 폭풍을 만났다. 토네이도를 동반한 기류를 타고 큰바람이 일어나자 배가 낙엽처럼 파도를 타고 출렁인다. 요나 선지자가 탄 배가 산산조각으로 깨어지기 직전이었다. 모든 사람들이 각자 자기가 믿는 신神을 부르고 울부짖으면서 빌기 시작했다. 배를 가볍게 하려고 가지고 온 물건들을 바다에 던지고 야단법석을 치는데도 요나는 깊이 잠든 척했다.

선장이 배 밑층에 내려가 보니 어떤 사나이가 이 요동

속에 깊이 잠을 자고 있었다. 선장이 그 남자를 세차게 흔들어 깨웠다.

"이 난리 속에 잠이 옵니까? 다들 죽겠다고 아우성이오. 당신도 당신이 믿는 신에게 빌어야 하는 것이 아니오."

사람들이 우우 몰려 내려와서 왜 이런 일이 일어났는지 누구 탓인지 제비를 뽑자고 아우성을 쳤다. 바다가 이렇게 무섭게 노한 것은 분명히 어느 한 사람의 잘못으로 인해 이런 큰 재앙이 임한 것이라고 떠들어댔다. 사람들의 드센 나댐이 바다에 일고 있는 폭풍을 닮은 듯 아주 사나웠다.

"어서 제비를 뽑읍시다."

"이 재앙이 누구로 인해서 일어났나 봅시다."

"그 사람을 바다에 제물로 바칩시다."

와글와글 우글우글 숙덕숙덕⋯⋯. 사람들의 여론이 불같이 일어났다. 배를 탄 사람들이 모두 한자리에 모여앉아 제비를 뽑았는데 그게 요나에게 돌아갔다. 요나가 이 재앙의 진원지로 뽑힌 셈이다. 사람들이 모두 요나를 둘러싸고 악을 썼다. 여전히 배는 뒤집힐 듯 요동하고 파도는 배를 집어삼키기 직전이었다.

선장이 다가와서 그의 손을 꼭 잡고 다급하게 물었다.

"당신의 생업이 무엇이오? 어디 사람이고 어느 민족에 속해 있으며 이 재앙이 무슨 연고인지 말해주시오. 반평생 배를 타고 다녀도 이런 대풍은 처음이오. 반드시 무슨 큰 숨겨진 이유가 있을 것이요. 이건 보통 폭풍이 아니고 바다를 창조한 신이 노한 징조요."

"나는 히브리 사람으로 바다와 육지를 지으신 여호와 하나님을 경외하는 사람이오."

"그럼 당신이 그런 하나님을 화나게 만들었단 말이요?"

"하나님이 명하신 일을 거역하고 도망을 쳐서 그의 낯을 피해 숨었더니 이러시는군요."

"어찌하여 이런 일을 해서 우리 모두를 죽게 만드는 거요. 이거 큰일났군. 아이쿠! 이를 어쩌지."

바다는 점점 더 흉용하고 사람들은 두려움과 공포에 사로잡혀 사색이 되었다.

"지금 당장 나를 들어 바다에 던지시오. 그러면 바다가 잔잔해질 것이오. 그러면 여러분들은 큰 폭풍을 만난 것이 나 때문인 줄을 알게 될 것이오."

어찌 살아 있는 사람을 바다에 던지겠는가. 더구나 얼굴이 인자하고 착해보이는 사람이다. 자기가 믿는 여호와 하나님을 내세우며 담대하게 두려움이 없이 진솔하게 고백하는 이런 솔직한 사람을 어찌 날뛰는 바다 위에 내던질 수 있겠는가. 선원들은 열심히 노를 저어서 육지로 가려했으나 바다가 배를 향해서 더 무섭게 날뛰는 고로 사람들이 부르짖기 시작했다.

"여호와여! 구하고 구하오니 이 사람의 생명 까닭에 우리를 멸망시키지 말아주십시오."

"무죄한 피를 우리에게 돌리지 말아주세요."

"여호와의 뜻을 돌려주세요. 만군의 여호와는 그 뜻대로 행하심을 우리가 익히 들어서 잘 알고 있습니다."

배에 탄 사람들이 싹싹 두 손을 맞잡고 빌면서 하늘을 향해 아우성을 치는 소란한 틈새를 비집고 요나가 침착하게 뱃전으로 나왔다.

"여러분! 나를 들어 저 바다 위에 던지시오. 내가 만유의 주이신 그분께 순종하지 않고 여호와의 낯을 피해 달아난 연고로 나의 하나님 여호와께서 화가 나셨습니다. 자! 두려워 말고 나를 저 날뛰는 바다 위에 얼른 집어던지시오. 그리하면 여러분들은 살아서 다시스로 가리다."

파도로 인해 몸을 못 가눌 정도로 흔들리는 배 위에서 사람들은 서로 눈치를 보면서 멈칫거렸다. 그러나 죽음을 앞둔 거센 파도를 보고는 두려워서 요나를 들어 거세게 출렁이는 시커먼 바다 위에 집어던졌다. 그러자 그렇게도 무섭게 뛰놀던 바다가 거짓말처럼 잔잔해지는 것이 아닌가. 사람들이 여호와를 크게 두려워하면서 그를 경외하고 제물을 드리면서 무서워 모두 벌벌 떨었다.

요나 선지자는 무섭게 날뛰는 바다 위로 떨어지면서 눈을 감았다. 몸이 붕 떠서 출렁이는 바다를 따라 나뭇잎처럼 요동치더니 서서히 바다 밑으로 가라앉았다. 물속으로 가라앉으면서도 여기가 니느웨보다 더 나은 곳일 거라고 중얼거렸다. 그만큼 그는 큰 성읍 니느웨에 가기 싫었다.

죽기보다 두렵고 무서운 곳엘 어찌 가겠는가. 물이 입과 코로 들어가서 숨이 막혔다. 곧 죽음을 맞을 순간이었다. 두 손을 모으고 죽음을 준비하기 시작했다. 깊은 바다 속으로 가라앉고 있던 요나 선지자는 집채 만큼 큰 물고기가 다가오는 걸 보았다. 괴물처럼 생겼으나 큼직한 두 눈은 아주 순해 보였다. 아가리를 딱 벌리더니 그를 냉큼 집어삼켰다. 그는 술 취한 사람처럼 몸을 가누지 못하고 비틀거리면서 폭포수처럼 고기의 입속으로 밀려들어가는 물길에 휩쓸렸다.

곰곰이 생각해보았다. 왜 이런 일이 일어났는지. 이 순간에도 정말로 큰 성城 니느웨는 가기 싫었다. 선택받은 민족인 유태인이 어찌 이방민족에게 갈 수 있단 말인가. 하나님은 어쩌다가 요나를 그 땅에 보낼 생각을 했단 말인가. 이스라엘 민족은 이방인들을 싫어해서 피해 다녔고 그들과 상관도 않고 지내온 역사를 지닌 민족이다. 하나님이 유태인을 직접 뽑아 선민이라고 늘 아껴왔다. 사막에서도 낮에는 구름기둥으로 밤에는 불기둥으로 인도하며 그토록 자상하게 돌봐왔던 선민들이다. 지금까지 그들만 사랑해오던 하나님이 어찌 니느웨 같은 이상한 나라를 마음에 두게 되었단 말인가. 요나 선지자나 선민인 유태인들이 문둥이를 피하듯 이방민족을 싫어하는 것을 하나님은 잘 알고 있다. 구원의 반열에서 제외된 사람들이 사는 니느웨는 짐승 같은 삶을 영위하는 사람들로 가득 차서 더럽고 추악한 곳이 아닌가. 지옥의 불쏘시개가 바로 이 니느웨 사람들이라고 그는 철석같이 믿고 있다.

이보다 더 큰 이유가 있다. 작은 나라에서 온 요나 선지자의 말을 그 화려하고 웅장한 성에 살고 있는 목이 뻣뻣한 사람들이 무시하지 않고 정말로 귀를 기울여 듣겠는가. 그가 가서 하나님을 믿으라고 외친들 미친 사람이 왔다고 하지 듣기나 할 것인가. 적대국에 가서 말씀을 선포하는 일이 얼마나 위험한가를 그는 너무나 잘 알고 있었다. 어쩌면 죽임을 당할 수도 있다.

더구나 여직 닦아온 자신의 지위와 위치는 어떻게 되겠는가. 그가 설령 살아서 돌아온다고 해도 그런 나라에 다녀왔다고 사람들이 색안경을 쓰고 볼 것이며 부정탔다고 더럽게 여길 것이 분명했다. 고향과 자신의 나라에서 여직 쌓아온 선지자로서의 기득권은 또 어떻게 될 것인가.

더구나 요나 선지자 혼자 남의 땅인 거기 니느웨에 가서 어떻게 무엇을 할 수 있단 말인가. 아무리 거듭거듭 생각해도 두려움이요 무서움과 공포뿐이었다.

더구나 가족들은 어떻게 될 것인가? 사랑하는 아내와 자식들이 만약에 그가 니느웨에 가서 죽는다면……. 가족들이 앞에 떠오르자 앞이 캄캄했다. 그가 사랑하는 가족이 고아가 되고 과부가 되면 얼마나 비참한 삶을 살게 될까. 설령 살아 돌아온다고 해도 얼마나 오래 헤어져 있어야 하는 것일까. 가족을 생각하니 가슴이 떨리고 도저히 마음을 가라앉힐 수가 없었다. 아무튼 고기 뱃속으로 물줄기를 따라 밀려들어가면서도 니느웨란 말만 들어도 소름이 끼쳤다.

고기 뱃속은 상당히 크고 넓었다. 그 속에서 숨을 쉬고 살아 있다는 것이 신기했다. 고기의 위는 주름이 많이 잡히고 숨을 쉴 적마다 큰물이 밀려들어왔다가 쏴아 밀려나갔다. 큰 고기도 밀려들어오고 작은 고기 떼들도 들어오고 큰 새우도 들어왔다. 여기가 스올이 분명했다. 죽은 사람들이 가 있다는 스올 말이다. 삼일 밤과 낮을 요나 선지자는 큰 고기 뱃속에 갇혀 울면서 가슴을 쳤다. 고래일까, 바다의 괴물일까. 지금 그가 들어와 있는 곳에서 살아나갈 수 있는 것일까. 이건 분명히 하나님께서 하신 일이다. 큰 고기를 준비했다가 요나 선지자를 고기 뱃속에 집어넣어놓고 회개하기를 기다리고 있는 것이 틀림없다.

그럼 큰 고기 뱃속에서 과연 살아난 사람이 있을까. 언젠가 사람들의 입에서 입으로 전해지는 소문으로 큰 고기 뱃속에서 살아난 사람의 이야기를 들은 적이 있었다. 자그마한 구릉만 한 몸집의 향유고래를 잡는 과정에서 작살에 맞은 고래가 죽어가면서 휘두른 꼬리에 맞아 바다에 떨어져 실종된 어부가 있었다. 바닷속을 아무리 헤집고 다녀도 실종된 어부를 찾을 수가 없었다. 육지로 끌어올린 향유고래를 어부들은 도끼와 삽으로 기름을 제거하기 시작했다. 한나절 내내 초저녁이 될 때까지 작업을 하고 그 다음날 도르래 장치를 고래의 위장에 고정시킨 뒤에 위를 들어 올렸는데 고래의 위 속에서 까닥까닥 생명의 징조물이 보이는 것이 아닌가. 모두들 깜짝 놀라서 무서워했다. 무엇이 그 안에 들어서 저렇게 숨을 쉬고 끄덕이는 것일까. 위를 가르자 그 안에 실종되었던 어부가 의식을 잃은 채 등을 잔뜩 구부리고 있었다. 위 속에서 꺼낸 어부를 땅바닥에 반듯하게 눕히고 찬 바닷물을 끼얹자 그는 곧바로 깨어났다. 꼬박 3주가 지난 뒤에야 의식을 온전히 회복했는데 어부의 얼굴과 목과 손은 새하얗게 표백되어 마치 무두질한 양피지 같았다. 그가 고래의 뱃속에서 의식을 잃은 것은 공기가 부족했기 때문이 아니라 겁에 질려서 그랬을 것이라는 뒷소문이 나돌았다. 고래의 위는 그만큼 컸기 때문이다.

그렇다면 그를 삼킨 큰 물고기가 사람들 손에 잡혀야 요나도 살아나갈 수 있단 말인가. 음습한 기운이 무겁게 찍어 눌러 가슴이 답답하고 암담했다. 어둔 굴속에 갇힌 듯 마음이 혼미하고 숨이 막혀왔다. 그가 처음 바다 속에 떨어졌을 때를 돌이켜 보았다. 물이 그를 둘러싸고 영혼까지 떨리게 했었다. 바다풀이 그의 머리를 감싸기도 했다. 그가 산 뿌리까지 내려갔고 땅의 빗장이 그를 딱 막고 있음을 직감했었다. 하나님이 그를 죽음의 구덩이에 던졌던 것이다. 이대로 죽는다면 참으로 헛된 죽음이구나 하는 생각이 번개처럼 스쳐지나갔다. 자신의 꼴이 말이 아니었다. 지금 형편이 아주 다급했다. 하나님의 호흡이 유황개천처럼 그의 몸을 사르려고 하고 있다.

그러나 하나님은 큰 고기를 준비하여 그의 뱃속에 그를 가두었다. 아무리 주위를 둘러보고 더듬어도 도움을 청할 사람은 단 한 사람도 없었다. 거름물 속에 잠긴 초개草芥 같은 신세였다. 아무리 보려고 해도 한 치 앞을 볼 수 없는 깜깜한 절벽 속에서 그제야 그는 하나님을 향해 부르짖기 시작했다. 삼일 밤과 낮 동안 내내 울면서 회개하며 기도했다.

"제가 잘못했습니다. 저란 사람은 바람 앞에 흩어지는 겨 같고 폭풍 앞에 떠도는 티끌 같은 존재임을 이제 깨달았습니다. 진실로 가을 더위에 운무 같은 보잘 것 없는 존재입니다. 하지만 거짓되고 헛된 것을 숭상하는 자는 자기에게 베푸신 은혜를 버렸지만 저는 감사하는 목소리로 주께 제사를 드립니다. 제가 주님의 목전에서 쫓겨났을지라도 다시 주의 성전을 바라보겠습니다. 저를 죽음의 구덩이에서 건져내실 줄을 믿습니다. 지금 저는 스올에 떨어져 구더기가 몸 아래 깔려 오물거리고 있으며 지렁이가 제 몸 위를 덮고 있는 걸 압니다. 이제야 제가 잘못한 것을 알았습니다. 지금 당장 제가 하나님의 명령에 순종하여 니느웨로 가겠습니다. 구원은 여호와께로부터 온다는 것을 철저하게 알았습니다. 저를 사랑해서 광풍을 일으키고 큰 고기를 준비하신 주님! 저는 이렇게 깨닫는 것이 더딘 어리석은 사람입니다. 용서해주세요. 죽으면 죽으리란 각오로 니느웨로 가서 하나님의 말씀을 선포하겠습니다. 그러니 멸망의 빗자루로 저를 쓸어버리지 말아주세요."

바다 밑에 가만히 움직이지 않고 느림보처럼 떠 있던 큰 고기가 요나가 이런 기도를 마치는 순간 천천히 움직이면서 헤엄을 치기 시작했다. 서서히 위로 올라가는 듯 몸이 붕 뜨는 느낌이 왔다. 한참 있더니 갑자기 폭포 위에서 밑으로 꺼지듯 몸이 공중으로 휘익 올라갔다가 밑으로 푹 내동댕이쳐졌다. 큰 숨을 내쉬고 큰 숨을 다시 마시면서 내려쬐는 햇살에 눈이 부셔 요나 선지자는 마른 땅 위에서 널브러졌다. 어둠과 밝음이 너무 대비가 되어서 정신이 아찔했다. 얼마 동안 허우적거리다가 정신을 가다듬고 주위를 둘러보니 바닷가 외진 곳에 그는 누워 있었다. 철석거리는 파도 소리와 갈매기의 애잔한 울음소리가 귓전을 스쳤다.

그러고 보니 사흘 밤, 사흘 낮을 고기 뱃속에 갇혀 있다가 나온 셈이다. 사지를 햇볕에 내어놓고 말리면서 그는 대大자를 그리고 누워서 기도를 했다.

'오! 주여 감사합니다. 제 서원기도를 이루겠습니다. 그 길이 아무리 고되고 힘들어도 저를 죽음에서 건져내서 살게 하셨으니 이제부터는 덤으로 사는 인생입니다. 철저히 주님을 위해 살겠습니다. 주의 뜻대로 하세요. 주님의 명령대로 니느웨로 가서 죽겠습니다. 그 악독한 사람들을 사랑해보겠습니다. 모든 걸 버리고 오직 주의 말씀을 따르겠습니다. 뒤를 돌아보지 않고 내 민족만 사랑하지도 않고 선민의식도 버리고 제 지위나 명예도 버리고 가족도 자식도 부모도 다 버리고 주님이 명한 길을 가겠습니다. 환난의 떡과 고생의 물을 거절하지 않을 것입니다.'

멀리서 밀려오는 파도 소리가 자장가처럼 들리고 산기슭을 타고 내려오는 신선한 바람이 나무와 풀냄새를 듬뿍 안아다 요나 선지자의 몸 위에 흠뻑 뿌려주었다.

고기 뱃속에서 회개하고 죽음의 구덩이에서 살아나온 요나 선지자는 푹 젖은 옷이 바닷바람에 마르자 벌떡 일어나서 걷기 시작했다. 엘리아의 제자인 엘리사의 문하에서 공부를 했고 나라의 정치에도 참여했을 정도로 사회적 기반이나 믿음의 반석이 잘 다져졌기 때문에 사람들 사이에선 알려진 인물이다. 이런 사람이니 요나는 이번에 겪은 고비에서도 쓰러질 수는 없었다.

하나님께서 강권적으로 요나를 명하여 보낸 니느웨 성은 사실 엄청난 곳이었다. 그 외관만 봐도 어마어마했다. 티그리스 강 동편에 있는 큰 성 니느웨는 성의 높이가 60m나 되었다. 성에는 망대가 1200개나 되었고 망대와 망대 사이를 잇는 성벽의 길이도 대단해서 30m나 되었다. 성의 너비는 3대의 병거가 나란히 달릴 수 있을 만큼 넓었다. 니느웨 성의 둘레는 96km이었으니 240리나 되었다.

성안에서 60만 명의 인구를 부양할 수 있는 곡식을 재배할 농사도 지을 수 있을 정도였다. 성곽의 토대는 너비 15m나 되는 반질반질한 돌로 되어있고 성안에는 웅장한 궁전이 있는데 지붕은 백양목 들보로 되어있으며 삼목기둥은 무늬가 아로새겨 있고 조각된 금이나 은으로 머리싸개를 하여 보강되어 있었다.

니느웨는 이렇게 큰 성이라 요나가 이 성까지 걸어가는 데도 3일이나 걸렸다. 요나 선지자가 그 큰 성에 들어가 하룻길을 걸으면서 외치기 시작했다. 사람들이 구름처럼 그의 주위에 모여들었고 그의 뒤를 따라 무리를 이루고 큰길을 행진했다.

"니느웨는 40일이 지나면 무너져 내린다. 여기 사는 사람들이 짐승처럼 악독하고 나쁜 짓을 많이 해서 천지를 창조하시고 생사화복을 주관하시는 만군의 여호와 하나님이 노하셨다."

그러자 군중들 가운데서 큰 소요가 일어나더니 울부짖고 주저앉아 통곡하고 근심어린 표정으로 요나 선지자에게 다가와서 애걸했다.

"우리가 어떻게 하여야 구원을 받겠습니까. 이 큰 성이 다 무너져 내리면 우리 모두 죽는다는 뜻인데 어찌하면 살겠습니까. 제발 저희들을 불쌍히 여겨주세요."

어린아이들까지 모두 어른들을 따라와 우왕좌왕하면서 요나 선지자 뒤를 따라다녔다. 돌팔매질을 하고 욕을 하고 침을 뱉을 것으로 기대했던 요나 선지자가 당황하기 시작했다. 짐승 같다고 생각한 사람들이 술렁이는 것이 그를 해하려고 하는 짓거리가 아니었다.

"유황과 불을 비같이 쏟아서 멸망시킨 사해 언저리 도시, 소돔과 고모라를 잊었느냐. 니느웨 성이 그렇게 될 것이다. 이 큰 성이 불타서 옹기점의 연기같이 치밀어 올라 대낮인데도 하늘을 가려 앞을 볼 수 없을 정도로 깜깜해질 것이다. 강가의 갈대와 부들이 불길 속에서 타오르고 사막에서 잽싸게 날아다니는 불 뱀도 타죽을 것이다. 40일이 지나면 이런 일이 일어난다는 점을 잊지 말아라."

그러자 사람들이 웅성거렸다.

"하늘이 깜깜해지고 어두워진다면 큰일 났다."

니느웨 사람들이 모두 벌벌 떨기 시작했다. 하나님을 모르는 이방인들의 얼굴에 나타나는 공포감은 꽁지 빠진 새들 같았고 지청구를 듣고 꼬리를 꽁무니에 사려 넣고 비실거리는 개나 고양이처럼 처량해 보였다.

요나 선지자가 외치는 말이 왕궁까지 전달되었다. 아수르를 통치하고 있는 아닷니라리(Adad Nirari) 3세는 크게 걱정되었다. 40일이 지나면 이 큰 성 니느웨가 망한다니 어떻게 하면 이 재앙에서 피할까 대신들을 모으기 시작했다. 하긴 얼마 전에는 대낮에 해가 먹통이 되어 깜깜해진 적이 있었다. 약 7분간이었지만 그때 느꼈던 공포가 밀려왔다. 일시적이지만 사위가 밤처럼 어두워지고 평소에는 밝은 빛 때문에 볼 수 없었던 태양을 두 눈을 크게 뜨고 직시할 수가 있었다. 더구나 해의 코로나와 채층彩層을 두 눈으로 확실하게 볼 수 있었다. 한낮에 멀쩡하게 해가 하늘에 떠 있는데 그 해를 짐승 같은 것이 좀먹어 들어가더니 완전히 태양이 없어지고 가장자리 부분이 금가락지 모양으로 보였던 무서운 사건으로 인해 아직도 그 공포감이 생생했다. 이런 판에 이제 40일이 지나면 이 큰 니느웨 성이 무너져 내린다니 두려움으로 아닷니라리 3세도 벌벌 떨었다.

그뿐인가. 대낮에 태양이 깜깜해졌던 사건 직후 다 지어놓은 농작물을 하늘을 가릴 정도로 날아든 메뚜기 떼가 다 먹어치우지 않았던가. 그때도 하늘을 가린 메뚜기들로 인해 사방이 캄캄했었는데 이제 그보다 더한 재앙이 내려 아수르의 수도인 니느웨 큰 성이 무너져버린다니 이건 큰 사건 중에 사건이었다.

대신들은 모두 아수르 왕 앞에서 머리를 조아리면서 간언했다.

"왕뿐만 아니라 니느웨 성에 생명이 있는 모든 것들이 함께 모두 회개합시다."

"니느웨 백성이 요나라는 사람이 믿는다는 여호와 하나님을 향해 앉읍시다. 모두 그의 하나님을 믿고 금식을 합시다."

"노인이나 갓난아이들까지 모두 베옷을 입고 회개합시

다.”

왕도 보좌에서 내려와 화려한 왕의 옷을 벗어 던지고 평민들처럼 굵은 베옷을 입고 잿더미 위에 앉았다. 그리고 대신들과 함께 조서를 내려 니느웨에 선포했다.

'사람이나 짐승이나 소 떼나 양 떼나 아무것도 입에 대지 말지니 곧 먹지도 말 것이요 물도 마시지 말 것이며 사람이든지 짐승이든지 모두 다 굵은 베를 입을 것이요 힘써 여호와 하나님께 부르짖을 것이라. 각자는 악한 길과 손으로 행한 완강하고 포악한 일에서 떠나야 한다. 우리가 그렇게 하면 여호와 하나님이 혹시 뜻을 돌이켜 그 진노를 그쳐 우리로 멸망치 않게 하시리라.'

백성들 모두가 왕과 대신들 심지어 기르는 가축들까지 모두 베옷을 입고 회개하자 요나 선지자는 깜짝 놀랐다. 그가 예언하고 선포하며 이끌고 가던 선민인 자기 나라 백성들보다 더 순종적으로 회개하는 모습이 아름답게 보이기까지 했다.

하나님이 내려다보니 저들이 왕을 포함해서 아기들까지 모두 회개하고 우는 것을 보고는 그들이 악한 길에서 돌이켜 떠난 것을 감찰하고 뜻을 돌이켜 그들에게 내리리라 말씀하신 재앙을 내리지 아니하기로 뜻을 고치게 되었다.

요나 선지자는 그 큰 성 니느웨를 돌아다니면서 더욱 열심을 내서 40일이 지나면 이 큰 성이 무너져 내려 돌

하나도 돌 위에 남지 않을 것이고 모두 죽을 것이라고 예언을 하고 다니는데 하나님께서 독단적으로 뜻을 돌이킨 셈이다.

요나는 당황하기 시작했다. 신경질이 났다. 멋지게 니느웨 성이 무너져 내려야 직성이 풀리고 자기가 예언한 것이 이뤄져야 권위가 서는 판에 갑자기 하나님이 뜻을 돌이켰다니 속이 무척 상했다. 이렇게 할 것이면서 하나님은 40일이 지나면 니느웨 성이 멸망한다고 왜 선포하라고 요나 선지자를 강제로 이끌어다가 이 일을 시켰단 말인가. 여호와 하나님께서 명한 데로 말한 자기는 똥이 된 셈이 아닌가. 분노로 인해서 요나 선지자는 몸을 떨었다.

그러기에 싫다고 지구의 끝인 스페인의 남단, 다시스로 도망가려고 욥바 항구까지 가서 배를 탔는데 어쩌자고 강제로 고기 뱃속에 집어넣기까지 하면서 데려다가 이러는지 도저히 하나님을 이해할 수가 없었다. 차라리 다시스로 가서 편안히 있게 둘 것이지 강제로 데려다 이게 무슨 꼴이람. 요나 선지자는 하나님을 향하여 화를 내면서 신경질을 부렸다. 하나님의 마음을 이해하려고 아무리 거듭 생각해도 속만 상해서 죽고 싶을 뿐이었다. 요나 선지자가 하나님을 사랑하며 순종한다고 해도 선민 이스라엘의 대적국인 니느웨에게 은혜를 허락하는 하나님의 섭리를 도저히 이해할 수가 없었다. 요나는 심히 심기가 불편하고 분노하여 하나님께 기도했다. 속이 부글부글 끓었다. 이해할 수 없는 하나님이었다. 보기 싫은 사람을 사랑하라고 하는 것도 이해한다. 하지만 이 거대한 나라, 하나님도 모르는 나라, 더구나 하나님이 심히 사랑하여 선택한 민족인 이스라엘을 못 살게 구는 나라에 관심을 갖는 하나님에 대한 반감이 가라앉지를 않고 부글부글 끓어올라 토할 것처럼 메슥거렸다.

니느웨 성읍 안에는 사람들이 너무 많아서 인적이 드문 곳으로 요나 선지자는 허겁지겁 몸을 피했다. 손바닥만한 그늘조차 없어 숨을 쉴 수 없을 정도로 뜨거운 햇살을 받고 서 있든지 앉아 있어야 한다. 눈을 뜰 수 없을 정도로 뜨거운 폭양이 내려쬐고 땅에서는 숨이 턱턱 막힐 만큼 더운 김이 올라왔다. 엉거주춤 뙤약볕을 피하려고 몸을 구부리고 눈을 감은 요나 선지자는 하늘을 향해 머리를 들고 간절히 기도했다.

'제가 고국에 있을 적에 느니웨로 가라고 해서 불순종하고 허겁지겁 다시스로 도망쳤는데 어쩌자고 저를 이 자리까지 데려다 놓고 이렇게 저를 곤란하게 만드십니까. 여호와는 은혜로우시며 자비로우시며 노하기를 더디 하시며 인애가 커서 뜻을 돌이켜 재앙을 내리지 아니하시는 분인 줄 제가 알려고 노력하고 있습니다. 그러니 여호와여! 이제 족하오니 제 생명을 취하소서. 사는 것보다 죽는 것이 제게 훨씬 낫습니다.'

요나 선지자는 니느웨 성의 동편 산기슭에 앉았다. 민둥산이라 햇살이 전신을 뜨겁게 휘감아 안았고 눈이 부시게 내려쬐는 햇빛으로 인해 몸이 말라붙어 곧 사막의 모래로 사그라질 듯했다. 조그만 초막을 쳤지만 그것만으로는 이런 더위와 뙤약볕을 감당할 수가 없었다. 나중에는 어지럽더니 머리가 띵하니 아파왔다. 거듭 말하지만 자신이 다시스로 도망한 것은 이럴 때를 대비했는데 하는 생각을 떨쳐버릴 수가 없었다. 그게 그를 몹시 괴롭혔다.

그래도 요나 선지자를 사랑하는 하나님이니 그가 너무 괴로워하는 걸 보고 요나 편을 들어 혹시 마음을 돌이켜 그를 위로할 수도 있다는 생각에 큰 성읍 니느웨가 어떻게 되나 보자 하는 심정으로 눈을 성읍에 고정시켰다.

니느웨 성은 사람들로 살아 움직이고 있어야했다. 밥하는 소리, 사랑한다고 속삭이는 소리, 싸우는 소리, 겁을 주는 목소리, 아기들 울음소리, 상인들이 물건을 파는 소리, 흥청망청 술에 취하여 어기적거리는 소리로 도시는 살아 움직여야 니느웨가 된다. 거대한 괴물처럼 성읍은 꿈틀거려야 마땅하다. 그러나 이게 어쩐 일인가. 도시는 통곡하며 기도하는 소리로 가득했다. 그게 요나 선지자의 마음을 상하게 했다. 세속화된 성읍답게 시끌시끌해야 마땅한 판에 회개하는 소리로 가득하니 그것도 기분이 나빴다. 니느웨 사람들은 며칠을 굶은 터라 목소리도 안으로 기어들어갈 정도가 된 모양이다. 더구나 짐승들조차 조용했다. 수탉이나 암탉이 꼬꼬거리는 소리도 들리지 않았고 짖는 개도 없이 도시는 적막 가운데 가만가만 흐느끼고 탄식하는 울음소리로 가득했다.

큰 성 니느웨는 만군의 여호와 하나님이 명하면 순간적으로 소돔과 고모라처럼 하늘에서 쏟아지는 유황과 불로 잿더미가 될 수 있다. 요나는 그 순간을 간절히 기다리고 있었다. 내심 하나님은 요나 선지자의 상한 마음을 긍휼히 여겨 마음을 돌이켜 그의 기도를 들어주실 것이란 확신도 왔다. 너무 햇살이 뜨거워서 가끔 끄덕끄덕 졸면서 비몽사몽간에도 성읍을 바라보면서 하나님의 겁나게 파괴력이 강한 손길을 기다렸다. 한낮이 되어가면서 더위는 심해지고 목은 마르고 뜨거운 햇살로 인해 요나 선지자의 정신이 차츰 몽롱해졌다.

그때 갑자기 그늘이 시원하게 요나 선지자의 머리를 덮었다. 올려다보니 박넝쿨이 자라 올라 큰 잎사귀들이 그의 머리 위에 시원한 그늘을 던져주었다.

'아하! 하나님께서 내 고통을 아시고 이런 박넝쿨을 준비하여 뜨거운 햇살을 가려주는구나. 그러면 그렇지. 하나님은 나를 사랑하고 계셔. 나는 외롭지 않아. 하나님은 내 편이라고.'

요나 선지자는 만족하여 시원한 박넝쿨 그늘에서 차츰 맑아지는 정신을 가다듬으며 한숨을 돌렸다. 기막힌 만족감이 그의 가슴을 적시며 큰 성 니느웨를 느긋한 마음으로 바라보았다. 어떻게 되나 보자 하고 말이다. 그런데 이게 무슨 일이란 말인가! 갑자기 큰 벌레들이 사방에서 기어 나오더니 박넝쿨을 부지런히 뜯어먹는 것이 아닌가. 이건 또 무슨 일이지? 이 못된 벌레들을 잡으려고 했으나 너무 숫자가 많아서 도저히 저들을 이겨낼 수가 없었다. 순식간에 박넝쿨은 줄기만 앙상하게 남았다. 다시 더위가 그의 몸을 감싸 안고 엄습해서 숨을 쉴 수가 없었다.

도시는 여전히 탄식하는 소리로 가득 찼고 사람들이 살아가는 기색이 전혀 없이 슬픔만 찍어 누르고 있었다.

그렇게 또 하루가 지나고 밤이 오니 시원한 밤바람을 맞으면서 곤하게 자고 난 요나 선지자는 부스스 눈을 뜨고 다시 니느웨 큰 성읍을 바라본다. 오늘은 틀림없이 저 성읍이 무너져 내릴 거야 하면서 으스대는 눈초리로 성읍을 응시했다.

아침 해가 뜨면서 벌써 날씨가 심상치 않았다. 뜨거운 동풍이 불어와서 입술도 바짝 타들어가고 머리는 먼지로 뒤덮여 몰골이 말이 아니었다. 어찌나 햇살도 강한지 그 자리에서 콱 죽을 것만 같았다. 세상에! 어쩌자고 시원한 잎사귀들을 풍성하게 달고 있던 박넝쿨을 벌레들을 동원하여 하나님이 직접 죽였는가 하는 고까움에 몸을 떨었다. 박넝쿨을 주었으면 되었지 죽일 필요까지 있는가. 그까짓 박넝쿨을 가지고 요나 선지자를 괴롭히는 하나님에 대한 섭섭함이 서서히 고개를 들었다. 요나는 자신을 너무 괴롭히는 분노를 참으면서 하나님을 향해 앉았다.

"주님, 저는 이제 사는 것보다 죽은 편이 낫습니다. 이제 제 생명을 주의 손에 맡기오니 데려가주세요. 저 정말 죽고 싶어요. 빨리 죽고 싶어요."

그때 인자한 주의 음성이 들려왔다.

"이 박넝쿨로 인하여 네가 나를 향해 화를 내는 것이 합당하다고 생각하느냐?"

"제가 성을 내서 죽기까지 해도 합당합니다."

"네가 수고도 안 하였고 배양도 안 하였고 하룻밤에 났다가 하룻밤에 망한 이 박넝쿨을 너는 아끼고 있구나."

"제가 이 햇살을 참기 힘들어 하는 것 아시지요. 그런데 어쩌자고 그걸 죽이셨습니까?"

"네가 수고도 하지 않았고 배양도 하지 않은 박넝쿨이 아니더냐. 하룻밤 있다가 하룻밤에 없어지는 이 식물을 너는 아까워한단 말이냐?"

요나 선지자는 말문이 막혀 가만히 듣고만 있었다.

"이 큰 성읍, 니느웨에는 좌우를 분변하지 못하는 사람들만 십이만여 명이 있다. 아무것도 모르고 아직 선악을 분별치 못하는 아이들을 생각해보았느냐. 게다가 죄 없는 육축도 많이 있단다."

"……."

"네가 하룻밤 자랐다가 없어지는 식물도 아꼈거늘 내가 이들을 아끼고 사랑하는 것이 합당치 아니하냐."

요나는 하나님의 질문에 대답을 하지 못하고 고개를 푹 숙였다. 서서히 마음이 뜨거워지기 시작했다. 그제야 눈이 밝아지고 서서히 머리가 맑아지면서 고장난 형광등처럼 깨달음이 밀려왔다. 만인을 향한 하나님의 사랑과 구속 계획을 요나가 깨닫지 못하자 박넝쿨을 사용하셨다는 사실이 다가왔다. 하나님의 넓고 크신 그 마음을 어찌 인간이 헤아릴 수 있단 말인가. 그의 생각은 너무 좁고 편협하지만 하나님의 생각과 사랑은 이 우주보다 더 크다는 점을 천둥이 치고 번개가 번쩍이듯 가슴에 와 닿았다.

하나님의 구원의 역사는 인간이 상상도 못하며 너무나 방대하다는 진리 앞에 요나 선지자는 머리를 숙였다. 자신은 하나님의 줄에 가슴이 묶여 끌려가면서 그의 도구로 사용되어지는 나약한 인간일 뿐이다. 요나 자신이 아무리 뭐라고 나대도 따지고 보면 창조주인 여호와 하나님의 피조물일 뿐이 아닌가.

땅바닥에 엎드려 흐느끼는 백성들과 조복을 벗어던지고 거친 베옷을 입은 아수르 왕 아닷니라리 3세가 잿더미 위에 앉은 모습이 선명하게 떠오르면서 그제야 요나 선지자의 가슴도 확 뚫렸다.

저들을 사랑해야 하리. 하나님이 사랑하는 아수르 백성을 사랑해야 마땅하다. 요나 선지자는 툭툭 털고 일어나서 니느웨 성을 향해 힘차게 걷기 시작했다. 두고 온 가족들이 그의 눈앞을 스쳤으나 그는 용감하게 큰 성 니느웨를 향해 돌진했다.

입으로는 연신 하나님을 향해 기도했다.

'여호와 하나님의 눈은 온 땅을 두루 감찰하사 전심으로 자기에게 향하는 자에게 능력을 베푸신다는 점을 잘 압니다. 제가 이렇게 홀로 이 땅을 선교하기 위해 달려가니 제게 치유의 은사를 주십시오.'

그러자 주님의 다정한 음성이 들려왔다.

"네가 손을 얹어 기도하는 자마다 치유되리라."

"그럼 이곳에 흔한 문둥병도 낫습니까?"

"물론이다."

"손이 마른 중풍병자도 제가 기도하면 낫습니까?"

"의심하지 마라. 즉석에서 치유가 되리라."

"니느웨에는 저 혼자입니다. 아내도 없고 자식도 없습니다. 가족은 전부 이스라엘에 두고 왔습니다. 친구도 친척도 없습니다. 이런 곳에서 제가 외로울 적에는……."

"내가 어디든지 너와 함께 동행하리라."

그제야 요나 선지자는 씨익 웃으면서 거대한 성 니느웨를 두 팔로 감싸 안았다. 뒤로 돌아서서 조국인 남과 북으로 갈린 이스라엘도 끌어안았다. 높은 산처럼 가로막고 선 고난의 길을 걸을 수 있다는 자신감이 넘쳐서 양어깨에 날개를 단 듯 가뿐했다. ✻

— 2010년 겨울 「크리스천문학」

바보온달과 평강공주

오늘도 어김없이 서른 중반을 넘겼음직한 남자가 점심 시간을 살짝 비껴간 2시쯤 도서실의 한 구석 창가로 간다. 거긴 그의 지정석처럼 되어있다. 벌써 일 년째 그 자리만을 고집해서 앉는 탓에 그 근처만 가도 그의 냄새가 고여 있을 정도였다. 유행하고는 동떨어진 모양 없는 구닥다리 검은 테 돋보기안경을 주머니에서 꺼내 콧등에 걸치고 도서실이 문을 닫을 무렵인 4시에 일어나서 나간다. 그가 앉았던 의자나 책상은 그의 손과 옷에서 묻어난 먼지와 살에서 뿜어 나오는 기름 탓인지 반질반질 윤이 났다.

이 도서실의 단골 고객인 이 남자는 단 한 번도 책을 빌려간 적이 없다. 그렇다고 이따금 책을 빌리기 위해 들어오는 교인들하고 서로 인사를 나누는 걸 본 적도 없다. 그렇다고 이 도서관 사서인 혜진이 나서서 어쩌고저쩌고 말을 걸 처지도 아니다. 이 교회도서실은 교인들에게는 물론 외부인들에게까지 서가가 오픈 돼 있어 누구나 들어와서 쉬면서 책을 읽을 수 있도록 도서실운영방침이 분명했기 때문이다.

도우미로 오는 대학생들이 오지 않는 월요일 오후는 잠깐 화장실을 가든지 아니면 반 시간이라도 외출할 일이 생기면 어쩔 수 없이 그녀는 그 남자에게 가서 도서실을 지켜달라는 말을 남기고 나가는 경우도 더러 있다. 혼자라면 잠그고 나갈 터인데 늘 그 자리에 장승처럼 버티고 있는 그 남자 때문에 문을 잠글 수 없기 때문이다.

사람들은 티스푼이나 골무, 개구리나 앙증맞은 종, 아니면 열쇠걸이를 모으는 취미를 즐기고 있다. 그녀의 친구 중에는 외교관인 아버지를 따라다니면서 각 나라에서 구입한 다양한 종(bell)들을 장식장 가득 채워놓고 매일 그것들을 쓰다듬으면서 소일거리를 삼는 친구도 있다. 그 친구는 확연하게 분별할 수 있는 소리를 지닌 종들을 딸랑딸랑 흔들면서 만족한 웃음을 흘려가며 귀를 기울이고 그 소리에 심취하기도 한다. 외국여행을 자주 나다니는 친구는 골무를 모으면서 아주 특이한 바느질풍습을 만화처럼 그림으로 그리고 있다. 부유한 집 출신인 소꿉친구 명희는 개구리를 모으는 취미가 있어서 방 안 가득 사면

벽에 나무서가를 천장까지 짜놓고 크고 작은 형형색색의 개구리들을 수집하고 있다. 그 친구 집에 어쩌다 들리면 입을 딱 벌린 개구리도 있고 까닥까닥 조는 놈도 있다. 아무튼 개구리의 모든 동작을 총망라하여 희한한 포즈를 취한 개구리들이 우글우글하다. 보호색을 지닌 개구리인지라 청개구리를 위시해서 바위 색깔이나 붉은색을 띤 개구리들과 복합색을 지닌 개구리까지 색깔도 아주 다양했다. 친구들끼리 모일 적에는 이 개구리들이 혹여나 비가 오는 궂은 날씨에 울어대면 귀청이 찢어질 것이란 농담을 주고받기도 한다. 대기업 회장 며느리로 들어간 친구는 보석을 그것도 사파이어만 모아서 친구들의 부러움을 한몸에 모으고 있다.

결혼한 친구들은 아기를 낳아 엄마가 되었고 그러면서도 컬렉션 취미를 즐기면서 행복하게 살아간다. 텔레비전이나 폰을 통해 모두가 공유하고 공개된 세상에서도 사람이란 원초적인 소유욕을 버리지 못하는 모양이다.

혜진은 대도시 변두리 교회도서실의 사서이다. 주로 책을 분류하여 정리하는 일을 맡고 있다. 책을 좋아하는 그녀는 매일 밀물처럼 밀려들어오는 기증도서와 새로 구입하는 책들을 분류하면서 목차와 북 재킷에 있는 짤막한 내용을 읽어가면서 분류한다. 다행히 책 첫 페이지에 DDC(존 듀이 분류번호)나 LC(미국 국회도서관 분류번호) 정보가 나오면 북 포켓을 책 끝의 안쪽에 붙인 뒤에 도장을 찍고 책

등에 청구번호를 달고 카드카타로그를 한 뒤에 바로 서가로 가지만 그렇지 않을 경우는 직접 분류를 해야 한다. 그러려면 책의 목차를 읽어야 하고 그래도 내용이 모호하면 직접 어디에 분류해야 할지 속독으로 대충 읽어내야 한다. 그래야 같은 주제의 책들이 서가에 함께 꽂힐 수 있기 때문이다. 이렇게 책들 속에 묻혀서 살아가니 얼마나 바쁜지 하루가 후딱후딱 지나간다. 사서란 책 속에 묻혀 살지만 단 한 권도 정독하여 온전히 읽은 책이 거의 없이 그저 만져보고 어떤 내용인지 대강 훑어보기만 하는 삶을 사는 사람이다. 과일장사하는 사람들이 비싸고 보기 좋은 과일을 팔기만하고 먹지를 못하는 사정과 비슷하다고 할까.

친구들의 다양한 컬렉션 취미를 부러운 눈으로 바라보던 혜진은 책을 좋아하기 때문에 어떤 책을 모을까 고민하다가 시집을 모으기도 했고 소설 창작집을 모아보기도 했다. 그러다가 성경책 컬렉션으로 마음을 굳혔다. 그렇게 마음을 결정한 이유는 목사였던 아버지가 돌아가시면서 남긴 책들 중에 그의 손길이 닿은 성경책들이 꽤 여러 권 있었기 때문이다. 위에서 아래로 내려쓴 성경책은 얼마나 아버지의 손길이 많이 닿았는지 가장자리가 나긋나긋하게 닳아서 먼지가 풀썩일 정도였다. 게다가 어느 선교사에게서 선물 받았다는 1800년대 초의 엄청나게 큰 영어성경은 영국의 런던출판사가 내놓은 것으로 200년의 세월을 이기지 못하고 가장자리가 부슬부슬 삭아서 녹아내리지만 아버지가 귀하게 보물처럼 여겼던 책이다. 종이 질이 좋아서 제본에만 문제가 있지 책장들은 완벽하게 보전되어 있었다. 이걸 골동품 시장에 내놓으면 몇 백만 원을 호가할 것이라고 내심 계산하고 있었다. 게다가 어머니가 크리스마스 선물로 그녀에게 준 성경은 골무만 한 크기로 세상에서 가장 작은 책이라나. 꼭 개량콩알만 한 크기다. 그건 아버지가 외국여행 중 어렵게 구입해서 어머니에게 선물한 것을 유산으로 딸에게 준 것이라 앙증맞은 유리보석함 속에 넣어놓고 있다. 그뿐인가. 우리나라 최초의 한글성경도 있다. 스코틀랜드 선교사인 존 로스를 중심으로 매킨타이어, 이응찬, 서상륜 등이 함께 번역해 1887년도에 출간한 예수성교전서라는 성경은 원본이 아닌 사본이다. 그것도 아버지의 유물이다. 그녀가 가지고 있는 성경책들은 그간 세월을 따라 여러 번 개정되어 여러 종류가 있지만 주로 검정색 가죽이다. 제일 처음 개역한글판이 나오고 개역 개정판에 이어 공동번역, 표준 새번역, 현대어성경, 킹제임스성경, 우리말성경, 쉬운 성경, 새번역성경, 문화성경, 일년일독통독성경 개역개정판등 참으로 다양하다. 최선을 다 해서 그녀는 이런 성경책들을 전부 컬렉션했다. 특히 내리달이로 쓰던 글이 가로쓰기로 바뀌고 한자를 넣기도 하고 밑에나 옆에 주석을 넣는 등 각양각색의 성경책들이 쏟아져 나와서 컬렉션 품목으로는 아주 우수했다. 성경책인지 모르게 납작하고 조그마한 지갑처럼 생긴 성경도 요즘 직장인이나 젊은이들을 위해 출판되어서 그것도 지난주에 구입했다. 앙증맞은 이 성경은 지퍼로 여닫을 수가 있고 색깔로 빨간색이나 엷은 갈색으로 꼭 지갑만 한 크기였다. 남자친구가 혹시 교회에 다니는 걸 역겨워할 적에 슬쩍 이걸 핸드백에 화장품처럼 넣고 다니기에 편한 것이다.

더구나 그녀에겐 하나님의 말씀이 기록된 성경을 모은다는 자부심도 내심 대단했다. 다른 친구들이 모으고 있는 생명력이 전혀 없는 개구리나, 종, 골무, 티스푼, 보석들을 혜진 자신의 컬렉션과 어찌 비견할 수 있단 말인가.

이래서 그녀는 일생 동안 성경책을 컬렉션하기로 결심했다. 역사상 가장 많이 팔린 베스트셀러가 바로 이 책이 아닌가. 세계 인구 69억 중에서 22억 정도의 기독교인이 소유하고 읽는 책이기도 하다. 아직도 성경을 금하는 나라들이 많아서 이런 책을 소유했다가는 죽음을 당하기도 한다. 하지만 정보사회물결을 타고 선교 제한 지역인 무슬림 지역과 공산권 지역에서 아이폰(iPhone)이나 아이패드(iPad)를 통해 매일 다운로드 되고 있다고 한다.

처음 성경은 돌이나 토판, 나무, 짐승의 뼈에 새겨오다가 후에는 파피루스에 기록했다. 이건 건조한 날씨인 이집트나 이스라엘에 더러 살아남아 있지만 거의 썩어 없어졌다. 양이나 소가죽을 무두질해서 종이처럼 하얗게 만든 양피지에 기록한 것이 지금까지 남아 있다. 그 당시에는 손으로 직접 베껴 쓴 것으로 오자가 많지만 너무 비싸서 일반인들이 소유하기 어려워 쇠사슬에 묶어 놓고 읽고 싶은 사람은 책 옆에 붙어 서서 읽고 가야했다. 히브리어로 쓰인 구약은 1000여 권, 헬라어로 쓰인 신약은 5000여 권이 필사본으로 존재하지만 원본은 하나도 없다고 한다. 4세기 신약이 고스란히 기록된 시내사본은 1859년 시내 반도 산타카타리나 수도원에서 발견된 것이다. 이것들이 있는 곳을 그녀는 일생을 두고 탐방하여 실물을 소유할 수 없지만 사진을 찍어 올 예정이다. 그런 사진이라도 자신의 컬렉션 한 귀퉁이에 넣고 싶었다. 앞으로 세계를 돌면서라도 구입은 못 하지만 사서로서 눈도장을 찍고 촬영해올 것으로는 사해사본, 바티칸사본, 알렉산드리아사본, 에브라임사본, 베자사본 등이 있다.

요즘 기증도서로 밀려들어오는 성경책들 중에 조금 낡기는 했지만 초등학교나 유치원에 다니는 아이들이 읽다가 도서실로 보내오는 어린이용 성경책이 어찌나 많은지! 기막히게 다양해서 새록새록 성경책 컬렉션 하기를 너무 잘 했다는 자긍심으로 보람을 느낀 그녀는 얼굴에 웃음이 가득했다.

도서실에 팸플릿으로 온 것들 중에 성경이야기 팝업 북이 눈에 띄었다. 선명한 색감과 입체적인 그림으로 아이들의 호기심을 자극하여 한번 보면 절대 잊지 않을 그런 현대적 감각의 감동과 재미가 깃든 어린이용 성경책이었다. 요즘 화면도 3D가 나와서 특수 안경을 쓰고 보면 물체가 앞으로 쑥 튀어나와서 실체처럼 움직이는 점을 본떠서 만든 팝업 북이 네 권이나 벌써 출판되었다고 팸플릿은 화려한 자랑을 늘어놓았다. 아기 예수님, 다윗과 골리앗, 노아방주, 에스더가 출판되었고 앞으로 계속 제작 중이란 광고가 선명하게 눈에 들어온다.

성경이 오피스텔의 벽면에 세운 서가들을 가득 채우고 넘쳐나서 그게 너무 좋아 직장에서 일을 하면서도 성경책 컬렉션을 생각만 해도 그녀는 가슴이 울렁일 정도로 기뻤다. 아무도 모르게 거금을 스위스 은행에 숨겨놓고 있는 거부의 심정이 이럴까. 교회에 가거나 심지어 개구리나 비싼 종들이나 희귀한 골무나 열쇠걸이를 모으는 친구들 집에 가서도 성경을 모으고 있다는 비밀을 간직하고 내심 엉큼한 미소를 흘리면서 그녀는 속에서 끓어오르는 기쁨을 은밀하게 혼자서 만끽했다.

특히 지난 주일 목사님의 설교를 듣고 더욱 기분이 좋았다. 성경말씀은 살아 움직이고 있으며 운동력이 있어 좌우에 날선 어떤 칼보다도 더 예리하여 혼과 영과 및 관절과 골수를 찔러 쪼개기까지 하며 게다가 마음의 생각과 뜻을 감찰한다고 했다. 이 세상에 창조된 모든 것들이 성경말씀 앞에서 벌거벗은 것처럼 드러난다고 하지 않던가. 더구나 모든 성경은 하나님의 감동으로 된 것으로 교훈과

책망과 바르게 함과 의義로 교육하기에 유익하고 하나님의 사람으로 온전케 하며 모든 선한 일을 행하기에 온전케 만드는 책이라고 했다. 그런 귀한 말씀이 기록된 성경을 잔뜩 모아 집 안 사면에 빼곡하게 가득 꽂아놓았으니 그녀야말로 이 세상에서 가장 값진 보물로 집 안을 채우고 있는 셈이다. 대기업의 며느리로 들어가서 값비싼 보석을 모으고 있는 친구보다 더 귀한 보물이 아닌가! 더구나 드라큘라가 나오는 영화나 귀신이 나오는 서양영화에서 십자가나 성경책을 저들에게 들이대면 무서워서 도망가거나 나가자빠지는 장면을 수없이 보았다. 그러니 귀신들이 그녀의 현관문까지 왔다가도 성경책에서 뿜어 나오는 강렬한 빛으로 인해 줄행랑칠 것이란 확신으로 마음이 든든했다.

다음날은 주일예배 드린 뒤에 기독교서점에 가 네 권의 어린이 성경이야기용 팝업 북을 사리라 결심하고 지갑의 돈을 가늠해보았다. 쥐꼬리만 한 월급으로 거의 반 이상을 성경 컬렉션에 소비하자니 점심도 거르는 적이 많았다. 금년 정월에 돌아가신 어머니는 2000원짜리 싸구려 음식이라도 사먹으라고 늘 주의를 주었지만 이제는 그렇게 들볶을 사람도 곁에 없다. 요즘 그녀는 점심값까지 아껴서 성경책 컬렉션에 심혈을 기울이고 있었다.

더구나 요즘 헌책 모으는 운동을 교회에서 대대적으로 벌린 탓에 도서실에 조금 나긋나긋 낡은 어린용 성경책이

상당히 많이 들어왔다. 아이들이 즐겨 읽던 어린이용 성경이 중고등학교에 들어가면 소용이 없어지니 모두 교회 도서실로 밀려들어온다. 그중에는 영어성경도 있다. 아마도 부모가 자식의 영어실력을 위해 미국에서 구입해온 것인지 색채도 선명하고 한국출판하고 다른 감각이 묻어났다. 이런 성경책들 중에 복본이 나오는 경우가 많다. 복본으로 두 권까지는 서가에 꽂을 수 있지만 세 권이 되면 모두 서가에 배치할 필요가 없었다. 그런 어린이용 성경책을 그녀는 슬쩍 자신의 핸드백에 집어넣는다. 이런 용도를 위해서 어깨에 메고 다닐 정도로 큰 핸드백을 지니고 출근한다. 요즘은 어린용 성경책이 그녀의 오피스텔 컬렉션 한쪽 서가를 꽉 채워가고 있다. 헌책이 도서관에 들어올 적마다 마치 김장 배추를 마당에 뿌리는 것처럼 가슴이 두근거리는 걸 그녀는 애써 감추고 있다. 집에 가져갈 책을 찾는 재미가 아주 달콤해서 광맥을 찾아낸 광산주처럼 마음이 늘 달뜨게 된다.

그녀가 도서실 앞쪽 공간에 뿌려놓은 기증도서들에 엎드려 열심히 책들을 분류했다. 거창하게 분류한다고 말하지만 주로 수필이나 소설류는 800대에 놓고 종교서적은 200대에 놓을 정도로 교회에 가져오는 책들은 거의 두 종류였다. 세 권 이상 들어온 성경책을 슬쩍 핸드백에 넣고 있는 동안 그 중년의 남자는 열심히 책을 읽느라고 숨소리도 죽이고 있었다. 도서관 안은 두 사람의 잔잔한 호홉소리와 헌책에서 풍기는 특유의 퀴퀴한 곰팡이 냄새로 가득 찼고 이따금 그녀가 책 먼지로 인해 잔기침을 하여 도서관의 적요를 깨트렸다.

그녀의 성경책 컬렉션이 시간이 흐를수록 늘어나서 방 바닥부터 천장까지 서가를 높일 정도로 작은 그녀의 오피스텔 벽은 성경으로 가득했다. 모두 그녀의 손때가 묻고 정성이 깃들고 추억이 서린 책들이다. 밤에 잠자리에 누울 적마다 마귀가 창가를 기웃거리다가도 서가를 가득 메운 성경을 보고 기겁해서 도망치는 상상을 하면서 웃음을 삼키기도 한다. 성경책들이 가득한 오피스텔은 그녀의 방패가 되었고 적을 막아낼 요새요 든든한 믿음의 반석이 되었다.

일 년에 한 번 심방을 오는 구역 식구들과 목사님, 심지어는 전도사까지 그녀의 오피스텔 벽 서가를 가득 채운 성경을 보고는 믿음이 돈독하고 하나님을 기막히게 사랑하기 때문에 이렇게 성경을 모으고 있다고 입에 침이 마르도록 칭찬을 아끼지 않았다. 그럴 때마다 그녀는 어깨가 들썩이고 비행기를 타고 하늘을 날듯 아주 으쓱해서 마음이 상큼했다. 이래서 그녀는 결혼을 하지 않는지도 모른다. 집에 영의 양식이 가득해서 부족함을 느끼지 못하고 자신만의 적요를 즐기며 평안과 행복은 물론 자긍심과 경외의 시간을 만끽할 수 있기 때문이다.

어린이용 성경책만 빼고 그녀는 교회에 갈 적마다 매주

같은 성경책을 가지고 다닌 적이 없다. 서가에서 헌것으로부터 새것까지 골고루 한 권씩 번갈아 빼들고 간다. 마치 옷깃에 꽂는 예쁜 핀처럼 매주 다른 성경책을 들고 다니는 취미에 빠져들었다. 예배시간에 설교 본문내용을 보기 위해 한 번 형식적으로 들척이고는 그대로 집으로 가지고 와서 다시 서가에 꽂아놓는다. 깨끗한 정제수와 고급원단을 사용한 젖은 헝겊으로 들고 나갔던 성경책을 꼼꼼하게 닦아 꽂으면서 서가의 가장자리를 쓰고 남은 젖은 헝겊조각으로 싹 닦는 것이 그녀의 습관이 되었다. 성경책들과 서가는 그녀의 손길이 닿아서 모두 반짝반짝 빛이 났다.

이렇게 성경을 모으면서 곰곰이 생각해보니 단 한 번도 성경을 창세기부터 계시록까지 읽은 적이 없었다. 솔직히 고백하자면 그녀는 습관적으로 교회에 다니며 주위들은 말씀을 가지고 마치 성경을 다 아는 듯 턱을 받쳐 들고 목에 힘을 주고 당당하게 살고 있다. 어쩌다 가끔 한 번도 성경을 통독한 적이 없다는 점에 마음이 조금 켕기기는 해도 그녀는 사서가 아닌가. 도서실에 가득한 책도 거죽만 훑어보게끔 운명이 지어져 있으니 어쩔 것인가.

삼십대 중반의 남자는 오늘도 점심시간을 약간 비껴간 2시에 도서실에 들어와서 구석 맨 뒷자리에 앉는다. 슬쩍 남자를 훔쳐봤다. 그는 언제나 같은 코스의 행동을 한다.

제일 먼저 자신의 지정석에 앉으면 호주머니에서 검은 뿔테안경을 꺼내서 콧등에 축 내려오게 걸친다. 처음엔 나이에 어울리지 않게 시골 할아버지처럼 안경을 쓰는 모습이 너무 웃음을 자아냈으나 그녀는 이제 그의 그런 모습에 익숙해졌다. 다음에는 책상 위에 내려앉은 먼지를 등에 늘 지고 다니는 자그마한 색에서 젖은 화장지를 꺼내 꼼꼼하게 책상 모서리까지 정성들여 닦아낸다. 그런 뒤 언제나 800대로 간다. 소설들이 꽂힌 서가이다. 거기를 둘러보면서 새로 구입한 책이나 새로 들어온 기증도서가 꽂혔으면 그걸 꺼내든다. 혹시 800대인 문학도서들 중에 새로운 책이 없으면 그간 자신이 모두 읽어버린 책들을 아쉬운 눈으로 흘겨보고는 200대로 간다. 여긴 종교서적들이 꽂힌 곳이다. 그곳에서 새로 들어온 책을 꺼내 두 손으로 유리그릇을 다루듯 조심스럽게 받쳐 들고 자신이 늘 앉는 자리로 돌아가서 아주 경건하게 책을 펼친다. 그 모습이 무슨 제의를 치루는 것처럼 아주 엄위로워서 감히 무너트릴 수 없는 거룩한 분위기가 고여 있어 뭐라고 표현할 수 없는 기운이 남자의 몸 언저리에 감돈다. 그리곤 맛있는 음식을 먹기 전에 침을 꿀꺽 삼키듯이 그는 책을 두 손으로 바쳐 들고는 냄새를 맡아본다. 한번 어쩌다가 슬쩍 맡아보는 것이 아니고 아주 귀한 음식을 앞에 놓고 음미하듯 책의 타이틀부터 시작하여 책 거죽의 이 끝에서 저 끝까지 정중하게 코끝을 대고 킁킁거리면서 냄새를 맡고는 천천히 아주 느린 동작으로 책뚜껑을 연다. 마치 깨지기 쉬운 얇은 유리그릇을 다루듯 조심스러운 동작이다. 이런 그를 도서실을 맡은 사서인 그녀는 감탄의 눈으로 늘 바라본다. 여러 해 동안 도서관에서 일해 보았지만 이런 경건한 자세로 책을 대하는 사람을 본 적이 없었기 때문이다. 책을 자신의 직업의 일부로 모시고 사는 교수들이나 교사들도 책을 앞에 놓고 이런 자세를 취하는 사람이 없다. 모두가 거칠게 책표지를 들쳐보고 뭐 이런 책이 있나하고 홱 팽개치든지 난폭하게 꽂아버리는 사람들만 보다가 이렇게 책을 사랑하는 사람을 만나니 감동하여 가슴이 뛰기도 했다.

더구나 수만 종의 책들이 정보사회답게 서점에 넘쳐나지만 실제 독서 인구는 감소하고 있어 책을 읽는 사람들이 줄어들고 있는 현실이다. 정보사회에선 모든 사람들이 아이부터 노인에 이르기까지 모두 말초감각을 자극하는 소리와 색깔에 정신을 쏟고 조각정보를 얻기 위해 인터넷 속으로 뛰어든다. 고층 아파트의 쓰레기 수거장에 가면 국어사전이나 심지어 영어사전까지 전부 쓰레기로 나오고 있다. 귀찮게 누가 책장을 들춰 정보를 찾겠느냐는 뜻이다. 인터넷으로 들어가면 쉽게 찾아볼 수 있으니 사전이 필요 없는 세상이 되었다는 뜻일 터다. 집 안에서는 모두가 멍청히 앉아서 귀와 눈에 어린아이에게 밥을 떠먹여 주듯 넣어주는 텔레비전을 보든지 아이패드나 스마트폰을 들고 교육과 오락과 뉴스 그리고 봇물처럼 터져 흘러 넘치는 조각정보를 즐기고 있는 시대이다. 전철을 타면 젊은이들은 물론 아이들까지 모두 조용하다. 책이 아닌 스마트폰이나 아이패드를 들고 그 안에 눈을 고정하고 있다. 이러다가는 줄글을 읽으면서 전해지는 행간의 상상력과 글씨가 전하는 의미를 알아내는 훈련이 부족하여 짧은 글이나 읽을 수 있지 조금 긴 글은 소화하지 못하여 머리 구조가 전혀 다른 세대로 진화할 가능성이 높았다. 실제로 우리글은 소리글이라 눈에 들어오는 글을 다 읽을 수는 있지만 행간에 고인 깊은 뜻이나 내용을 감지하는 훈련을 받지 못하여 앞으로의 세대는 실제적인 문맹들이 쏟아져 나올 가능성이 높은 추세다. 한마디로 깊은 사고를 할 수 없는 경박한 세대들이 이 나라를 채운다면 어떻게 될까.

최근에는 전자책이 쏟아져 나오고 있어 책이 지구상에서 완전히 사라질 위기에 처해 있다고 하지 않던가. 해서 타임캡슐에 책을 넣어서 묻어놓고 이다음 우리 후세에게 이런 것을 책이라고 한다고 일러줄 것이란 예언도 있다. 이렇게 구박받는 책을 귀중품 다루듯 냄새까지 맡고 있는 남자에게 사서인 그녀가 어찌 탄복하지 않겠는가! 더욱 기이한 일은 이 남자의 책을 읽는 태도였다. 책을 값비싼 보물을 다루듯 쓰다듬어가면서 정성을 다해 한 페이지씩 넘긴다. 그런데 아주 이상한 점은 그냥 책을 읽는 것이 아니다. 사랑하는 애인을 애무하듯이 손가락들을 세우고 페이지마다 줄을 따라서 이동하면서 읽는다. 더러 독자들 중에는 북마크를 사용하여 줄을 따라 읽으면서 이동하기도 하고 눈이 나쁜 사람은 흰 종이를 접어서 글줄 밑에 대고 읽어가는 행동은 보았지만 이렇게 양손 손가락들을 책장 위에 올려놓고 줄줄이 따라가면서 읽는 사람은 처음 보았다. 읽는 속도도 상당히 빨라서 일단 책을 펼치면 2시간 동안 꼼짝도 않고 무채를 썰 듯 손가락 끝을 세워 줄을 따라 밑으로 이동해서 페이지 끝까지 읽어나간다. 책을 다 읽으면 벽시계를 올려다보고는 그 책을 제자리인 서가에 꽂고 일어나서 사서인 그녀에게 공손하게 절을 하고는 도서실 문을 나선다. 이게 그 남자의 매일 일과라 아마도 소설이나 시를 쓰는 문학도라는 생각이 들었다.

여우비가 쏟아지는 어느 날이었다. 세계의 어느 나라나 이상기온으로 혼쭐이 나 있는 판이다. 엉뚱하게 늦가을 폭풍이 몰고 온 거센 비바람으로 사방이 어둑해져서 그녀는 단 한 분인 고객 남자를 위해 전등불을 켰다. 그때 책 위에 손가락을 올려놓고 줄을 따라 읽고 있던 남자가 그녀를 잠간 곁눈으로 흘겨보았다. 그녀는 살짝 웃어주면서 손을 흔들었다.

기증도서가 유난히 많아서 쓸 만한 책들을 골라서 책상 위에 수북하게 쌓아놓고 책 앞 페이지에 스탬프를 찍기 시작했다. 열심히 일을 하느라고 그 남자가 다가와서 긴 그림자를 책 위에 던졌을 적에야 그녀는 머리를 들어 그를 올려다보았다.

"제가 좀 도와드릴까요?"

처음 들어보는 남자의 음성은 수줍어하면서 약간 겁을 먹은 양 기어들어가고 있었다.

"그러면 고맙지요. 여기 쌓인 책들의 앞 페이지에 교회 이름을 찍어야하니까요. 도장밥을 푹 적셔 잘 찍어주세요."

남자는 쑥스러워하면서 멈칫거리다가 어렵게 입을 연다.

"책은 참 좋은 약 같아요. 머리가 복잡하다가도 여기 와서 앉아있으면 마음이 편안해져요."

"한 시간 정도 독서를 하면 대부분 사람들이 가지고 있는 어떠한 고통도 가라앉는다고 해요."

그러자 남자는 씩 웃으면서 기어들어가는 목소리로 말했다.

"책이 없는 집은 영혼이 없는 육체와 같다고 해요. 집을 책으로 가득 채우고 정원은 꽃과 나무로 가득한 집에서 사는 것이 행복한 인생이지요."

얼굴을 붉히면서 말하는 남자의 얼굴이 소년처럼 순박해 보여 그녀도 한 마디했다.

"남자는 모름지기 다섯 수레의 책을 읽어야 한다는 명언이 있어요. 남자의 방에 책이 없으면 영혼이 없다고 하지요."

"다섯 수레의 책이면 몇 천 권도 더 되겠네요."

"그 정도 될 거예요. 요즘 사람들 책을 읽지 않아서 동물이 되어가고 있어요. 하루라도 책을 읽지 않으면 입에 가시가 돋는다고 말한 옛사람들이 참 지혜가 있었어요."

"좋은 책은 좋은 친구 같다고 대학교수들이 텔레비전에서 말하는 걸 들은 적이 있어요. 그래서 전 친구를 찾아 이렇게 도서실에 오는 것입니다."

"아주 좋은 습관입니다. 미국 같은 나라에서는 대학을 설계할 적에 도서관을 제일 좋은 위치인 캠퍼스의 한가운데 자리를 잡아서 학생들이 모두 접근하기 쉽게 배치한다는군요. 도박판이 호텔의 중앙에 자릴 잡고 있어 누구나 거길 거쳐야 들어갈 수 있도록 한다는데 대학 도서관도 마찬가지지요."

속삭이듯 말하는 그녀의 말에 남자는 조금 부끄러워하면서 입을 다물어버린다. 다른 일들이 많아서 그녀는 백 권에 가까운 책들의 앞 페이지에 찍을 스탬프를 남자의 손에 쥐어주고 바쁘게 움직였다. 슬쩍 일하는 모습을 보니 아주 민첩하게 스탬프를 잘 찍어내고 있었다. 후딱 일을 해치운 그가 너무 고마워서 다른 일을 시켰다. 책 뒤에 붙일 북 포켓을 요렇게 붙여달라고 시범을 보여주니 그것도 잘 붙여나갔다.

요즘은 카드 카탈로그를 쓰는 도서관이 없다. 모두 전

산화되었기 때문이다. 그러나 이렇게 작은 교회도서실은 그냥 옛 시스템을 고수하는 것이 관리도 쉽고 접근도 간편하다. 그러니 책 한 권에 대한 카탈로그 카드는 적어도 세 개를 만들어야 한다. 저자, 제목, 주제 카드는 기본이다. 그래야 독자들이 카드로 책을 접근해서 원하는 책을 골라볼 수 있다. 작은 도서실이지만 기본적인 일은 해야 한다. 책 한 권이 서가에 꽂히자면 자기가 어떤 책이고 어떤 내용을 가지고 있고 누가 이 책을 썼는지 카드가 전부 말해주어야 하기 때문이다. 그냥 아무데나 나뒹구는 책이 아니라 책에도 신분을 밝히는 호적이 주어지는 셈이다.

"이거 보세요. 이렇게 책 한 권이 저에게 일을 많이 시켜요."

그러자 남자는 어눌한 시선을 그녀에게 던진다.

"책 한 권이 서가에 꽂히자면 제 힘이 진해서 어지러울 정도예요. 시간이 있으시면 조금이라도 도와주시면 고맙겠어요. 이 교회는 또 한 사람의 사서를 쓸 여유가 없어요. 그래도 감사할 일이지요. 다른 교회에는 이런 정도의 도서실도 없는데 이 교회 목사님은 미국에서 공부를 많이 하고 오신 분이라 도서실에 아주 관심이 많아서 저 같은 사람이 여기서 일할 수 있어요."

"이렇게 많은 책과 함께 사시니 너무 행복하시겠어요."

"저는 직업상 늘 책을 쓰다듬기만 하지 내용을 상세하게 잘 몰라요. 수박 겉핥기식이지요. 그래도 책을 장식용으로 벽에 가득 꽂아놓고 살아가는 속빈 독자들보다는 낫지요. 책을 집에 많이 꽂아야 아이들이 자극을 받아 천재가 된다는 조기교육론이 나오면서 책들이 불쌍하게도 벽걸이 데커레이션용이 되었어요. 책을 읽는 사람은 점점 줄어들고 저처럼 책 거죽만을 보는 사람들만 그나마 조금 남아 있지요. 하루도 빠지지 않고 도서실에 와서 매일 책을 이렇게 많이 읽으시니 얼마나 행복하세요. 책을 100권 읽으면 100사람의 인생을 경험한다고 하는데 대단한 지식과 포용력을 지니신 분 같아요."

"저는 아주 무식한 사람입니다. 이렇게라도 책과 함께하니 살아가는 보람을 느낍니다."

남자는 진짜로 행복하다는 표정을 감추지 못했다.

문득 일을 더 시킬 욕심에 부푼 그녀는 볼펜을 주면서 북 포켓에 책 제목을 써달라고 부탁하니 민망할 정도로 얼굴이 빨개진 남자가 머리를 세차게 흔들더니 부리나케 자기 자리로 돌아가서 다시 두 손을 책장 위에 올려놓고 열심히 책을 읽는다. 눈을 어디에 둘지 몰라서 어릿거리는 산골소년 같은 그의 얼굴이 그녀의 뇌리에서 쉽게 지워지질 않았다. 상대방의 입장을 고려하지 않고 무모하게 일을 더 시킨 것이 미안하고 부끄러워서 살짝 붉어진 얼굴로 그 남자를 숨어서 훔쳐보았다. 이런 관계는 그가 이 도서실에 드나든 지 일 년 만에 일어난 해프닝이었다.

어느 날부터인가 책들이 서가에서 한두 권씩 사라지고 있는 걸 혜진은 감지하게 되었다. 요즘은 책을 멀리 하는 시대라 책을 훔쳐가는 사람이 없는 법인데 이상한 일이었다. 그것도 한 권만 꽂힌 책이 아니라 복본 중에서 한 권씩 없어지고 있었다. 도서실에 드나드는 사람들을 모두 살피고 관찰해도 책을 훔칠 만한 사람이 없었다. 도서실에 주기적으로 드나드는 고객들을 한 사람 한 사람씩 되씹어보아도 감이 잡히질 않았다. 청소하는 나이든 사찰집사를 의심했으나 작정하고 숨어서 살핀 결과 그도 그런 기미가 전혀 없었다.

교회가 도서실에 돈을 많이 투자하면 전산화할 수 있는데 하는 투정을 하면서 그녀는 그나마 며칠 나오는 대학생 도우미조차 오지 않아 속이 상해 상을 찌푸렸다. 그래도 최소한의 도서관 조직을 그녀만의 힘으로 해놓으려고 아침부터 결심을 하고 출근했다. 그날은 우연찮게 그녀가 카드카탈로그와 서가의 책들을 비교해보느라고 문학도서들이 꽂힌 800대로 다가갔다. 퇴근시간이 가까운 시각이었다. 그 남자가 책을 다 읽고 난 뒤에 책을 꽂으려고 200대 종교서가로 가더니 엉거주춤 헐렁하게 입고 있는 잠바가 서가에 닿을 만큼 몸을 숙였다. 혜진 사서가 서 있는 각도가 남자와 서가 사이를 잘 볼 수 있는 위치였다. 순간 그의 이상한 행동이 감지되었다. 헐렁하게 벌어진 잠바의 가슴팍으로 책을 슬쩍 집어넣는 것이 아닌가. 그건 번개처럼 빠른 몸짓이었다. 헛것을 본 것이 아닌가 할 정도로 순간에 벌어진 일이었다. 너무 놀란 나머지 가슴이 콩콩 뛰어 얼굴이 붉게 달아올랐다. 사서 자리로 돌아와 우선 찬물을 한 컵 마시고 가슴을 쓸어내렸다. 만에 하나 잘못 본 것일 수도 있다는 생각에 다음날도 그 자리에 몸을 숨기고 그의 행동을 지켜보았다. 이번에도 남자는 책을 슬쩍 잠바의 가슴팍에 집어놓고 유유히 도서실을 빠져나갔다. 그것도 복본 중 하나를 가져갔다. 단 한 권이 꽂힌 책은 건드리지 않고 두 권이 꽂힌 책들 중 한 권을 슬쩍하는 셈이다. 얼마나 책을 사랑하면 저렇게 되었을까 생각하니 가슴이 찡했다. 요즘 세상에 이 정도로 책을 사랑하는 사람이 있다는 것에 감동이 오기도 했다. 어차피 책이란 읽혀 닳아 없어져야 하는 속성을 지니고 있기 때문이다.

그러나 그런 그의 행동을 그냥 묵인할 수는 없는 자리에 그녀는 있었다. 조용히 둘이 만나 서로 자존심이 상하지 않게 처리해야할 사건이었다. 그날도 남자는 책을 한 권 슬쩍 가슴팍에 집어넣고 도서실을 빠져나갔다. 따라나설 준비를 하고 있던 그녀는 살그머니 그의 뒤를 미행하기 시작했다. 그는 교회도서실에서 가까운 인근의 작은 단층집으로 들어갔다. 길모퉁이에 자릴 잡아서 아주 찾기 쉬운 집이었다. 가만히 현관문을 밀치니 잠그지 않고 들어간 탓에 조용히 열렸다. 정원에는 물을 많이 주어야 하는 분꽃이 저녁노을을 받고 흐드러지게 피어있었다. 봉선

이건숙 문학전집 6 신데렐라의 아침

화와 달리아가 줄을 서서 핀 것을 보니 굉장히 손이 많이 간 꽃밭이었다. 비싼 나무나 화초는 없고 그냥 팽개쳐두어도 될 목련이나 감나무와 모과나무가 울타리를 따라 꽃밭 가장자리에 서 있고 모두 세심한 손길이 닿아서 정갈하고 아담했다.

소리 없이 집 안에 들어선 그녀는 좁은 거실의 벽들이 책으로 가득 차 있는 걸 보고 입을 딱 벌렸다. 남자는 자기 집을 완전히 도서실로 차려놓고 있었다. 그 남자는 방으로 들어갔는지 조용했다. 서가를 찬찬히 살펴보니 그녀의 손길이 닿은 책들이 현관입구에 줄줄이 책등에 청구번호를 단 채 꽂혀 있다.

어제 새로 사다 꽂아놓은 새 책이 남자의 집 서가에 버젓이 자릴 잡고 있는 걸 보니 속에서 불끈 뜨거운 것이 치밀어 올랐다. 그때 남자가 방문을 열고 나오다가 그녀를 보고 입을 딱 벌리고 황당한 얼굴로 서버린다. 어색하고 칙칙하게 무거운 분위기가 둘 사이에 흘렀다.

"책을 좋아하시면 사서 보시지 이게 무슨 짓이에요."

앙칼지게 토라져서 말하는 그녀를 남자는 그저 멍청하게 바라볼 뿐 별 반응이 없다.

"이 책들 모두 훔쳐온 것인가요?"

남자는 머리를 살살 흔든다.

"다른 도서실에 가서도 이렇게 훔쳤군요. 저쪽 서가에 꽂힌 책들은 우리 도서실책이 아닌데요."

그러자 남자는 눈물이 그렁한 눈으로 멀뚱거리다가 머리를 푹 숙여버린다. 아직 철이 들지 않은 사내아이가 어머니에게 지청구를 듣고 눈물을 글썽거리듯 엉거주춤 서 있는 모습이 바지에 오줌이라도 싼 듯 가엾다는 생각이 들 정도였다.

　　"안쪽에 꽂힌 책들은 제가 교회도서실에 다니면서 모두 모은 것들입니다. 옆 아파트촌에 화요일 저녁에 가면 쓰레기가 나옵니다. 수요일 아침에 쓰레기차가 와서 가져가지요. 부자들이 사는 아파트라 그런지 얼마나 많은 책들이 쓰레기로 쏟아져 나오는지! 거기서 거죽이 빤빤하고 모양이 좋은 책만 골라다가 교회도서실처럼 제 책장에 꽂아두었습니다."

　　"책을 모으는 취미는 권장할 만한 일이지만 교회도서실에서 책을 훔치는 행위는 법을 어기는 일이에요."

　　"사서님이 책들을 핸드백에 집어넣는 걸 보고……."

　　남자는 웅얼거리면서 두 눈에 눈물이 그렁하게 고여 온다.

　　"제가 가져가는 책은 제가 알아서 처리하는 것이라고요. 이 일을 어찌 처리하지요. 경찰에 신고할까요."

　　경찰이란 말이 의도하지 않았는데 그녀의 입에서 불쑥 튀어나갔다. 눈물로 붉어진 토끼눈을 하고 멍청히 서 있는 그를 보자 너무 했구나 하는 후회를 금방 했다. 그러자 남자는 쭈뼛거리다가 어렵게 입을 열었다.

"책을 쓰다듬으면 마음이 편안해져요. 사서님을 만나고부터 전 책을 정말 좋아하게 되었습니다."

그녀는 처참하게 무너져 내리는 남자를 바라보고 있을 수가 없어서 그 집을 나와버렸다. 가슴 한가운데로 쌩하니 찬바람이 지나간다. 도심지에서 뚝 떨어진 곳에 위치한 그의 납작한 집은 거무죽죽한 하늘 밑에 깔려 곧 시야에서 사라져버릴 듯했다.

두 손을 코트 주머니에 찔러 넣고 무작정 걷는 동안 이슬비가 푸슬푸슬 내리기 시작했다. 보도 블럭이 끊임없이 내리는 이슬비로 푹 젖은 탓에 미끄럽기 한이 없다. 조금만 잘못하면 주르륵 미끄러질 듯해서 두 다리가 벌벌 떨릴 정도였다.

늦게까지 비를 맞으면서 밤거리를 헤매다가 어느 정도 마음이 안정된 뒤에 그의 기록카드를 핸드백에서 꺼냈다. 그 남자가 처음 도서실에 들어섰던 날이 떠올랐다. 두 시에 도서실에 들어선 남자는 못 올 곳에라도 온 듯 사뭇 공포에 가득 찬 시선으로 그녀를 응시했다. 생전 처음 와보는 곳에 대한 두려움과 낯섦으로 인해서 주눅이 잔뜩 든 모양새였다. 해서 그녀는 다정하게 웃으면서 그를 맞았다.

"처음 오셨군요?"

"아아……. 네에."

남자는 사뭇 떨고 있었다.

"오후에 매일 와서 책을 봐도 됩니까?"

"그럼요. 여기는 누구나 와서 책을 읽을 수 있는 도서실입니다. 다른 도서실 운영과 달리 그건 우리 담임목사님의 시책입니다. 우리 교회도서실은 만인에게 공개된 장소라고요."

"그럼 제가 늘 2시에 와서 4시까지 책을 보고 가겠습니다."

남자는 도서실 뒤쪽 구석진 곳에 시선을 던진다. 마치 거기에 숨기라도 할 자세였다.

"여기 이름하고 주소 그리고 전화번호를 적어주세요."

기록카드를 내밀자 남자의 얼굴이 홍당무가 되어 귓불까지 물들었다.

"미안하지만 제가 부를 터이니 적어주세요. 제 손을 일하다가 다쳐서 그래요."

혜진은 기록카드에 그가 부르는 데로 적어나갔다. 단지 이상했던 점은 주소 대신 불러준 상호였다. '돼지아줌마순대집'이라는 이름이 너무 생소하고 우스워서 그녀는 숨을 죽이고 돌아서서 킥킥 웃었던 기억이 생생하게 떠올랐다.

그녀는 돼지아줌마순대집의 주소를 찾아 교회가 있는 마을의 시장으로 향했다. 도시마다 슈퍼마켓이 극성을 부리고 있지만 아직도 이 마을에서는 재래시장이 버젓하게 자리를 잡고 손님들로 제법 붐비는 곳이었다.

저녁식사 시간대라 '돼지아줌마순대집'은 빈자리가 없

을 정도로 사람들로 붐볐다. 명품을 걸친 고급손님들이
아니라 시장터의 장사꾼들이나 아니면 평범한 아줌마나
아저씨들로 가득한 그곳은 소주 한 잔을 앞에 놓고 북적
이는 서민들의 마당이었다. 멀리 서서 그 안을 살피던 그
녀는 시장 안을 몇 바퀴 돌면서 시간을 벌었다. 반 시간이
지난 다음에 가니 헐렁하게 순대집은 비어 있었다. 안으
로 어렵게 발길을 들여놓은 그녀는 노동으로 손마디가 뭉
툭해진 반백의 할머니가 퍼 나르는 순대국을 한 그릇 시
키면서 구석에 자리를 잡고 앉았다. 고춧가루를 듬뿍 넣
은 것이 보기만 해도 침이 입안에 고였다. 맵고 고소하게
끓여서 국물이 제법 진해 보였다.

"이 아가씨는 우리집에 처음 온 손님 같아."

순댓집 노파의 말에 그녀는 몸을 조금 앙당그리고는 머
리를 크게 주억거리면서 물었다.

"이 집 아저씨는 어디 가셨나요?"

"아하! 제 아들 녀석을 말하는 모양이군요. 너무 순해
서 사람들이 바보온달이라고 불러요. 그 애는 새벽부터
일하다가 점심을 먹고 나가요. 그리고 밤에 이 어미가 문
을 닫을 때쯤 와서 설거지를 하고 문을 닫고 나를 데리고
집으로 가지요. 어려서부터 너무 고생을 시켜 미안해서
강제로 오후에는 나가 돌아다니면서 자기 시간을 가지라
고 했지요. 그 나이에 이르도록 장가도 들지 못하고 지내
는 불쌍한 자식이라고요. 이 순대 국밥집에 매일 붙어 있

다가는 자기 짝도 구하기 힘들 터라 너무 늦었지만 억지로 내모는 이 어미의 심정을 이해하시겠어요."

손님이 휑하도록 빠져버린 탓인지 할머니의 입이 헤프다. 무척 말이 하고 싶었나 보다. 노파는 순대기름이 줄줄 흐르는 앞치마자락으로 눈가를 닦는다.

"아드님은 책을 무척 좋아하나 보지요? 매일 도서실에 와서 책을 읽는답니다. 소설이나 시를 쓰고 있는 분 같아요."

"책을 읽는다고요? 소설이나 시를 쓴다고요!"

"저는 그분이 매일 오는 도서실에서 일하는 여자랍니다."

"글자도 못 읽는 녀석이 도서실에는……."

"어머머! 글을 읽을 줄 모른다고요! 정말인가요?"

"네! 글을 읽을 줄도 쓸 줄도 몰라요. 그 앤 초등학교에 입학하고 두 달뿐이 못 다녔어요. 애 아버지가 건설현장에서 허리를 다쳐 꼼짝 못 하고 누워있으니 아버지 수발들으랴 내가 돈을 번다고 나다니니 이 어미도 도와주랴 어떻게 학교를 가요. 그래서 군대도 못 갔어요. 글자를 읽지 못하니 어떻게 군대에 가요. 불쌍한 자식이지요. 그러나 아주 착한 효자예요."

글씨도 읽을 줄 모르는 남자가 매일 도서실에 와서 책을 읽고 있었다니! 할머니의 징징거리는 말을 들어주고 그녀는 무거운 마음을 안고 집으로 향했다. 넙데데한 동네 산을 타고 흘러내려 밑에 잔뜩 괸 저녁 안개가 뿌옇게 가로등 밑에서 어른거린다. 주로 시골목회를 했던 아버지와 어머니의 가난이 눈앞을 스쳤다. 밥해 먹을 쌀이 없어도 교인들 앞에서는 찬물을 하루 종일 마시고도 의젓하게 허리를 폈던 아버지. 하필이면 그 남자의 얼굴이 돌아가신 아버지의 얼굴과 겹쳐진다.

돼지아줌마순대집에서 사먹은 순대국이 급체하였는지 토사곽란이 일어나 변기에 한참을 토해냈다. 내장이랑 오도독 씹히는 돼지 귓바퀴와 비릿한 기름덩어리가 든 순대국은 먹을 때부터 비위가 상해 매운 김치와 시뻘건 다짐 양념장을 많이 넣어먹은 탓에 속이 뒤집힌 모양이다. 점심도 먹지 않았던 터라 기운이 진한 그녀는 몸을 가누기 어려울 지경이었다. 침대 위에 대자를 그리면서 널브러졌다. 머리가 띵하니 아파오면서 그녀는 천장을 향해 누워 중얼거렸다.

'미국의 어느 주지사는 자신의 이름만 사인할 줄 알고 글을 읽을 줄 모른다는 것을 철저하게 속이고 쥐구멍을 찾으면서 살다가 60세를 넘기고 사람들 앞에서 고백을 하고 나니 아주 떳떳해졌다고 그러더라. 그제야 알파벳을 배우기 시작했다는 일화도 있어. 아브라함 링컨 다음에 대통령이 된 앤드류 존슨(Andrew Johnson 1865-1869)은 알라스카를 러시아로부터 사들인 대통령이야. 처음엔 동토의 땅을 샀다고 욕도 많이 먹었으나 그게 지금 미국의 효자가 되었다고. 거기서 쏟아져 나오는 기름은 엄청난 양이 아닌가. 그런 대통령이 14세까지 글을 읽을 줄 몰랐고 결혼한 뒤에야 쓰기를 배웠다고 하니 글을 모르는 것이 문제는 아니야. 글자를 읽을 줄 아는 사람이나 문맹이나 별 차이가 없는 시대에 우린 살고 있어. 색깔만 보고 귀만 열려있으면 된단 말이야. 모두가 원시인의 삶으로 돌아간 거지. 돼지아줌마순대집 남자에게 글씨를 가르쳐줄까 하는 생각이 드는데……. 그러면 책을 만지면서 즐기지 못하고 괴로워할 지도 몰라. 지식을 더하면 번민도 더하는 법이니까. 우후후…….'

그녀의 자부심이었던 그녀의 공간이 갑자기 그 남자의 거실로 둔갑해서 느린 속도로 그녀를 가운데 놓고 빙빙 돌았다. 정신을 차리려고 머리를 흔들었다. 모두 토해버려 뱃가죽에 착 달라붙은 창자를 펴면서 흐린 눈으로 방 사면을 바라보니 갖가지 옷을 입은 성경책들이 서가에 꽁꽁 묶여서 꼼짝을 못하고 모두가 눈을 멀뚱히 뜨고 그녀를 빤히 노려보고 있었다. 읽지도 않으면서 왜 이렇게 모아다가 장식품으로 꽂아놓았느냐고 아우성을 치며 데모를 하는 듯했다. 그녀가 술 취한 사람처럼 몽롱한 정신으로 올려다보는 천장이 바보온달과 함께 정신을 차릴 수 없을 정도로 빙빙 돌아서 그녀는 눈을 감아버렸다. ✤

ー 2013년 5~6월 『펜문학』

청동오리 엄마

새벽 물안개가 호수 위에 무겁게 내려앉아 있다. 신록이 우거진 오월의 끄트머리로 접어들면서 호수의 가장자리에 자리잡은 갈대숲이 가을 무청보다 더 진한 빛을 토해낸다. 호수 한 모퉁이에는 연꽃이 한창 싱싱한 잎을 자랑하고 있다. 십여 명씩 모이는 새벽운동 팀의 힘찬 구호가 잔잔한 호반을 뒤흔든다. 저들이 힘차게 배와 팔뚝을 손바닥으로 때리는 철석거리는 소리에 연꽃 언저리에서 유유히 헤엄치던 물고기가 놀라 움찔하자 연잎들 사이로 탁한 물이 일어난다.

나는 졸린 눈을 반쯤 감은 채 연꽃호수 한가운데 놓인 나무다리로 갔다. 아름다운 연꽃과 더러운 물이란 기이한 연관성에 잠시 멈춰 섰다. 이렇게 더러운 물에 어떻게 이런 예쁜 연꽃들이 피어나는지 너무나 기이한 생각이 들어

잠이 확 달아난다. 아침이슬에 수련, 백련과 홍련이 요염한 자태를 뽐내면서 하늘을 향해 입을 벙긋거린다.

항상 봐오던 경치와 지루한 일상을 뚫고 누군가를 찾는 애타는 외침에 나는 눈을 들어 사방을 살폈다. 이 시간대에 느릅나무 우듬지에서 울어대는 뻐꾸기도 여자의 애처로운 절규에 울음을 뚝 그친다. 어제 이맘때쯤 호수에 빠져죽은 여인을 떠올린 나는 전신에 소름이 깔리더니 호수 위를 찍어 누르는 안개가 귀기를 품은 여인의 머리칼처럼 흐느적거린다. 물결에 부푼 치마가 두둥실 큰 바가지를 엎어놓은 것처럼 보였던 시신을 떠올리며 나는 진저리를 쳤다. 가냘픈 소프라노의 고음인 여인의 목소리가 마치 한을 품고 죽은 여인의 하소연일 것이라고 지레짐작한 나는 내 무릎 언저리를 휘감으며 스멀거리는 새벽안개에서 벗어나려고 발걸음을 재촉했다. 호수 언저리에서 멀어지자 나는 가슴을 쓰다듬으면서 깊은 심호흡을 했다. 그래도 끊어질 듯 이어지는 여인의 여리고 슬픔이 잔뜩 어린 음성은 더 애달프게 다가왔다.

'도날드, 도날드, 엄마가 왔다. 너 지금 어디 있니?'

산책 나온 젊은 부부가 소리 나는 쪽으로 머리를 돌리면서 남자가 여자에게 속닥인다.

"어제 죽은 여자가 도날드란 아들을 찾아 저렇게 가슴이 터지도록 울부짖고 있는 거 아니야."

그러자 옆에 걸어가던 아내가 여전히 낮은 음성으로 대

답한다.

"아니야. 아들이 아니라 도날드란 이름을 가진 남편을 찾는 모양이야. 아마도 도날드라는 미국남편이 여자를 두고 자기 나라로 가버려서 자살한 것이 분명해. 한국인이라면 도날드라고 이름을 지을 리가 없지."

호기심이 잔뜩 어린 부부도 가슴이 알알할 정도로 구슬픈 목소리를 견디기 힘들었나 보다. 가슴 저미는 애처로운 음성에 귀기를 느낀 듯 발걸음이 빨라진다. 나는 호기심을 누르지 못하고 용기를 내서 소리의 근원지를 향해 연꽃호숫가를 더듬기 시작했다. 삼십대 중반의 여인이 나뭇가지로 열심히 호수 가장자리 나무 밑 축축한 흙을 헤집는 것이 눈에 들어왔다. 무엇을 찾으려고 호숫가의 젖은 흙을 저렇게 파헤치는가 하는 의구심에 나는 그녀 옆으로 바짝 다가갔다. 간밤에 내린 비로 질퍽하게 젖은 흙 속에서 통통하게 살이 오른 지렁이들이 꿈틀꿈틀 여자의 나뭇가지를 따라 땅 위로 몸을 드러내더니 결사적으로 버둥거린다. 여자는 징그러운 지렁이들을 정갈하게 무쳐놓은 나물을 만지듯 엄지와 검지로 집어서 플라스틱 컵에 정성스럽게 집어넣는 것이 아닌가. 토룡탕을 끓이려고 지렁이를 잡는 것일까. 아니면 남편이 좋아하는 낚싯밥으로 쓸 것인가. 이런저런 생각을 하면서 돌아서는 내 귀에 예의 그 가녀린 여자의 음성이 들려왔다. 바로 지렁이를 잡고 있는 여인이 그렇게 애간장이 녹아내릴 가는 음성으로 도날드를 외쳐대고 있었다. 그러자 놀랍게도 청둥오리 두 마리가 호수 가운데서 이쪽으로 잽싸게 헤엄쳐오는 것이 아닌가. 광택이 자르르 흐르는 녹색의 비단결 같은 목에 진주목걸이라도 두른 듯 흰 테두리가 선명한 청둥오리 한 마리가 여자의 곁으로 바짝 다가온다. 그러자 여자는 갓 난아기에게 음식을 먹이듯 꿈틀대는 지렁이 한 마리를 오리의 부리에 넣어준다. 노리끼리한 부리를 딱 벌리고 지렁이를 받아먹는 오리는 더 달라는 듯 여자를 간절한 눈으로 쳐다본다. 여자는 지렁이 한 마리를 다시 부리 속에 넣어주고 예뻐서 죽겠다는 듯 오리의 등과 부리 밑을 부드럽게 어루만졌다. 너무 신기해서 나는 그녀의 손과 오리의 너부죽한 부리 사이를 오가며 시선을 던지다가 그들 옆에 얌전하게 차례를 기다리고 있는 또 다른 오리 한 마리를 보았다. 이놈은 몸 전체가 갈색으로 배와 옆구리에 엷은 잿빛의 흰 파도무늬가 듬성듬성 박혀 있다. 머리가 녹색인 녀석이 갈색 오리에게 자리를 내주자 그리로 가서 여자가 주는 지렁이를 얌전하게 받아먹는 것이 아닌가.

호숫가를 따라 걷고 있던 백발노인이 이러고 있는 여자를 바라보면서 걸음을 멈추고 누구나 다 들을 수 있는 음성으로 말했다.

"저 여자 정신이 좀 이상해. 정상적인 여자는 아니야. 미친 정도가 아주 심각해. 하루이틀이 아니고 저 짓을 매일 하니 쯧쯧……."

그의 말에 동조라도 하듯 산책 나온 사람들이 묘한 미소를 머금고 애써 외면하면서 여인의 옆을 스쳐간다.

여자는 한 컵의 지렁이를 다 먹이고는 등에 메고 있던 배낭을 내려 안에서 무엇인가를 꺼내면서 다정하게 오리에게 말한다. 마치 첫 이유식을 시작한 아기를 돌보는 엄마처럼 말이다.

"밥을 너무 많이 먹었다. 반찬을 먹어야지."

여자는 밥 한 공기가 담길 만한 통을 꺼냈다. 팥을 넣은 찰밥이었다. 그걸 밤톨모양으로 만들어 청둥오리의 입에 넣어준다. 오리들은 지렁이보다 팥밥을 더 좋아하는지 여자 옆으로 뒤뚱거리면서 바짝 다가서서 부리를 따악 벌린다. 팥밥을 다 먹인 여자는 익숙한 몸짓으로 등에 지고 온 배낭에서 동글동글한 개밥이 담긴 비닐봉지를 꺼내든다. 애완견에게 먹이는 사료였다.

"도날드! 이건 비타민이나 마찬가지야. 골고루 먹질 않아서 영양실조에 걸리면 큰일 난다."

도날드라고 불리는 수컷이 바짝 마른 나뭇가지 색깔의 자잘한 개밥을 맛있게 받아먹는다. 실컷 배불리 먹은 청둥오리 두 마리가 천천히 호수 한가운데로 헤엄쳐가더니 바위 위에 나란히 앉아 안개를 걷어내면서 솟아오르는 아침 햇살을 즐긴다.

나는 호기심을 누르지 못하고 여자에게 물었다.

"왜 오리에게 이런 음식을 줍니까?"

내 질문을 받고 여자는 잔잔한 미소를 지었다. 행복으로 충만하고 자신감이 넘쳐흐르는 얼굴이다. 그녀의 몸에서 오로라라도 드리운 듯 빛이 난다고 느낀 것은 구름 사이로 떠오르는 아침 햇살 탓일까.

"머리가 녹색인 놈이 아들이고요 갈색 오리는 엄마예요."

"그럼 부부가 아니라 모자간이군요."

"네 맞아요. 우리 눈에도 머리가 녹색인 놈이 더 어려 보이고 귀엽지요."

"그런데 왜 다 자란 아들오리를 엄마오리가 따라다니지요? 엄마오리가 아마도 치맛바람을 일으키고 다니는 한국의 엄마처럼 아들을 과잉보호하는 게 아닐까요."

짐승들이란 어느 정도 새끼가 자라면 야박하게 자식들을 바깥세상으로 내몰아버리는 걸로 알고 있던 나는 이렇게 물을 수밖에 없었다.

"아들오리가 핸디캡이 있어요. 한쪽 날개가 다른쪽 날개의 반도 자라지 못해서 날지를 못해요. 해서 엄마오리가 저렇게 지극정성으로 따라다니지요."

"아하! 그러고 보니 애들이 시베리아로 날아가지 않았군요. 청둥오리란 겨울철새들이 아닌가요?"

"맞아요. 그런데 겨울이 와도 날지를 못하니까 엄마하고 새끼오리가 텃새가 되어버렸지요. 신통하게도 어미오리가 자식이 먹을 때는 절대로 자기가 먹겠다고 나대지를 않아요. 흐뭇하게 지켜보고 있다가 아들오리가 다 먹어야 내 곁으로 오지요."

장애 아들을 둔 엄마가 오리 세계에도 있었구나. 나는 갑자기 숨이 막힐 정도로 철렁 내려앉는 마음을 누르면서 집으로 돌아왔다. 쓸쓸한 가슴을 달래면서 현관문을 따고 들어서자 중풍으로 한쪽을 쓰지 못하는 어머니가 입을 씰룩거리면서 화장실에 가고 싶다는 시늉을 한다. 짜증이 났지만 청둥오리를 돌보는 여자를 떠올리면서 나긋하게 어머니를 안아다가 변기에 앉혔다.

결혼생활 10년 만에 아내는 가정을 박차고 가버렸다. 아내는 왜 나를 떠났을까? 나는 매일 아침 호숫가를 산책하면서 집요하게 이런 생각만을 물고 늘어졌다. 내 나이 서른 중반에 매달 생활비를 오백만 원씩 벌어다 주었으니 그건 절대로 적은 돈이 아니다. 나는 이 돈을 벌기 위해서 얼마나 뼈 빠지게 일을 했던가. 아침에 별을 보고 출근하여 한밤중에 들어와 짐짝처럼 쓰러져 잠을 자야 벌 수 있는 돈이다. 아내가 차려준 밥상에 대한 기억이 아슴푸레할 정도다. 아내의 손이 닿은 음식을 먹지 못한 이유는 너무나 이른 새벽출근이라 아내가 곤히 잠들어 있기 때문이고 저녁도 너무 늦은 귀가였으니 말이다. 그렇게 돈을 벌어다주었는데도 아내는 나를 떠났다. 아내와 결합되지 못한 일을 생각할 때마다 너무 심적 타격이 커서 나는 일을 할 수조차 없었다. 아내가 도망가버린 초기에는 숨을 쉬기도 힘들 정도였다. 아내 하나 건사하지 못하는 남자라는 수치심 때문에 자꾸 사람들을 피하게 되었고 삶에 자신이 없어졌다. 매일 패기에 넘쳐 뛰었던 직장생활이 심드렁해졌다. 아내가 떠난 뒤에 나는 숨을 쉴 적에도 마냥 불안하고 내가 무슨 잘못을 저질렀나 하는 죄책감으로 방황하다가 마지막에는 중풍 맞은 어머니를 돌보는 지경에 이르렀고 폐인처럼 집 안에 칩거하게 되었다.

아내는 세 살짜리 아들이 뇌성마비로 병신이 되자 지나치다 싶을 정도로 아들에게 집착했다. 남편인 나를 멀리 던져놓고 아들만 끼고 돌았다. 자신의 몸을 가꾸지도 않았고 다만 아이를 고쳐보려고 날마다 이러저리 뛰어다녔다. 지난날을 돌이켜보니 아내는 아들에게 착 달라붙어 있었고 나는 직장과 돈에 너무 빠져있었다. 마치 물 위로 동동 떠다니는 두 방울 기름 같은 부부였다. 아내는 내가 벌어다주는 돈을 몽땅 병원비에 쏟아 넣어도 모자랄 정도로 아이에게 모든 것을 퍼부었다. 서로가 소유하려는 목적이 달랐기 때문에 사랑이 빗나간 것일까. 내가 생각하는 사랑은 즐거운 감정이어야 하는데 결혼 5년이 되니 그런 마음은 사라지고 아내와 아들이 짐스럽기만 했다. 아내는 돈이 필요했기 때문에 나를 사랑한 것이 분명하다. 내가 직장에서 잘리자 바로 나를 떠나버렸으니 말이다. 그렇다면 아내에게 사랑은 돈이었단 말인가.

매일 아침 산책을 나가면 나는 이 여자를 만날 수 있는 시간대를 택했다. 그녀를 만나는 것이 나의 일과 중의 하나가 되었다. 오늘 새벽에도 여자는 청둥오리의 엄마가 되어서 오리들에게 음식을 먹이면서 타이른다.

"왕따가 된다는 것은 슬픈 일이다. 어서 너희들 집단으로 돌아가야지."

그녀의 한숨어린 중얼거림에 나도 모르게 끼어들었다.

"오리 세계에도 왕따가 있다니 놀랍군요."

"이 오리도 날갯죽지 한쪽이 병신이라 날지를 못하니까 다른 오리들이 와…… 와왕……. 따 시켰어요."

왕따라는 단어를 여자는 요상한 음성으로 길게 끌어 발음한다. 이 말에 상처라도 있는지 여자는 털썩 호수 가의 의자에 앉더니 푹 익은 연시빛으로 물들어가는 동녘 하늘에 시선을 던진다.

5년 전의 사고가 주마등처럼 그녀 앞을 스친다. 이 지구를 떠날 때도 둘이는 손을 놓지 말고 함께 가자는 약속을 제주도로 갔던 신혼여행지에서 했었다. 이 말은 신혼초에 밤마다 아주 행복한 순간 수없이 남편과 새끼손가락을 걸면서 다짐했었다. 신의 자비로 죽는 날도 한날한시에 함께 숨을 거두자는 약속도 했다. 사고가 났던 순간도 세상 끝 날인 심판의 날까지 함께 있어 떨어지지 말자는 남편의 말에 감격하여 고개를 끄덕이는 찰나에 꽝하는 굉음을 들었다. 그리고 깜깜 아무 기억이 없다. 흑암 속에서도 그녀는 행복했다. 날마다 넘치도록 부어주는 남편의 사랑에 집 안의 공기도 달콤했다. 그런 공기를 호흡하면서 여자는 배시시 웃기까지 했다.

깊은 흑암에서 깨어나니 전신에 매달린 생명보조 장치로 인해 철끈으로 전신을 묶어놓은 듯했다. 정신이 아득하니 밑으로 떨어져 내렸다. 온몸이 아프고 괴로워서 다시 깊은 흑암에 빠졌다. 정신을 가다듬자 희미하게 기억이 난다. 세 살 난 딸을 기쁘게 해준다고 어린이날 동해안으로 가자고 핸들을 잡은 남편의 행복한 옆얼굴이 스친다. 집을 나설 적부터 가는 비가 추적추적 내리더니 고속도로에 들어서니 장대비로 변했다. 억수로 쏟아지는 비를 좋아하는 남편은 콧노래를 불렀고 세 살 난 딸은 그녀의 무릎 위에서 아빠처럼 자신이 알고 있는 노래를 흥얼거렸다. 너무 행복한 이 순간을 사탄마귀가 시샘해서 행패를 부리면 어쩌나 하는 생각이 문득 스쳤으나 남편의 늠연한 얼굴을 대하자 그녀는 이런 망측한 이상한 생각을 머리를 흔들면서 털어냈다. 그녀의 기우증을 날리려는 듯 남편은 장대비의 기세로 목청껏 소리 높여 서울의 찬가를 부르기 시작했다.

그때 딸애가 아빠의 노래를 저지하고 나섰다.

"아빠! 내가 아기 곰을 부를 거야."

그러자 그녀와 남편은 우와! 환호하면서 손뼉을 쳤다.

딸은 신이 나서 춤까지 곁들여서 신나게 노래를 불렀다.

'곰 세 마리가 한 집에 있어 엄마 곰, 아빠 곰, 아기 곰. 엄마 곰은 날씬해 아빠 곰은 뚱뚱해 아기 곰은 너무 귀여워⋯⋯.'

딸애는 궁둥이와 어깨를 들썩이면서 노래를 부르는 순간 그들 앞으로 중앙선을 가로질러 덤벼드는 레미콘 차를 보았다. 빗길에 미끄러진 레미콘은 그들이 타고 있는 작은 차를 무자비하게 들이받았다. 그건 토네이도처럼 빠르고 엄청난 파괴력을 과시하는 순간이었다.

사흘 만에 깨어난 그녀는 눈을 뜨자마자 딸을 찾았다. 핸들을 잡았던 남편은 찰과상을 얼굴에 조금 입었을 뿐 멀쩡했다. 곰 노래를 부르면서 의자 위에서 춤을 추었던 딸은 뇌를 다쳐서 숨만 쉬고 있을 뿐 의식이 없었다. 정신이 돌아온 그녀를 껴안고 남편은 서럽게 울어댔다.

"당신이 살아났으니까 이제 되었어. 당신이 똥오줌을 싸고 누워있어도 좋으니 살아 있어 달라고 얼마나 울면서 기도했는지 몰라. 정말 고마워. 살아줘서. 난 당신이 필요해. 당신 없이는 난 살 수가 없다고."

"우리 딸은 어떻게 되었어요?"

"아무래도 힘들 것 같아. 우리 다시 아기를 낳자. 아기를 다시 낳으면 되잖아. 우리는 젊으니까 괜찮아."

"아니 나는 이 딸이 필요해요. 다른 딸은 싫어요. 이 딸이 없으면 전 죽어요."

식물인간이 되어버린 딸의 곁을 그녀는 매일 지켰다. 딸의 손을 잡고 노래를 불러주고 전신 마사지를 해주었다. 날마다 딸의 침대 모서리에 엎드려 위대하신 분인 하나님을 향해 부르짖었다.

'딸의 의식이 돌아와 저랑 대화를 나눌 수 있게 해주세요. 병신이 되어도 좋습니다. 의식만 돌아오게 해주세요. 제가 엄마인 걸 알고 엄마하고 부르게 해주세요. 목뼈 밑이 마비되어서 손발을 못 쓰는 병신이 되어도 좋습니다. 의식만 돌아와서 어미인 저랑 말을 주고받게 해주세요.'

안토넬로 다 메시나(Antonello de Messina 1430~1479)가 그린 예수 수난상 앞에서 그녀는 매일 두 손을 경건하게 모았다. 양쪽에 매달린 두 강도 사이 중앙십자가에 못 박힌 예수님의 두 손바닥이 또렷하게 눈앞에 부상한다. 카토릭병원이라 병원 입구 정면에 걸어놓은 이 명화에는 다섯 사람이 세상에서 제일 슬픈 표정으로 서 있다. 녹색 옷을 입은 여자가 성모 마리아이고 그 뒤로 붉은 옷을 입은 금발여인은 막달라 마리아처럼 보였다. 딸의 침대에 엎드린 그녀는 명화 속의 예수님의 못 박힌 손바닥에 딸의 손을 끌어다 놓는다. 예수님의 피 흘리는 손바닥에 딸의 손이 닿기만 해도 기적이 일어나 딸이 반짝 눈을 뜨면서 엄마 하고 부를 것만 같았다. 딸이 누워 있는 배갯잇이 푹 젖도록 울면서 간절히 기도해도 딸은 눈을 뜨지 않았다. 평생을 이렇게 잠만 잘 작정인 모양이다. 같은 병실 안에 있는 환자들이 날마다 죽어나간다. 그래도 딸은 숨을 쉬고 있어 코끝에 호흡이 붙어 있는 게 고마워서 눈물을 흘리기도 했다.

이런 세월이 5년이 되어가자 남편의 태도에 변화가 일어났다. 매일 직장에서 퇴근하면서 딸과 아내가 있는 병원으로 직행하던 사람이 하루 이틀 건너뛰기 시작했다. 그러던 어느 날 남편은 아주 심각한 얼굴로 따지듯 그녀에게 말하는 것이 아닌가.

"나는 더 이상 이런 생활을 견딜 수가 없어. 집에 가면 외로워서 미칠 것 같아. 밥도 혼자 먹고 혼자 자고 이제 혼자 있는 것이 무서워. 난 당신이 필요해. 이 애는 식물인간이야. 생명보조 장치를 떼어내면 바로 죽을 아이를 이렇게 붙들고 늘어지면 어쩌자는 거야."

"우리 가여운 딸아이를 어떻게 혼자 두고 제가 집으로 가요. 제가 돌봐야 해요. 이렇게 같은 자세로 오래 누워 있으면 등창이 생기고 그게 원인이 돼서 죽어나가는 아이도 보았어요. 한 시간 간격으로 뒤척여주어야 하고 음식도 제 시간에 맞춰 코를 통해 튜브로 먹여주어야지 바쁜 간호사들은 엄마인 나처럼 정성스럽게 이런 일을 감당 못해요."

"나는 마음에 등창이 나기 시작했어. 내 등창은 어떻게 하려고 그래. 나도 죽어가고 있어. 정말 이대로는 나는 못 살아. 당신이 아이를 포기하고 집으로 돌아올 수 없어?

제발 내게 돌아와 줘. 내 곁에 있어줘."

불쌍한 딸 앞에서 이런 치기어린 어린양이 어디 있느냐고 그녀는 남편을 쥐어박으면서 구박했다. 그런 일이 있은 뒤에 남편은 바로 다른 여자를 따라 가버렸다. 그래도 그녀는 잠만 자는 딸을 떠날 수가 없었다. 사고 당시 세 살이었던 딸이 아빠가 다른 여자를 따라 떠날 적에 여덟 살이 되었다. 잠만 자면서도 키도 얼굴도 발도 커서 제법 소녀티가 났다. 곁에서 정성으로 돌보는 엄마의 손길 탓일까. 하지만 시간이 흘러가도 딸은 눈을 뜨지 않았고 엄마가 애타게 부르는 음성에도 바위처럼 반응이 없었다. 그저 잠을 자면서 성장하기만 했다. 깊고 깊은 잠 속에 푹 빠져 어딘가를 헤매고 다니는 모양이다.

가망이 없다는 병원 측의 진단이 내려지던 날 딸을 데리고 집으로 온 그녀는 덩그렇게 큰 아파트에 홀로 버려졌다는 사실에 몸을 떨었다. 언제나 그녀 혼자 말하고 혼자 대답했다. 초경을 치르는 날, 딸은 말 한 마디도 없이 세상을 떠났다. 그 애는 길고 긴 잠만 자다가 어미를 혼자 놔두고 훌쩍 가버렸다.

비록 잠만 자지만 절대로 어미를 혼자 두고 딸은 떠나지 않으리란 확신을 가졌던 그녀는 너무나 허탈해서 일이 손에 잡히질 않았다. 다행히 친정에서 받은 유산으로 인해 사는 일엔 지장이 없었으나 돈으로 인생을 사는 것이 아니었다. 너무나 허탈해서 마음 붙일 곳이 없었다. 앉아 있어도 불안하고 서서 걸어 다녀도 초조하고 어디에도 마음 붙일 데가 없었다. 모래알처럼 많고 많은 세상 사람들 중에 그녀의 마음을 포근히 감싸주고 아픔을 공유할 사람이 없었다. 그녀에겐 두 사람도 아니고 딱 한 사람이 필요했다. 바로 그런 사람이 없었다. 마음과 마음의 줄이 연결되어 팽팽하게 잡아당길 수 있고 같은 감정을 공유할 존재가 필요했다. 그게 사람이 아니고 동물이어도 좋고 말 못하는 나무나 꽃이라도 좋았다. 창조주인 하나님과는 절대 고독을 나눌 수 있지만 그런 종류의 사랑이 아니라 상대적인 이 세상의 존재와의 사랑이 절실하게 필요했다. 남편도 딸도 떠난 아파트 안에서 그녀는 처절하게 버려진 쓰레기처럼 느껴졌다.

남편과 지냈던 지나간 세월이 마치 아침 구름처럼 보였다. 햇살이 퍼지면 슬그머니 사그라지는 아침 이슬을 닮았다고 할까. 아무리 봐도 그녀의 지난날은 타작마당에서 광풍에 날리는 쭉정이 같았고 굴뚝에서 피어오르는 연기처럼 보였다. 마음을 붙일 곳이 없었다. 마치 고장난 비행기가 안착하지를 못하고 허공을 헤매는 처지 같았다.

딸을 산에 묻을 때가 나무들이 잎을 떨어내는 겨울 초입이었다. 딸이 없는 방에 들어서면 몸을 가눌 수 없을 정도로 짙은 외로움이 밀려와서 그녀는 딸이 누웠던 빈 침대에 풀썩 쓰러져 울면서 밤을 지새웠다. 세상 끝 날까지 함께 가자고 맹세했던 남편이 다른 여자를 따라서 그녀를 떠났을 적에도 전혀 느끼지 못했던 횡횡함이었다.

　호수를 한 바퀴 돌고 왔는데도 여자는 깊은 생각에 잠겨 그 의자에 멍청히 앉아 있었다. 근 한 시간이 걸리는 거리였으니 이 여자는 한 시간 내내 이런 자세로 앉아 있었단 말인가. 청둥오리에게 먹이를 줄 적의 행복함이 사라진 얼굴은 아주 쓸쓸해 보였다. 나도 그녀 옆에 나란히 앉아서 둘이는 이제 하늘로 불끈 솟아오른 태양을 바라보았다. 깊은 생각 속에 빠진 여자는 내가 곁에 앉았는데도 미동도 하지 않고 입도 꾹 다물고 그냥 그대로 숨을 쉬지 않는 인형처럼 앉아 있다.

　한 시간의 속보로 땀이 고인 등과 목덜미가 이렇게 멍청히 호수를 안고 앉아 있으니 식으면서 오싹하니 한기를 느꼈다. 갑자기 뇌성마비 아이를 데리고 집을 나간 아내가 떠오른다. 아련한 그리움이 피어나기 시작한다. 내게 그런 감정이 아직도 남아 있었던가. 날마다 아침에 눈을 뜨는 순간마다 증오했던 아내가 보고 싶은 감정으로 다가오다니! 나는 이런 이상한 감정을 떨치려고 머리를 흔들었다.

　갑자기 여자가 나에게 물었다.

　"무얼 그렇게 깊이 생각하세요? 도를 닦는 사람처럼 앉아 있군요."

　"그건 내가 댁에게 하고 싶은 말이에요. 어쩌자고 사람도 아닌 청둥오리들을 그렇게 사랑하세요?"

"모든 걸 몽땅 버리지 못한 사람은 그 어떤 것도 사랑하지 못하지요. 밑바닥까지 내려가야 새도 나무도 심지어 바람도 내 몸처럼 느껴지는 법입니다."

"무슨 뜻인지 잘 모르겠네요. 아주 아리송한 말이네요."

"소유하지 않고 사는 사람에겐 소유하려는 집착이 없기 때문에 삶의 기쁨을 누릴 수 있단 뜻이지요. 다 놓아버린 사람만이 참사랑을 할 수 있지요. 남편도, 자식도, 심지어 재산도, 명예도, 몽땅 다 소유하지 않고 버려야 미물까지 순수하게 대하면서 사랑할 수 있단 뜻이에요."

그녀는 딸을 땅에 묻고 나서의 생활을 회상했다. 딸이 간 지 한 달이 지나도록 물 한 모금도 삼키기가 어려울 정도로 허망한 심정을 가눌 수가 없었다. 이렇게 지내다가는 자신도 죽어 넘어질 것처럼 세상이 그녀를 앞이 보이지 않을 정도의 안개로 덮어씌우고는 빙빙 돌았다.

문득 정신을 차리고 보니 딸을 묻고 난 뒤 단 한 번도 밖에 나간 적이 없었다. 참말로 단 한 발자국도 현관문을 나선 적이 없었다. 창밖을 보니 눈이 내려 세상이 흰 이불을 덮은 듯했다. 얼음처럼 찬 공기를 마시고 싶다는 마음이 들자 그녀는 두꺼운 외투를 걸치고 밖으로 나왔다. 영하의 날씨라 코끝이 아릴 정도로 매웠다. 큰 길을 따라 하염없이 걸었다. 어디 딱 정해진 목적지도 없는 방황이었다. 차가운 겨울바람이 차들이 지날 적마다 세차게 그녀의 전신을 휘감았다. 정신없이 한 시간을 걸었을까. 옆에 호수가 펼쳐졌다. 나뭇잎을 떨어뜨린 앙상한 나뭇가지들이 몸을 흔들었고 바람결을 따라 가녀린 소리를 냈다. 큰 길가에 호수로 접어드는 문이 있어 그리로 들어가 호수를 따라 걷기 시작했다. 이 세상에 혼자 버려졌다는 생각에 이르자 가슴속으로 겨울바람보다 더 찬 냉기가 차올랐다. 그때 호수관리인 두 사람이 주고받는 대화가 귓속으로 파고들었다.

"저 청둥오리들을 어떡하지?"

"날개에 장애가 있으니 엄동설한에 먹이를 구하기 어려울 터이고 그냥 두면 굶어죽을 거야."

"하긴 호수가 이렇게 두껍게 얼었으니 먹이를 구할 수 없어 얼마 지나면 굶어죽을 터이니 어쩌지."

"먹이를 우리가 주자니 돈이 들고 이거 큰 문제군."

"고통스럽게 굶어죽도록 놔두기보다 차라리 우리가 닭목을 비틀듯 확 비틀어서 죽이는 편이 낫잖아."

그들이 주고받는 말이 오랫동안 굶어서 정신이 혼미한 그녀의 귓속으로 콕콕 파고들었다. 저들이 서 있는 바로 옆에 청둥오리 두 마리가 꽁꽁 얼어붙은 호수 위에 옹크리고 앉아 있었다.

"어떻게 하면 저 오리들을 살릴 수 있을까요?"

피골이 상접한 여자가 곧 쓰러질 것처럼 몸을 간신히 가누면서 던지는 질문에 두 남자는 멈칫거리면서 몸을 도

사린다.

"방법만 일러주시면 제가 다 할게요."

그러자 한 남자가 마지못해 어렵게 입을 열었다.

"시베리아에서 날아온 겨울철새라 먹이만 주면 얼어 죽지는 않을 겁니다. 얼음 위에서도 잘 살 수 있는 새들이니까요."

"무얼 먹여야합니까?"

"제일 중요한 일은 매일 얼어붙은 호수를 깨트려서 오리들이 헤엄을 칠 수 있도록 해주어야 해요. 이 호수는 인공호수라 고인 물이거든요. 물이 아주 단단하고 두껍게 얼어붙었어요. 흐르는 개울가로 가서 먹이를 찾아야하는데 날개가 병신이니 이곳에 붙박이로 살아야하거든요."

"얼음은 제가 매일 새벽에 와서 깰 수가 있습니다. 청둥오리들이 먹을 수 있는 먹을거리만 일러주세요."

"청둥오리는 잡식성이라 무엇이나 다 먹습니다. 인터넷으로 들어가서 한번 조사해보세요. 거기 들어가면 세상만사 모든 일을 다 가르쳐주는 세상이 아니던가요."

그날부터 그녀의 청둥오리를 돌보는 일이 시작된 셈이다.

매일 새벽 이 여자를 만나면서 그녀가 너무 신비스럽게 다가왔다. 진정한 사랑이 무엇인가를 그녀는 내게 가르치고 있었다. 그러나 한편으로 생각해보니 같은 눈높이를 지니고 정신적으로 사랑할 수 없는 존재를 사랑하는 것은 에너지의 낭비이며 척박한 땅에 씨앗을 뿌리는 행위 같은 것이 아닐까. 서로 교감할 수 있는 사람을 사랑해야지 청둥오리를 사랑하다니! 아침 산책에 많은 사람들이 앙증맞은 강아지를 끌고 나온다. 거의 모든 개들이 흰색이거나 노리끼리한 색깔의 애완용이라 사람의 취미에 맞도록 품종이 개량되어버린 작은 개들이 주축을 이룬다. 날마다 목욕을 시키는지 흰 털이 부스스 일어서고 울긋불긋한 빛깔의 옷을 입혀서 장난감처럼 보인다. 개라는 동물은 그래도 조금이라도 교감을 나눌 수 있지 아니한가. 차라리 강아지라도 기르지 이 여자는 바보인가. 방 안으로 데리고 들어갈 수도 없는 청둥오리를 돌보고 있으니 진짜 제정신이 아닌 여자로 보였다.

집을 나간 아내가 나에게 이렇게 말했었다.

"당신은 사랑이 무엇인지 몰라요. 지금까지 내가 당신을 사랑하고 있기 때문에 받고 있는 사랑으로 인해 나를 사랑한다고 착각하고 있어요."

"사랑이란 게 별것 아니야. 결혼하여 살다보면 가족이 되는 것이고 그렇게 덤덤하게 사는 것이지 무얼 그렇게 어렵게 말해. 오누이 같은 사이가 부부라고 생각해. 그러니 골 아프게 따지지 말라고. 결혼하면 돈이 필요하고 그걸 벌려고 애쓰고 있는 나를 당신이 사랑하지 않으면 어쩌려고 그래."

"사랑이란 돈이 아니에요. 사랑도 꽃나무처럼 매일 물을 주고 영양분을 주면서 서로 돌보고 가꾸고 길러야 해요. 난 돈보다 당신이 나와 함께 뇌성마비에 걸린 아이를 돌보면서 시간을 보내주었으면 해요."

"돈이 있어야 아이를 병원에 데리고 다니지. 그러니까 사랑이 돈하고 직결되는 것이라고. 내가 당신 곁에 앉아 있으면 돈이 하늘에서 뚝 떨어지는 줄 알아. 어림없는 소리 말라고."

그때 아내는 질린 듯 입을 딱 벌리고 나를 노려보았다. 아내가 내게 던졌던 한심스러운 눈빛을 생각하며 멍청히 앉아 있으니까 곁에 나란히 앉아 있는 여자가 내게 넌지시 말을 건다.

"전 청둥오리들을 돌보면서 축복을 받았어요."

"그게 무슨 소리지요?"

"모두 내 곁을 떠난 뒤에 전 청둥오리를 돌보는 일에 전심했어요. 그 바람에 전 살아났지요."

여자는 매일 새벽 호수의 얼음을 작은 도끼를 들고 나와 깨트리고 오리들을 물에 밀어 넣고는 흘러내리는 땀을 닦았다. 두껍게 언 얼음을 깨는 일은 쉽지가 않았다. 더구나 집에서 호수까지는 한 시간 도보 거리였다. 진땀이 나고 자꾸 밑으로 가라앉아서 병원에 갔더니 췌장암 진단이 나왔다. 아하! 이렇게 나는 죽는구나. 이렇게 빨리 딸의 뒤를 따라서 천국으로 가는구나. 어서 가서 딸을 만나야지 하는 마음으로 항암치료도 거부했다. 죽는 날까지 청둥오리를 돌보리란 다짐을 했다. 자고 깨면 한 발자국씩 죽은 딸에게 다가가는 느낌이 좋아 힘을 내서 매일 새벽 호수나들이는 계속되었다. 청둥오리들을 먹일 미꾸라지를 사면서 그녀가 먹을 싱싱한 고등어나 꽁치 같은 등 푸른 생선을 사다 매일 먹었다. 작은 물통에 살아서 펄떡이는 미꾸라지를 담고 팥을 넣은 찰밥과 골고루 영양분을 섭취하라고 생각해낸 개밥까지 짊어지고 나섰다. 집에서 호수까지는 꽤 멀었다. 매일 아침 하루도 거르지 않고 희끄무레하게 동이 트는 새벽 어김없이 그녀는 두 마리 청둥오리가 웅크리고 앉아 있는 꽁꽁 얼어붙은 호수로 가서 이마 위로 흘러내리는 땀을 닦으면서 얼음을 깼다. 얼음을 깨놓고 청둥오리들에게 먹이를 주었다. 언제나 아들인 머리가 녹색인 오리가 먼저 먹도록 어미오리가 양보를 했다.

"자자! 도날드야. 넌 밥을 주는 이 엄마도 사랑해야 하지만 네 진짜 엄마인 내 곁의 엄마오리를 더욱 사랑해야 된다. 아이쿠! 예쁘기도 해라. 참 잘도 먹는다."

그러면 오리는 그녀의 말을 알아들은 듯 부리를 딱딱 벌리면서 끄륵끄르륵거렸다. 이건 식물인간이었던 딸에게서 절대로 느끼지 못했던 환희였다. 무조건 자기 혼자만 사랑하면서 베풀었던 딸과의 생활과는 다른 그 무엇이 있었다. 그러고 보니 딸을 돌본 세월은 바위를 대하듯 막

막혔었다. 메아리도 되받아치기를 하는 법인데 딸은 그냥 그녀가 주는 모든 사랑을 흡수하기만 했었다. 그와 반대로 청둥오리는 그녀의 사랑에 화답하니 지난 세월 딸을 돌보면서 바위와 마주 선 것 같았던 답답함이 풀리고 신비로운 황홀감마저 들었다.

그녀의 손에서 빠져나가려고 요동치는 미꾸라지를 아들오리인 도날드의 입에 넣어준다. 이따금 미꾸라지가 얼음 바닥 위로 떨어져도 절대로 엄마오리는 그걸 탐하여 덤비지 않고 그저 멀뚱히 바라보고만 있다. 살아 있는 미꾸라지 열 마리를 다 먹고 찰밥 뭉친 걸 뭉툭한 부리에 넣어주면 고맙다는 뜻인지 부리로 그녀의 손을 톡톡 쪼면서 응답한다. 사랑에 반응을 보이는 청둥오리가 그녀에게 살갑게 다가온다. 놀랍게도 식물인간이었던 딸이 전혀 반응을 보이지 않았던 것에 비해 진한 교감이 청둥오리와는 이뤄졌다. 먹이를 충족하게 먹고 난 오리들은 그녀가 뚫어놓은 자그마한 구멍인 호수 물속으로 풍덩 들어가서 신나게 헤엄을 친다. 그걸 바라보노라면 흘린 땀의 보람이 있어 엄청난 기쁨이 넘쳐났다. 오리와 교감을 나누면서 가슴 끝이 얼얼할 정도로 아팠던 딸을 먼저 보낸 상실의 아픔 응어리가 점점 사그라졌다. 딸 자리에 청둥오리 두 마리가 들어선 셈이다.

주위의 모든 사람들은 그녀를 미쳤다고 했다. 하는 짓거리가 도가 지나치다고 머리를 흔들기도 한다. 어떤 사람은 그녀를 아예 청둥오리 엄마라고 부르기도 한다. 누가 뭐라고 말하든 그녀는 오리를 돌보는 시간에는 세상만사를 다 잊고 땀에 흠뻑 젖어들도록 행복하다. 오리를 돌보려고 오가는 두 시간과 먹이를 먹이고 얼음구멍을 뚫는 2시간을 합치면 모두 4시간이나 된다. 하루 24시간 중에서 그 4시간이 그녀에겐 가장 행복했다. 세상 근심걱정이 다 사라지고 단순하게 되어 마치 호수 가에 서 있는 한 그루의 나무가 된 것 같았다.

두 마리의 청둥오리들과 겨울을 무사히 넘기고 맞은 봄에 병원을 찾았다. 벌써 죽었어야하는 췌장암이란 병인데 그녀가 지금 살아 있다는 사실이 신기했다. 하루를 자고 나면 그만큼 딸에게 가까이 가는 고로 항암치료도 하지 않고 지냈는데 몸이 겨울을 나고 너무나도 가뿐했다. 종합검사를 다 해본 뒤에 의사가 그녀에게 물었다.

"왜 항암치료를 거부했습니까?"

"왜요? 이제 죽을 날이 며칠 남지 않았습니까? 그렇지요?"

"아니 그게 아니고……."

"얼마나 살 수가 있나요? 전 몇 년간 죽을 수가 없어요."

호수에 버려진 두 마리의 청둥오리가 그녀보다 먼저 천국으로 간 다음에 죽어야 한다고 생각했다. 그녀가 먼저 죽는 날이면 이 오리들을 누가 돌본단 말인가.

의사가 머리만 갸웃거릴 뿐 대답이 없자 여자가 다그친

다. 그래도 의사는 이상하다는 듯 머리를 갸웃거린다.

"그간 무얼 먹었습니까?"

"청둥오리에게 주려고 미꾸라지를 매일 저녁 사러가서 꽁치나 고등어를 사다 먹었지요."

"그러니 등 푸른 생선을 드셨단 말이군요. 밥은요?"

"청둥오리에게 줄 팥밥이나 잡곡밥을 할 적에 제 것도 매번 함께 해서 먹었어요."

"잡곡밥이라……."

의사는 열심히 메모를 했다.

"이건 기적입니다. 췌장암 환자가 이렇게 급속도로 치유되다니요. 암의 흔적이 사라졌습니다. 아주머니는 우리 병원의 사례연구감이 되었습니다."

믿기지 않아서 확실한 검사를 다시 해본다고 의사는 나댔지만 결론은 암이 완전히 사라졌다는 사실만 더 굳어졌다.

이런 내용의 간증을 다 들은 뒤에 나는 손을 내밀어 여자 손을 와락 잡고 마구 흔들었다.

"축하합니다. 췌장암 환자가 살아났다는 이야기는 희귀하게 더러 바람결에 들었지만 이렇게 만나기는 처음입니다. 그만큼 생존가능성이 희박해서 모두 죽어버렸으니까요."

"청둥오리가 내게 내려준 축복이지요."

여자는 머리를 뒤로 젖히고 하늘을 보며 작은 소리로

웃었다.

　오늘 아침에도 나는 호숫가를 산책하면서 연꽃이 만발한 호수 언저리에 이르면 가슴이 두근거린다. 이 여자가 오늘도 나왔을까 하고 사방을 두리번거리게 된다. 어김없이 오늘 새벽에도 호숫가에서 지렁이를 캐들고 친자식을 부르듯 그녀는 오리들을 향해 외친다.

　"도날드, 도날드, 오리야, 오리야……."

　그녀의 가녀리고 애달픈 음성을 매일 반복해서 들으면서 나는 그녀의 목소리에 담긴 마음을 읽을 수 있게 되었다. 진짜 사랑이 차고 넘쳐서 흐르는 목소리였다. 그 사랑의 물줄기는 마치 인도의 바라나시를 관통하여 흐르는 갠지스 강물처럼 도도하게 흘러간다. 어떤 때는 그녀의 음성이 천상의 음악처럼 내게 들려오기도 한다. 요즘은 그녀의 목소리를 타고 나를 버리고 떠나버린 아내와 몸을 뒤틀던 뇌성마비 아들이 확연하게 모습을 드러내어 내 가슴으로 파고든다. ✺

　— 2013년 5월 「한국소설」

얼음꽃

ㅇㅓㄹㅇㅡㅁㄲㅗㅊ

"엄마, 한 발자국이라도 현관 밖으로 나가시면 큰일나요. 여긴 미국에서도 사기꾼이 널려 있는 나성이에요. 만에 하나 누가 와서 벨을 누르면 모른 척 숨어 있다가 저에게 전화를 하세요. 아주 다급하면 911 돌리세요."

40줄에 들어선 딸이 초등학교에 다니는 학생을 타이르듯 고희를 넘긴 친정어머니에게 당부를 한다.

"알았다. 이곳은 눈을 멀쩡히 뜨고 있어도 코를 베어가는 곳이라고 넌 말하고 싶은 거지."

딸은 살짝 윙크를 보내면서 어미가 온다고 지난달에 새로 구입한 렉서스에 발동을 건다. 어떻게 우리 엄마가 대한민국에서 제일 들어가기 어렵다는 S대학을 다녔는지 몰라 하는 토를 달지 않은 것만도 고맙다고 생각하면서 박보희 여사는 현관문을 잠갔다.

최근에 호호파파 할머니인 그녀가 집안의 웃음거리요 바보천치 같은 취급을 받게 되었다. 서울에서 당한 사건만으로도 죽을 지경인데 어제 모처럼 시간을 내서 사위랑 딸이 나성에서도 제일 유명하다는 중국집 용궁에서 식사 대접을 하는 중에 입에 올리기도 창피한 사건이 터졌기 때문이다.

명주수건을 뒤집어쓴 것처럼 늙어버린 노인이 자꾸 박 여사를 보고는 빙긋빙긋 웃는 것이 아닌가. 그녀와 마주 앉아 있는 탓에 노인의 눈길을 피할 수가 없었다. 마치 애인이 사랑하는 연인을 바라보는 그런 눈빛이다. 앞에 놓인 음식에 손도 대지 않고 그저 멍청하게 박 여사만 보고 있어서 나중에는 얼굴이 붉어질 지경이었다. 그보다 더 죽겠는 것은 옆에 앉아서 장모님 이것 드셔보세요, 저것도 잡숴보세요 하면서 아양을 떨고 있는 사위 눈에 그 노인이 잡힌 것이다. 이상한 낌새를 느낀 사위는 흘끔흘끔 노인을 노려보았다. 풀코스로 시킨 탓에 거의 두 시간을 먹으면서 담소를 나누는 가족만의 오붓한 시간에 노인으로 인해 분위기가 묘하게 돌아갔다. 딸만 노인을 등지고 있어 사위와 장모의 곤혹스러움을 눈치채지 못하고 연신 요즘 새로 구입하여 재미를 보고 있는 리커 마켓 이야기에 열을 올렸다.

일이 거기서 끝났으면 좋으련만 식사를 끝내고 집으로 향하는 차 뒤를 그 노인이 악착스럽게 따라붙었다. 운전

대를 잡은 사위도 불안한지 웨스턴에서 알바라도로 우회전하면서 골목으로 파고 들어 뒤따르는 노인의 차를 떨쳐내려고 거칠게 차를 몰았다. 그래도 여전히 노인의 빨간색 캠리는 박 여사의 차를 따라붙었다. 늙은 주제에 흰색차도 아니고 빨간색이라니…….

손자 녀석이 고등학교에 들어가면서 학군이 좋다는 나성의 북쪽인 라카나다에 집을 사서 이사했기 때문에 산중턱에 있는 집까지 훤하게 뚫린 길을 사위는 차를 거칠게 몰았다. 집 근처까지 뒤를 악착같이 추적하던 차가 갑자기 시야에서 사라져버렸다.

사위가 밤에 베개 밑에서 딸에게 이런 이상한 사건의 전말을 전했을 게 뻔하다. 아침 밥상에서 딸은 자꾸 실실웃으면서 재미있어 죽겠다는 눈길을 던졌다. 한국에서 남편과 주위 사람들에게 시달리다 못해 미국으로 피해왔는데 이상한 노인의 추파로 인해 곤경에 처해진 셈이다.

박보희 여사는 달걀형의 미인은 아니어도 동글납작한 얼굴에 뺨이 사과처럼 발그레하고 쌍꺼풀이 없는 전형적인 한국 미인이었다. 수학과 20명 중 유일한 홍일점이라 교수의 충고에 따라 대학에 다니는 4년 동안 단 한 번도 빨간색 옷을 입어본 적도 없고 야하게 화장을 한다거나 입술을 빨갛게 칠한 적도 없었다.

지금의 남편은 같은 대학 공대 출신인데 부모들끼리 혼인을 약속한 터라 졸업을 하면서 자연스럽게 결혼생활로

골인했다. 남녀공학을 다니면서 로맨스가 없었던 것은 그만큼 남자들 틈에서 살아남기 위해 공부에 열중했고 몸을 도사렸던 탓이다. 물론 죽겠다고 따라다니던 사람은 있었으나 그게 무슨 문제인가. 요즘 드라마에서는 몇 번 만나고 바로 키스를 하지만 전쟁 뒤에 대학을 다녔던 학생들 간엔 좋아하면서도 사랑 담긴 눈만을 번뜩거렸지 감히 손도 잡지 못한 추억이 있게 마련이다.

아침 햇살이 거실의 통유리를 타고 파고든다. 살이 통통하게 찐 맑은 햇살이 다발로 쏟아져 들어와서 박 여사는 조촘조촘 창가로 다가갔다. 앞뜰 화단에는 강렬한 햇볕을 받고 꽃잎을 활짝 폈다가 저녁이면 입을 오므리는 사막지대의 채송화가 눈부신 진분홍색을 강렬하게 내뿜었다. 이런 땅에 고추와 깻잎을 심으면 얼마나 잘 될까 하는 생각을 하면서 무심코 길가를 보니 어제 따라붙었던 빨간 차가 있지 아니한가. 가슴이 콩닥콩닥 뛰기 시작했다. 그 노인이다. 사기를 치려고 따라붙은 모양이다. 어떻게 박 여사가 바보라는 걸 알고 이렇게 악착같이 추적하는 것일까. 급히 방으로 들어가 금목걸이와 사위가 준 100불짜리 지폐를 양말 뒤축에 꾸겨 넣었다. 딸에게 전화를 걸어야 하는 것일까. 아니면 911을 돌릴까. 영어를 못해도 911만 돌리면 바로 5분 안에 경찰차가 온다니 그렇게 할까. 박 여사는 두근거리는 가슴을 쓸어내리면서 딸의 옷이 잔뜩 걸린 작은방 크기의 옷 방(Walking Closet)으로 들어가 옷들 뒤에 몸을 숨겼다. 가슴이 떨리면서 호흡이 점점 거칠어졌다.

이건 순전히 남편 탓이다. 결혼하는 순간부터 얼마나 엄하게 그녀를 집 안에 가둬놓고 야단을 쳤는지 모른다. 그녀의 행동범위는 안방과 부엌과 시장이 전부였다. 다람쥐가 쳇바퀴를 돌듯 그 안에서 날마다 뱅뱅 돌았다. 총명하여 천재란 말을 들었던 그네는 남편의 이상망측한 성격 탓도 있겠지만 줄줄이 사탕으로 낳은 다섯이나 되는 자식들을 기르면서 시집살이를 하고 날마다 솥뚜껑 운전만 하다 보니 아마도 바보로 진화된 모양이다.

그래도 지금까지 용하게 참고 살아왔는데 지난달에 터진 사건은 회복할 수 없는 결정타였다.

"여기는 국제사건을 다루는 강력수사부입니다. 전화 받으시는 분이 누굽니까? 이름을 대세요."

"제 이름은 박보희입니다."

"댁의 남편 성함은……."

"김성한입니다."

"맞습니다. 김성한 이름으로 된 비자카드를 도용한 홍콩 마약밀수업자들이 육천오백만 원을 빼갔습니다. 전화를 끊고 기다리세요. 지방검찰청 수사반장이 전화할 것입니다."

5분 뒤에 걸려온 검찰청 수사반장은 문제의 심각성을 설명하면서 빨리 그 돈을 지정한 계좌에 넣지 않으면 남편의 생명이 위험할 수도 있다고 했다. 남편은 그 시간 제주도로 친구들과 골프를 치러갔으니 전화를 해도 통할 수가 없었다. 남편의 생명이 오락가락하는 판에 먼저 돈으로 해결하자는 현명한 결정을 내렸다. 남편이 은퇴자금으로 받아 아주 소중하게 저축해둔 돈을 헐어 요구액을 몽땅 부쳐버렸다. 늘 바보라고 구박하면서 가정에 틀어 앉혀놓았던 여자가 제일 어려운 고비를 넘겨주었으니 잘난 남편이 아내 앞에 무릎을 꿇고 절을 수없이 할 것이란 기대로 콧노래까지 나왔다.

그러나 제주도에서 돌아온 남편은 아내의 말을 듣고 펄펄 뛰면서 바보니, 멍텅구리니, 이런 여자가 어떻게 S대학을 다녔느냐는 등 얼마나 구박을 하는지 그녀는 완전히 꽁꽁 얼어붙어버렸다.

그 사건을 빌미로 대한민국 곳곳에서 엇비슷한 일이 계속 터져서 박 여사는 어리석은 가정주부요, 바보가 되었다. 큰 멍텅구리를 만드는 블랙홀에 빠져든 기분이었다. 남편의 구박이 매일 계속되어서 나중에는 밥상에서 함께 식사할 수조차 없을 지경까지 이르러 그녀는 바보 멍청이 천덕꾸러기로 전락해서 꽝꽝 얼어붙은 상태였다.

남편의 구박에서 잠시라도 벗어나는 궁여지책으로 미국으로 이민을 간 딸의 초청을 받아드렸다. 그녀는 절대로 똑같은 잘못을 저지르지 않으리라 다짐하면서 저려오는 다리를 주물렀다.

사위가 너무 조용해서 살살 옷 방을 빠져나온 박 여사는 살그머니 머리를 내밀어 밖을 살폈다. 빨간 차가 보이지 않았다. 아주 똑똑한 할머니로 알고 포기한 모양이다. 손발을 잘 주물러서 혈액순환을 시킨 뒤에 박 여사는 용감하게 현관문을 열고 밖으로 나갔다. 나성의 날씨는 집 안에 있으면 상큼하게 시원하지만 때로는 약간 한기를 느낄 정도다. 흐트러지게 입을 벌린 사막의 채송화 옆에 쪼그리고 앉아 강렬하게 뿜어내는 빛에 한껏 취하여 꽃잎을 만지는 순간 큼직한 그림자가 그녀를 덮었다. 뒤를 돌아보니 바로 그 노인이 아닌가.

　"아악!"

　박 여사는 벌렁 엉덩방아를 찧으면서 뒤로 나동그라졌다. 그런 그녀에게 노인은 손을 내밀면서 빙긋 웃었다. 야! 이 사기꾼아 물러가라! 하고 고함을 질러야하는데 입이 지퍼라도 닫은 듯 뻥긋할 수조차 없었다. 노인은 다정하게 웃으면서 박 여사의 어깨 밑에 두 손을 넣어서 일으켰다. 무슨 사기꾼이 이렇게 다정하단 말인가! 박 여사는 그가 하는 대로 몸을 맡겼다.

　"귀엽게 토라지는 것은 그때나 지금이나 똑같군요."

　노인이 빙긋 웃었다. 아아! 어디서 본 얼굴 같았다. 머리가 명주색으로 발해서 그렇지 눈빛이랑 입가가 낯이 익었다.

　"누구세요? 전 전혀 기억이 나질 않습니다."

"저 역사과 김주식입니다."

그러고 보니 언뜻 스치는 얼굴이 있었다. 난로 불기가 전혀 없던 학교도서실까지 악착같이 따라붙었던 남학생이다. 심지어 집까지 미행을 해서 친정식구들이 모두 뛰어나와 심할 정도로 구박하기도 했던 사람이다.

"백발이 된 나이에도 미행을 하세요?"

"제 일생 유일하게 미행하게 되는 여자입니다."

두 사람은 나란히 사막의 채송화 옆에 앉았다.

'아하! 난 45년 전처럼 사랑받을 가치가 있는 여자구나. 난, 난, 바보 천치 멍텅구리 솥뚜껑 기사가 아니고 단지 얼어붙은 꽃일 뿐이다. 다시 옛날의 나로 돌아가자.'

박 여사는 위엄을 자랑하고 있는 생명력이 강한 채송화처럼 활짝 웃어가며 당당하게 노인에게 손을 내밀었다. ✈

— 2007년 10월 서울대학교 동창회보

쥐들의 전쟁

　어디로 들어왔는지 작은 밤송이 크기의 햄스터란 놈이 방 안을 가로질러 달리다가 침대 밑으로 쏙 들어가버린다. 꼭 골프공이 굴러가는 것처럼 보였다. 그제야 정신이 버쩍 들었다. 일주일 전에 사온 햄스터란 생각에 이르자 아이는 침대 밑을 들여다보고 빗자루를 넣어 휘둘렀으나 밤송이만 한 난쟁이 쥐는 몸을 드러내지 않는다.

　아이는 쥐를 찾다가 지쳐 가방에서 책을 꺼내 침대 옆에 쪼그리고 앉아 숙제를 하기 시작했다. 조용히 있으면 햄스터가 살살 숨은 곳에서 나올 것이기 때문이다. 아무리 기다려도 쥐는 기척이 없다. 하긴 쥐란 놈은 낮에 모두 잠을 자고 밤에만 움직이는 야행성 습성이 있기 때문에 밤까지 기다려야 하는 것이 아닐까 하는 생각에 이르자 아이는 침대 곁을 지키는 걸 포기하고 아직도 한 마리가 남아 있을 햄스터 케이지로 갔다. 거실 밝은 곳에 놓아둔 사과상자만 한 햄스터 집은 적막할 정도로 조용하다. 그간 함께 지냈던 친구가 사라졌건만 아마도 개의치 않는 모양이다. 혼자서라도 편안한 잠을 자는지 고즈넉한 기운이 케이지 안에 서려 있다.

엄마는 햄스터라면 경기가 들 정도로 기겁을 했다. 그러니 엄마가 아빠와 아이를 버리고 달아나버린 뒤에야 햄스터는 아이의 집에 들어올 수 있었다.

솔직한 심정을 고백하라면 이제 아홉 살인 아이는 엄마가 달아난 뒤에도 자꾸 엄마 생각이 났다. 엄마의 몸에서 은은히 풍기던 살냄새와 늘 끓여주었던 일본 우동국물 냄새가 그리워 눈물이 났다. 엄마가 매일 앉아서 화장을 했던 경대 앞에 이르면 너무 보고 싶어 울컥 눈물을 참으면서 목이 메어지게 엄마, 엄마를 부르면서 방 구석구석을 훑어보게 된다.

친척들이 입을 삐죽이면서 말하듯 아빠와 자식을 버린 나쁜 엄마라고 자꾸 마음에서 나가라고 해도 엄마는 악착같이 마음속으로 파고 들어와서 견딜 수가 없다. 짐승도 자식을 버리지 않는 법인데 동물만도 못한 엄마라고 친척들은 입을 모아 엄마를 성토하고 있다.

"어디가 아프니?"

저녁식사 후에 아이와 소파에 나란히 걸터앉아서 텔레비전을 보던 아빠가 묻는다.

"마음이 아파."

"어린아이가 마음이 아프다니?"

"엄마가 자꾸 내 마음에 들어와서 나를 아프게 해. 나가라고 해도 자꾸 들어와서 마음이 슬퍼져."

"……."

"어떻게 하면 엄마가 마음속에 들어오지 못하게 할까?"

아빠의 근심어린 얼굴을 억지로 피하면서 아이는 턱을 괴고 앉아 중얼댔다.

"아무래도 햄스터를 사야 될 것 같아. 개네들하고 놀면 엄마가 마음속으로 들어오지 못할 거야. 엄마는 햄스터라면 기겁을 했으니까 햄스터를 보자마자 엄마는 내게서 도망가버릴 테니까."

이렇게 해서 한 식구가 된 햄스터 두 마리는 수컷과 암컷이 아니고 수컷들이다. 페트(Pets)가게의 주인 말로는 앞으로 2년은 살 수 있다니 사람으로 치자면 아이 집에 들어온 햄스터는 아이 또래의 나이가 분명하다. 똑같은 성으로 사지 않은 것은 싸우기 때문에 수컷끼리든지 암컷끼리 사야 다정하게 지낼 것이라는 주인의 충고를 따라서 수컷 두 마리를 샀다. 그런데 예상을 뒤엎고 아이의 집에 오던 날부터 두 마리가 얼마나 싸우는지 합방을 한 순간부터 전쟁터였다. 몸집이 큰 햄스터는 집쥐나 들쥐처럼 생겨서 너무 징그러워 앙증맞은 꼬맹이들인 난쟁이 햄스터를 두 마리 골라서 샀다. 아이는 첫날부터 밥 먹고 잠자는 시간을 빼고는 거의 햄스터와 붙어 있었다. 가만히 관찰해보니 투실하게 살이 찐 놈은 느리고 성품이 느긋하여 괜찮아 보이는데 약간 마른 편인 다른 한 놈이 어찌나 몸이 날쌔고 쌩쌩거리면서 돌아다니는지 정신이 없었다. 아이는 통통하고 착한 햄스터에게는 뚱뚱이란 이름을 지어주었다. 느림보란 뜻이 담긴 이름이다. 다른 놈은 너무 약삭빠르고 쉬지 않고 바스락거려서 촐랑이란 이름을 주었다. 촐랑거리면서 뛰어다니는 놈이란 뜻일 터이다. 뚱뚱이와 촐랑이는 날마다 싸웠다. 매달아놓은 쳇바퀴를 함께 다정하게 타면 좋으련만 언제나 촐랑이가 몸이 자신보다 큰 뚱뚱이를 밀쳐내서 둔한 편인 뚱뚱이가 밑으로 수없이 툭툭 떨어졌다. 그래도 포기하지 않고 돌아가는 바퀴에 매달리면 가차없이 촐랑이는 뚱뚱이를 밀어내버렸다. 보다 못한 아이는 촐랑이를 야단치면서 등을 두어 대 때려주기도 했지만 여전히 그 녀석은 파워게임에서 반드시 이겨야하고 뚱뚱이를 눌러야 사는 맛이 나는지 조금도 물러서는 기미가 없었다.

아이는 아빠가 햄스터를 사주면서 함께 사준 난쟁이 햄스터에 관한 책을 열심히 한자 한자 정성스럽게 읽기 시작했다. 햄스터는 케이지의 가는 철망 사이를 용케 빠져나가기 위해 몸을 고무줄처럼 늘여서 도망을 잘 가는 습성이 있다고 한다. 이 세상에는 4종류의 난쟁이 햄스터가 있는데 아이가 가진 햄스터는 시베리아 햄스터란 사실도 알게 되었다.

엄마가 아이와 남편을 버리고 달아나기 전에는 집안이 늘 시끄러웠다. 아빠를 눌러야 직성이 풀리는 엄마는 항상 얼굴을 찡그리고 자기 뜻대로 되지 않으면 마귀의 얼굴을 하고 구시렁거려서 집안은 늘 살벌한 분위기였다. 세탁기에서 빨래를 꺼내 잘 개서 장롱 서랍에 넣는 일도 언제나 아빠 몫이었다. 엄마는 긴 소파에 누워서 입으로 아빠를 부려먹었다. 뚱뚱보의 모습에서 아이는 아빠의 아픔을 느낄 수가 있었다. 해서 플라스틱 자로 촐랑이를 무섭게 때려주었다. 이건 평소에 엄마를 때려주고 싶었는데 그 대신 촐랑이를 때려주니 속이 확 뚫렸다.

아이에게서 구박을 받은 탓일까? 아니면 갇힌 공간이 싫어서 자유를 찾아 자기 집의 수만 배가 되는 사람의 집으로 이주를 한 것일까? 아이도 엄마 아빠가 늘 싸우는 집이 싫어서 구름을 타고 온 세상을 돌아다니는 자유를 그리워한 적이 많았다. 그러나 단 한 번도 자신이 거하는 집인 이 공간을 탈출한 적이 없었다. 자유란 그저 마음으로 동경하는 것이라고 늘 자신을 위로하지 않았던가.

아마도 촐랑이는 엄마처럼 자신의 울을 탈출하여 아이의 집을 자기 집 삼아 자유를 만끽하고 있을 것이다. 하긴 갇힌 공간인 자신의 케이지 안에서는 아이의 방 안만큼 큰 공간에서처럼 맘껏 뛸 수는 없을 것이다. 촐랑이는 아이의 공간을 시샘했을 터였다.

출랑이가 집을 탈출한 지 일주일이 되어간다. 물을 먹지 못하고 지내면 사람도 일주일이면 죽는다. 그러니 골프공만 한 출랑이는 몇 시간 내에 죽을 수도 있다. 그래도 자유가 좋아서 절대로 아이의 손에 잡히지 않고 죽어도 좋으니 자유를 누리고 있는 것일까. 어디로 갔는지 흔적도 없이 출랑이는 엄마처럼 달아나버렸다.

건조기에서 잘 말려 훈기가 감도는 빨래를 아빠는 방바닥에 펼쳐놓고 아이의 옷을 반듯하게 접어 개기 시작했다. 순간 숨어있던 출랑이가 더운 기운을 찾아서 아빠의 바짓가랑이 속으로 파고 들어오는 것이 아닌가. 그간 물과 음식을 먹지 못하여 얼마나 말랐는지 워낙 작은 놈이었지만 뚱뚱이의 반쪽 크기만 했다. 등 언저리 털도 흉하게 빠져서 보기에 아주 가여운 출랑이는 곧 죽을 것처럼 힘이 없어 보였다. 아빠는 손 안에 쏙 들어가게 작은 출랑이를 이리저리 살피다가 케이지 안에 조심스럽게 집어넣었다.

비실거리면서 케이지 안이 황홀한 듯 멈칫대는 출랑이를 흘겨보면서 아이는 엄마를 떠올렸다. 엄마도 저렇게 말라비틀어졌을까. 등에 뽀송하게 자랐던 털들이 몽땅 빠진 것처럼 엄마의 머리털도 뭉떵 빠져서 정수리가 훤하게 드러난 것이 아닐까. 넓고 확 트인 공간으로 자신의 좁은 공간을 빠져나가 훨훨 날아보는 자유란 좋으면서도 저렇게 몸을 상하게 하는 것일까. 거칠 것이 없는 넓은 공간에서 돌아다니다가 지쳐서 촐랑이처럼 일그러진 몰골로 엄마도 돌아오는 것은 아닐까.

촐랑이를 맞은 뚱뚱보의 대응은 참으로 보기 좋았다. 반갑다는 표현으로 뽀송한 머리를 털이 빠져 흉해진 촐랑이의 옆구리에 대고 비비기도 하고 반갑다는 몸짓을 많이 했다. 그런데 촐랑이는 앙칼지게 반응했다. 여전히 밥통에서 열심히 먹이를 먹다가 뚱뚱이가 다가오면 그렇게 작아진 몸으로 발악하듯 덤비면서 쫓아버렸다. 먹이를 실컷 먹고 난 뒤 쳇바퀴에 올라서 신나게 돌다가 뚱뚱이가 슬그머니 동승하자 가차없이 밀어내버렸다. 바보 같은 뚱뚱이는 힘이 촐랑이보다 두 배는 셀 터인데 멍청이처럼 밀려나서 밑으로 뚝 떨어진다. 여러 번 촐랑이의 반항을 몸으로 듬뿍 받으면서 쳇바퀴에 올랐다가 자꾸 밀려나서 뒹굴면서 바닥에 떨어져도 열심히 쳇바퀴를 돌리고 있는 촐랑이를 대견하다는 듯 밑에서 사랑이 가득한 눈으로 올려다보기만 한다.

갑자가 화가 치민 아이는 손에 쥐고 있던 연필로 쳇바퀴를 신나게 돌리고 있는 촐랑이의 등을 사정없이 때렸다.

"딸아! 왜 그러니? 일주일 집을 나갔다가 돌아왔으니 그냥 둬라. 아직도 가출한 기운이 가시지를 않아서 그러는 모양이다."

이런 아버지를 향해 아이가 고함친다.

"아빠는 바보야. 진짜 바보야."

갑자기 성난 얼굴로 고함치는 딸의 얼굴을 물끄러미 바라보던 아빠는 드라이어에서 꺼낸 딸의 옷들을 온기가 가시기 전에 정리하느라고 눈길을 빨래에 던진다.

햄스터도 자기 집에 돌아왔고 아빠와 아이가 속한 작은 공간인 집 안도 빨래비누의 향과 저녁의 주 메뉴로 매일 끓여먹은 김치찌개 냄새로 가득하다.

아이는 짐짓 이런 평안한 분위기에 젖어 눈을 책에 박고 몰두하는 듯했다. 하지만 마음은 아직도 엄마를 찾아 떠돌고 있다. 햄스터인 촐랑이는 일주일이 한계지만 엄마는 몇 년이 한계가 될까. 인간은 수명이 길어서 기다림이 십 년이 되어야 할까. 십 년이면 아이는 대학에 다닐 나이이고 그때는 엄마가 필요 없다. 엄마가 필요한 시간도 아이의 인생에선 정해져 있는 것이 아니겠는가. 아마도 아빠도 엄마가 필요하다면 앞으로 십 년이 될 것이다. 그후에 돌아온다는 건 무의미하다. 그제야 아이에게 자유란 시간과 공간의 거대한 울타리를 두르고 있는 앞을 가린 거대한 산처럼 다가왔다.

그러면서도 오늘이나 내일 엄마가 불쑥 나타나서 평상시처럼 부엌에서 덜컹거리면서 요리를 할 수도 있다는 기다림을 접을 수가 없었다. 아빠도 아마 이런 실낱 같은 소망을 가지고 현관문에 귀를 기울이고 있을 것이 분명했다. 촐랑이는 죽음 앞에서 모든 자유를 포기하고 돌아왔는데 엄마는 무슨 일을 당해야 집으로 돌아올 것인가.

보름 동안 평안한 일상이 흘러갔다. 아빠는 직장으로 아이는 학교로 갔다가 저녁에 돌아오면 말없이 식탁에서 저녁을 먹고 텔레비전을 보고 숙제를 하고 아빠는 신문에 코를 박고 있다가 잠을 자고 햄스터는 여전히 싸워가면서 쳇바퀴를 돌리고 있다. 언제나 파워게임에서 몸이 작지만 성깔이 있는 촐랑이가 몸체가 크지만 미련퉁이인 뚱뚱이를 이겨서 제압을 하고 사는 시간들이었다. 그런데 이를 어쩌랴. 하루는 학교에서 돌아와 케이지 안을 보니 또다시 촐랑이가 달아나버렸다. 아마도 자유를 맛본 탓에 바깥세상이 그리웠나보다. 작은 공간에 갇혀 왕 노릇하는 것에 식상한 탓일까. 아이의 눈에 촐랑이는 작은 공간인 햄스터 케이지에서 제왕이었다. 단 하나뿐인 뚱뚱이를 누르고 마음대로 하는 것에 싫증이 난 모양이다. 이번에는 촐랑이가 어디로 갔는지 짐작도 할 수가 없다. 아마도 아이의 집도 너무 작은 공간이라 하늘만큼 땅만큼 큰 공간인 아이의 집 밖으로 나간 모양이다. 일주일을 또다시 자유를 누리다가 자기의 케이지가 있는 집을 찾아올 것인지 아이는 머리를 갸웃거렸다. 이번에 길을 잃어 찾아올 수 없을 것이란 생각이 앞섰다. 아이는 돌아오지 못하는 촐랑이가 가여워서 눈물을 글썽거렸다. 자유를 찾아 나선 용기는 좋았지만 그건 죽음과 맞바꾸는 값비싼 것인 모양이다. 아이는 촐랑이처럼 자유를 찾아 밖으로 튀어나갈 용기가 없음을 안다. 아마도 장차 어느 날엔가 촐랑이를 닮은 엄마처럼 갇힌 공간을 벗어나서 창공을 향해 훨훨 날을 때가 있을까 상상해본다. 아무래도 아직은 자신이 없다.

촐랑이도 돌아오지 않고 엄마도 돌아오지 않는 날들이 흘러간다. 정원의 나무들이 곱게 물들어 잎을 떨어뜨린 뒤에 앙상한 가지만 남은 늦가을도 지나고 추운 겨울이 다가오고 있다. 촐랑이는 아이의 집보다 수천만 배가 큰 공간으로 나가 자유를 만끽하다가 죽었을 터이고 엄마는 이 세상을 돌아다니다가 촐랑이처럼 어디선가 아이와 남편을 그리워하면서 죽어갈까. 아니면 이 집이란 공간에서 누리지 못한 엄청난 자유를 만끽하면서 엄청나게 기분이 좋은 자유를 안고 웃어대고 있을까. 아니면 촐랑이처럼 자신이 살았던 케이지를 찾을 수 없어 아직도 길에서 무숙자처럼 나그네가 되어 방황하고 있을까.

이런 엄마가 그리워 아이는 살짝 눈가에 눈물이 어린다. 아이가 아직도 엄마를 필요로 하는 시간에 엄마가 돌아올 수 있다면 아무 말 않고 엄마를 껴안을 마음이 있다. 그러나 한번 가출했다가 돌아온 촐랑이가 뚱뚱이를 구박하듯 아직도 변하지 않은 습성을 지닌 엄마가 돌아온다면 그건 싫다. 뚱뚱이는 동물이니까 다 받아드릴 수 있지만 아이는 인간이다. 사람이다. 그런 엄마를 향해 엄숙한 얼굴로 이제 노우라고 머리를 흔들 자신이 섰다. 엄마는 시간이 흐를수록 너무 멀리 차츰 아득하게 한 점처럼 공간 속으로 아이에게서 멀어져가고 있다. 촐랑이가 아이의 마음속에서 아련히 멀리 기억의 안개 속에서 아물아물 사라지듯 엄마도 아이의 마음에서 자꾸 자리를 잡지 못하고 떠나고 있었다.

크리스마스 선물로 아빠는 뚱뚱이의 짝꿍을 한 마리 사주었다. 하지만 이들이 언제 어떻게 변할지 예상을 못 한다. 아무튼 두 마리의 햄스터는 먼저 자리를 잡은 뚱뚱이의 텃세 탓인지 아주 조용하다. 언제 촐랑이처럼 변하여 몸을 납작하게 늘려서 케이지 창살 사이를 비집고 빠져나갈지 모르지만 현재는 자유가 그립지 않은 모양이다. 둘이는 다정하게 함께 쳇바퀴를 돌리면서 잘 지낸다.

산타클로스가 온다고 아이들은 머리맡에 큼직한 빨간 양말을 걸어놓고 세상은 한껏 들떠서 크리스마스 캐럴이 울려 퍼지고 모두 기쁜 표정들이다. 그러나 아이의 일상은 여전하다. 아빠에게는 새 아내가 필요하겠지만 아이는 새엄마를 원하지 않는다. 지금의 일상이 평안하고 좋다. 다시 엄마 자리에 들어온 여자가 촐랑이처럼 야단을 한다면 이젠 참을 수 없을 것 같다.

아빠도 뚱뚱이가 맞은 새 친구처럼 다른 엄마를 데려올 수도 있다는 불안감에 아이는 마음을 진정할 수가 없다. 햄스터도 친구가 필요한데 아빠도 친구가 필요할 것이 뻔

했다. 그러나 아무리 생각해도 아이는 아빠가 새엄마를 얻는 걸 용납할 수가 없다. 만약 새 여자가 이 집의 공간을 차지하고 들어오는 날이면 아이도 엄마처럼 자유를 찾아 깊고 깊은 하늘의 공간 속으로 날아올라가 가뭇없이 사라질 수도 있을 것이다.

바람이 세차게 부는 어느 저녁 아이는 자신이 할 수 있는 반찬을 여러 가지 만들어 정갈하게 차려 놓고 아빠를 기다렸다. 언제나처럼 아빠가 와서 나란히 놓인 수저와 젓가락, 그리고 간단하게 무친 생오이 무침과 소시지 구이를 보고는 활짝 웃는다.

"이제 우리 딸이 제법이구나. 저녁상을 차리고."

배가 고픈 아빠는 손만 씻고 바로 상에 앉았다. 아이는 살살 웃으면서 아빠에게 말한다.

"엄마는 어떤 남자를 만나서 결혼해도 좋아. 그러나 아빠가 새엄마를 얻으면 난 아마도 죽어버릴 거야."

아이의 말에 아빠는 놀라서 입을 딱 벌리고 딸의 얼굴을 응시한다.

"제가 엄마도 되고 아내도 되어서 아빠를 돌볼 거예요."

"넌 아직 어리다. 지금 네가 한 말이 무슨 뜻인지 모를 것이다. 너도 자라면 엄마처럼 아빠 곁을 떠날 것이다. 그게 인생이란다."

"아니요. 전 절대로 아빠 곁을 떠나지 않아요. 전 조금 더 크면 아빠 옷도 빨아줄 수 있어요. 음식도 많이 배워서 맛있게 차릴 거구 집 청소도 잘 할 거니 두고 봐요. 그 대신 아빠는 절대로 결혼하지 않는다고 약속해요."

아빠는 이런 딸을 아무 소리도 않고 물끄러미 바라본다.

아무래도 이런 생활의 단조로움을 뛰어넘기 위해 아이에게는 햄스터보다 더 스킨십을 할 수 있는 강아지가 필요했다. 요즘 친구들은 모두 강아지를 집 안에서 기른다. 족보 있는 강아지라고 학교에 오면 자랑이 대단하다. 아이에게는 푸들이 제일 좋을 것이란 생각이 떠올랐다. 그 이유는 짝꿍의 엄마가 암으로 죽었을 때 기르던 푸들이 눈물을 줄줄 흘리면서 먹지도 않고 한구석에 가만히 앉아 있어 사람들이 놀랐다는 소리를 들었기 때문이다. 저녁식사 뒤에 귤을 후식으로 먹고 텔레비전 앞에 앉아 끄덕끄덕 졸고 있는 아빠의 팔을 아이는 세차게 잡아 흔들었다. 놀라서 번쩍 눈을 뜬 아빠가 아직도 졸음이 그득한 눈으로 딸을 바라본다.

"아빠 나 강아지가 필요해. 엄마 자리에 강아지가 들어와야 살 것 같아."

"햄스터가 있으면 엄마가 필요 없다고 하더니 이젠 강아지냐? 강아지는 돈이 많이 들어서 살 수가 없다. 더구나 이렇게 좁은 집에서 강아지를 기르면 우리 건강이 나빠진단다. 개의 몸에 있는 이상한 균이 널 아프게 하고 강아지 냄새로 인해 집 안에 악취가 풍길 것이다. 더구나 목욕도 시켜야 하고 강아지 음식도 사야하고 동물의사에게 가야하고 강아지미용실도 가야한다. 아기를 기르는 것보다 더 돈이 든다고 하더라. 강아지는 절대로 안 된다. 잊어버려라."

아이는 날마다 보챘다. 강아지가 있어야 엄마에 대한 그리움과 아픔을 잊을 수 있다고 야단을 했다. 견지지 못한 아빠가 생각 끝에 이런 묘안을 내놓았다.

"책을 한 권씩 읽으면 천 원을 주마. 그 돈을 모아서 강아지를 네 돈으로 사라."

"그럼 강아지를 사려면 몇 권이나 읽어야 하나?"

"아마도 500권이나 1000권을 읽어야 할 거다."

아이는 놀라서 눈을 동그랗게 뜨고 아빠를 흘겨본다. 너무하다는 생각에 눈물이 핑 돈다. 아빠는 이렇게 해서 딸이 강아지 사는 걸 포기하기를 바랐다. 한 달 뒤에 아이는 결연하게 아빠에게 제안을 했다.

"책을 읽을 거야. 열심히 읽을 거야. 동네 책방에 가서 읽기도 하고 도서관에 가서 빌려다 읽을 거야. 요즘 우리 동네에 일주일에 한 번씩 이동도서관이 오니까 거기서도 가져다가 읽어도 돼."

강아지를 사지 못하도록 아이가 절대로 넘지 못할 울타리를 쳤는데 아이는 그걸 뛰어넘으려고 한다. 한편 아이는 책을 열심히 읽으면서 꿈을 꾼다. 이렇게 많은 책을 읽으면 공부도 잘 하게 될 것이다. 유명한 사람들은 모두 독서를 많이 한 사람들이라고 선생님이 말하지 않았던가.

시시한 사람이 아니라 진짜 훌륭한 사람이 될 것이다. 그런 사람이란 어떤 사람일까. 동네 병원의 소아과 의사 선생님이 번뜩 머리에 떠올랐다. 하얀 가운을 입은 소아과 여의사는 아이가 갓난아이 때부터 돌봐준 의사다. 그러면 시골에 별장을 짓고 도시에 으리으리한 큰 집을 지니고 양쪽을 오가면서 살 것이다. 아빠는 시골 별장에 살라고 하고 주말이면 가서 만날 것이다. 아빠가 좋아하는 음식을 잔뜩 차에 싣고 가서 풀어놓고 비싼 옷을 사다 드리고 아빠 혼자 타고 다닐 예쁜 차도 사줄 것이다. 그러자 아이는 책을 읽는 것이 너무 신이 났다. 시간이 무료하게 지나가지를 않았다. 너무 빨리 밤이 오고 아침이 왔다.

봄이 왔다. 아이도 한 살을 더 먹었다. 일상은 갇힌 공간인 집에서 그렇게 흘러간다. 저녁이 되면 밥을 먹고 잠을 자고 옷을 빨고 청소를 한다. 그리고 악착같이 책을 읽는다. 책을 읽으라고 제안한 아빠가 걱정할 지경이었다. 아이는 감기가 들어 콜록거리면서도 학교를 빠지지 않았고 아빠는 지구가 긴 역사를 안고 태양 주위를 빙빙 돌아가듯 말없이 꾸벅꾸벅 직장엘 간다.

엄마가 처음 집을 버리고 달아났을 적에는 세상이 깨어지는 줄 알았다. 그러나 세상은 개울물처럼 조용히 흘러갔다. 일상은 그대로 물살을 타고 묵묵히 흘러간다. 아이에게 엄마가 없는 세상은 파괴되고 무엇이 변해도 변하여 전쟁이라도 일어날 줄 알았다. 그러나 일상은 시간을 타고 시계 바늘처럼 흘러간다. 마치 태양이 동쪽에서 떠서 서쪽으로 지듯이 밤이 되고 낮이 어김없이 돌아오듯 시간도 그렇게 흘러간다. 시간을 타고 흘러가는 일상에 묻혀 아이는 많은 것을 기억의 밑바닥에 깔아놓고 소리 없이 시간을 따라 흘러간다. 아마도 엄마도 그렇게 시간의 흐름을 따라 딸도 남편도 가정도 잊고 흘러가고 있을 것이다. 그런데 어느 날부터인가 아이는 엄마를 미워하기 시작했다. 무의식 깊은 곳에서는 엄마가 돌아올 것이란 기다림에 지친 탓일까. 매사에 신경질이 나기 시작했다. 아빠를 향해 괜한 일에도 고함을 치고 물건을 내던졌다. 손에 잡히는 것마다 팽개치고 짓밟고 뭉크러뜨려야 직성이 풀렸다.

그런 현상은 이웃여자가 다녀간 뒤부터였다. 사람들은 엄마가 나가버린 집을 향해, 아니 아이와 아빠를 향해 돌을 던지기 시작했다. 아이가 학교에서 돌아와서 열쇠로 문을 여는 등뒤에 대고 들으라고 목청을 높인다.

"엄마를 내쫓고도 저렇게 평안하게 사니 이상한 집안이야."

아이는 도끼눈을 하고 이웃여자를 노려보았다. 그러자 기겁을 한 여자는 입을 삐죽거리면서 이죽거렸다.

"저러니 어떤 여자가 그 집에서 살 수 있겠어. 아이까지지 애비를 닮아서 저러니 말이야."

그러자 맞은편 집 여자가 맞장구를 뜬다.

"남자가 얼마나 병신이면 여자를 잡지 못하고 있을까. 분명히 친정이나 친구 집으로 갔을 터인데 빨리 가서 손을 잡아끌고 오면 이 세상의 모든 여자들은 못 이기는 척하고 오는 법인데 저렇게 아이하고 재미있게 살아가니 아주 독한 사람들이야."

"아이에게는 엄마가 최고지. 그냥 저렇게 놔두면 사춘기에 엄마로 인해 반항을 하고 난리를 친다는데 그 집 아빠 정신을 차려야 하는 것 아니야."

"맞아. 아무리 나쁜 엄마라도 엄마가 있어야 하는 법이지."

어째서 사람들은 상처투성이인 아이와 아빠에게 돌을 던지는지 이해할 수가 없었다. 아이는 아픔을 함께 나눌 사람이 없다는 점이 견딜 수가 없었다. 아이는 밤새 잠을 이룰 수가 없었다. 정말로 아이와 아빠가 엄마를 내쫓았단 말인가. 엄마는 자신의 발로 집에서 탈출하여 가버렸는데 왜 사람들은 우리를 향해 주먹질을 하는 것일까. 공연히 슬프고 화가 나서 도저히 평안한 잠을 이룰 수가 없었다. 엄마부재의 외로움은 이런 이웃여자들의 이죽거림에 비해 아무것도 아니었다. 저들이 던지는 돌팔매질이 더 아팠다.

다음날 아이는 아빠에게 강하게 말했다.

"우리 다른 동네로 이사 가요."

"혹시 엄마가 돌아오면 놀래라고 어디로 가자고 그러

니?"

"나는 달아난 엄마 같은 여자 필요 없어. 엄마를 모르는 사람들이 사는 곳으로 이사 가서 엄마가 죽었다고 말해버리면 되잖아요. 우리 빨리 다른 곳으로 이사 가자."

"사람들이 무엇이라고 말하든 그건 잠시일 뿐이다. 저들은 돌아서면 다 잊어버려. 그만큼 타인을 사랑할 여유가 없는 것이 우리의 이웃들이란다. 잠시 입만 살아서 벙긋거리는 거야."

학교에서도 문제가 발생했다. 아이의 담임선생님은 친구들이 엄마자랑을 하면 아이는 어김없이 갑자기 히스테리를 일으키고 고함을 쳐서 모두 달아나버린다는 이유로 정신과 의사와 상담해보라는 전화가 걸려왔다. 아빠는 점점 더 음울한 표정을 지으며 아이를 바라보았다.

다시 한 해가 흘러갔다. 점점 아이는 엄마의 모습을 마음에서 지우기 시작해서 이제는 엄마의 얼굴도 잘 기억이 나질 않는다.

아빠는 그런 아이를 향해 마주 앉았다.

"엄마를 용서해라. 그래도 널 낳느라고 수고했고 또 기저귀를 갈아 채워주었고 이만큼 길러주고 떠났지 않으냐. 그런 추억을 간직하고 엄마를 용서하고 보내라. 엄마는 자신이 하고 싶은 일을 하려고 가버렸으니 그런 자유를 누리라고 우리가 진심으로 빌어주어야 한다."

아이는 돌아서서 눈물을 닦았다. 만에 하나 아빠가 볼

까봐 울지 않는 척했다. 한 가지 확실한 점은 아직도 아이는 엄마를 용서할 수가 없었다.

해가 동쪽에서 떠서 서쪽으로 지고 언제나 아침이 오고 밤이 오듯이 그렇게 일상은 규칙적으로 흘러갔다. 아이는 점점 햄스터들이 쳇바퀴를 돌리듯 그렇게 열심히 일상을 따라 흘러가고 있었다. 엄마가 나가버린 첫 밤에는 베개를 적시며 아이는 울었다. 해는 다시 뜨지 않을 것이고 지구는 깨어지고 세상이 뒤집혀서 전쟁터가 될 것이라는 생각을 했다. 또 그렇게 되기를 은근히 기대했다. 그러나 세상은 조용했다. 주위의 모든 것이 개울물이 흘러가듯 잔잔하게 돌돌돌 잘도 흘러갔다. 점점 희미해지는 엄마의 얼굴을 멀리 구름이 떠가듯 물길을 따라 흘려보내면서 말이다.

햄스터들은 지난주부터 다시 싸움을 시작했다. 아무것도 아닌 쳇바퀴를 도는 일로 서로 밀치고 잡아당기고 죽을 듯이 야단법석이다. 나가버린 햄스터는 알찐대지도 않는데 새로 들어온 햄스터는 촐랑이처럼 둔해빠진 뚱뚱이를 들볶아서 오늘도 죽어라고 서로 맞붙어 싸우고 있다. 변한 것이 있다면 뚱뚱이가 이제는 죽은 듯이 가만 있지 않고 죽어라고 덤벼들어서 작은 케이지 안은 더 소란해졌다는 점이다.

아이는 한숨을 삼키면서 싸우고 있는 햄스터를 향해 작은 막대기로 둘 다 등을 후려쳤다.

"서로 양보하면서 평화롭게 살 수는 없는 거냐. 이 바보 같은 놈들아!"

창문을 통해 그늘을 길게 드리운 햇살이 들어온다. 저녁노을이 붉게 물들어가는 서쪽 하늘을 닮아가는 마음을 억누르지 못하고 아이는 눈물을 글썽거리면서 음울해지는 마음을 달래느라고 어깨를 으쓱했다.

강아지를 사려는 소망이 마음을 안정시켜 준다. 또 앞으로 큰 사람이 되어서 엄마 앞에 섰을 적에 어떻게 할까 생각해 본다. 그때에는 엄마를 싹 훑어보면서 무시하고 지나가리라. 고개를 빳빳하게 치켜들고 거만하게 눈을 흘기면서 엄마를 내려다 볼 것이다. 그러자면 의사가 되어야 한다. 동네 병원의 소아과 의사처럼 되어야 한다.

아이는 가슴 아픈 나날을 머리에 이고 앞으로 몸을 힘껏 내밀었다. 앞으로 사게 될 앙증맞게 생긴 강아지가 아이의 앞장을 서서 촐랑대면서 걸어가고 있다. 아이는 최선을 다해 강아지 살 돈을 벌기 위해 매일 밤늦도록 책을 읽고 있다. 아이는 힘을 다해 앞서 가는 통통하게 살찐 복스러운 강아지를 따라가면서 웃었다. 이따금 길 한가운데 놓인 자갈에 미끄러져 넘어지면서도 아이는 앞서 가는 강아지를 쫓아가느라고 정신이 없다.

참으로 이상한 일은 아이의 귓전에는 그녀가 기르는 햄스터들의 싸우는 소리만 들리는 것이 아니었다. 그간 읽은 책들 속에 등장하는 주인공들이 싸우는 소리와 으르렁

거리는 소리로 온 세상이 시끌시끌해서 아이는 눈을 꼭
감고 두 손바닥으로 귀를 틀어막았다. ✶

— 2012년 겨울 「크리스천문학」

어느 갠 날

　이른봄, 여자의 긴 치마폭처럼 펼쳐진 산자락의 어디를 둘러봐도 백옥 같은 찻잔에 담긴 연한 녹차 색깔로 가득하다. 서재의 빙글 의자에 앉아 밖을 물끄러미 내다보던 강도연 회장은 지난날의 아픔들이 눈앞을 스쳤지만 그래도 인생은 참으로 아름답다는 생각에 눈가가 젖어왔다. 토네이도나 허리케인이 불어와서 살던 집도 무너져 내려 폭풍 속을 방황하는 날이 있으면 해가 동쪽에 떠서 서쪽으로 지듯 반드시 밝고 아름다운 햇살이 비치는 날도 있게 마련이다. 깊은 골짜기에 빠지면 정상에 오를 준비기간이고 어렵게 올라간 꼭대기에 오래 머무는 것이 아니고 다시 내려가는 그런 인생의 굴곡이 있으니 인생은 참말로 살만하다는 생각에 빙그레 웃음이 나왔다.

　강단 위로 뚫린 높은 계단에 첫발을 올려놓았다. 이제부터 그는 이 계단을 자주 오르게 되리라. 한 발자국씩 계단을 오르면서 그는 철학자라도 된 듯 깊은 사념에 빠져들었다. 천하에 범사가 기한이 있고 모든 목적이 이룰 때가 있는 법이다. 날 때가 있고 죽을 때가 있으며 심을 때가 있고 심은 것을 뽑을 때가 있다. 울 때가 있고 웃을 때가 있으며 슬퍼할 때가 있으면 춤출 때가 있다. 돌을 던져 버릴 때가 있고 돌을 거둘 때가 있다. 안을 때가 있고 안는 일을 멀리할 때가 있으며 찾을 때가 있고 잃을 때가 있으며 지킬 때가 있고 버릴 때가 있다. 찢을 때가 있으면 꿰맬 때가 있고 잠잠할 때가 있으면 말할 때가 있다. 전쟁할 때가 있으면 평화할 때가 있고 사랑할 때가 있으면 미워할 때가 있다. 갑자기 사랑과 미움이란 단어가 굉음처럼 그의 뇌리를 스쳐서 그는 어지러워 눈을 지그시 감았다.

오늘의 주인공인 장로가 될 강도연이 등장하자 박수소리가 요란하다. 식을 시작할 시간이 5분이 지났건만 아직도 출입구는 밀려들어오는 사람들로 시끌벅적했다. 축하해주기 위해서 강도연 회장의 기업체인 ○○그룹의 임직원들과 친척들이 떼거리로 웅성거리면서 밀려들어오는 소리로 교회 안은 시골장터처럼 사람들로 뒤엉켰다.

목 언저리와 팔을 산뜻한 초록색 라인으로 장식한 흰색 가운을 입은 담임목사님이 강대상 앞에 서자 식장은 잠시 숙연해졌다.

"여기는 성전입니다. 말 그대로 거룩한 곳입니다. 절대로 담배를 피워서도 안 되고 잡담을 금합니다."

목사님의 말끝을 타고 파이프 오르간의 은은한 음이 차츰 고조되면서 천장까지 진동하는 웅장한 음으로 변하자 사람들의 얼굴에 온기가 돌기 시작했다. 얼굴 가득 미소를 머금은 강도연은 이제부터 죽을 때까지 이 교회를 지켜나갈 장로라는 직위가 주는 무거움과 함께 느긋한 기쁨에 사로잡혀 회중을 훑어보았다. 그때 자리를 잡지 못해 뒤에 일렬로 서 있는 사람들 틈을 비집고 휠체어의 머리가 강단으로 향하는 복도로 몸체를 삐죽 내밀고 들어선다. 머리에 흰 스카프라도 두른 듯 검은 머리는 단 한 올도 없는 백발 여인이 탄 휠체어였다. 왼쪽이 마비되어서 비비꼬인 손이 강단에 앉아 있는 강도연 회장의 눈에도 끊임없이 바들바들 떨리는 모양새가 확연하게 눈에 들어왔다. 사람들은 마지못해 싫은 표정을 감추면서 휠체어의 머리를 노파에게 터주었다.

긴 설교와 축하음악이 끝나고 드디어 장로 안수식이 거행되었다. 10여 명 둘러선 목사님들의 손이 가운데 무릎을 꿇고 앉아 있는 강도연의 머리 위에 얹어지는 순간 전신에 전기가 통하듯 찌르르한 기운이 스치면서 그의 눈에서 눈물이 마구 쏟아져 내렸다. 그 순간 뒤쪽에서 거세게 통곡하는 소리가 성전의 천장을 진동해서 사람들은 모두가 숨을 죽였다. 이토록 기쁜 자리에서 어쩐 여인이 저토록 청승맞게 목청껏 울어댄단 말인가. 그것도 안수를 받는 거룩한 순간이 아닌가. 아마도 강도연의 아내가 장로가 되는 남편을 놓고 너무 기뻐서 저러나 해서 더러는 그의 아내가 앉아 있는 쪽을 눈여겨 보았으나 녹색 한복을 곱게 차려입은 그의 아내, 김신숙 권사는 만면에 웃음을 흘리면서 흐뭇한 얼굴로 안수 받는 남편 쪽을 응시하고 있었다. 하긴 남편을 장로로 만들기 위해 그녀가 그간 몸바쳐 해온 노력은 대단했다. 매 주일 집에서 잔칫상을 차려 구역식구들에게 식사 대접을 했고 계절이 바뀔 적마다 교역자와 장로님들을 고급 음식점에 초청해서 음식 대접도 소홀히 하지 않았다. 십일조와 감사헌금은 물론 선교헌금과 구제헌금까지 언제나 듬뿍듬뿍해서 교회에서는 김신숙 권사라면 모두 칭송을 아끼지 않았다. 그러니 어찌 보면 성도들의 높은 투표율이 말해주듯 그는 아내의 치맛자락을 붙잡고 이 자리까지 온 셈이다.

통곡이 잦아들지를 않고 계속 거세지자 예식을 진행하는 담임목사님의 얼굴이 일그러졌다. 그러자 바늘방석에라도 앉은 것처럼 불안하게 허둥대던 나이 지긋한 여전도사가 울어대는 여인에게 다가가서 휠체어의 머리를 뒤로 돌려 밖으로 내보내려 했다. 그러자 여자는 수건으로 입을 틀어막아가면서 아니라고 거세게 머리를 흔들어댔다. 이런 여인을 강도연 장로는 위에서 바라보면서 도대체 저 여자가 누군데 여기 와서 저렇게 울고 야단인가 하여 얼굴을 알아보려고 애를 썼다. 전혀 감이 잡히질 않는 낯선 얼굴이다. 그런데 왜 저렇게 울어대는 것일까. 이제 공적으로 강도연 장로가 된 그는 궁금증과 호기심을 누를 수 없어 백발의 여인에게서 눈길을 뗄 수가 없었다. 축도가 끝나자 통곡이 격렬한 흐느낌으로 변한 여인을 그는 연신 주시했다.

식이 끝나자마자 모든 사람들은 큰 잔치상을 차린 식당으로 줄을 서서 대이동했다. 임직식을 마친 강도연 장로가 문 앞에 목사님과 나란히 서서 인사를 하는 동안 여인은 울어대서 붉어진 눈을 감출 생각도 않고 줄을 서서 기다리다가 강도연 장로 앞에 와서는 머리를 옆으로 살짝 돌려 눈길을 피하면서 온전한 오른손을 내밀어 악수를 했다. 이상할 만큼 집요하게 휠체어를 모는 40대 여인이 강도연 장로의 얼굴을 뚫어져라 응시했다. 그 시선이 너무 뜨거워서 얼굴이 절로 달아올랐다. 모든 사람들이 식당으로 뷔페를 먹기 위해 간 사이 강도연 장로는 목사님과 다른 교회에서 축하해주려고 온 손님들을 모시고 식당으로 향했다. 별도로 마련된 작은 방에 귀한 손님들을 모셔놓고 호기심을 누르지 못한 강도연 장로는 휠체어를 탄 여인을 만나보려고 하객들로 빼곡하게 가득 찬 식당을 훑어보았다. 어디에도 여인의 모습은 보이질 않았다. 이 끝에서 저 끝이 아득한 식당의 좌석에 앉아 먹고 있는 사람들의 머리가 셀 수 없을 정도로 물결쳤다. 반백과 검은 머리의 바다이지 명주 올처럼 하얗게 센 머리의 여인은 없었다. 점심을 먹지 않고 가버린 모양이다. 하긴 반신불수의 몸으로 사람들 틈에 끼어 먹으려고 나대는 모습도 흉할 것이란 생각에 이르자 그는 잠깐 머릿속을 채웠던 휠체어의 여인을 털어버리고 만면에 웃음을 띠고 식당 안을 누비고 다니면서 사람들과 다정하게 인사를 나누고 악수를 했다.

장로장립식을 잘 끝내고 도심에서 한참 떨어진 산자락에 자리 잡은 집으로 향한 그가 현관을 들어서니 집 안은 온통 친척들로 시끌벅적 붐볐다. 친척이래야 전부 아내 쪽 사람들이다. 그는 할머니 밑에서 자랐고 그것도 강원도 산골인 정선에서 컸기 때문에 이런 대도시에 피가 통하는 친척은 단 한 사람도 없었다.

고희를 넘긴 장모님은 아무리 봐도 오십대의 한창 물이 오른 젊은 여인으로 착각할 정도다. 그만큼 몸 관리를 부지런히 했고 치장을 잘한 탓이리라. 하긴 여자와 집은 가꾼 만큼 보인다고 하지 않던가. 권사인 장모님의 소원은 사위가 장로가 되는 것이라 새벽기도를 빠진 적이 없다고 늘 입이 닳도록 말하고 있었다. 이런 판이니 오늘 장로가 되어 집에 들어서는 사위를 두 팔로 감싸 안고 덩실덩실 춤을 추면서 거실을 멋있게 한 바퀴 돌았다. 장로인 장인까지 합세하여 거실은 기뻐서 내지르는 즐거운 함성으로 가득했고 거실 가운데 화려하게 매달린 샹들리에의 장식들이 추임새라도 맞추듯 찰랑찰랑 소리를 내면서 반짝거렸다. 전문요리사가 와서 차린 화려한 음식상에 둘러서서 눈부시게 장식한 음식을 퍼다 먹는 소리와 행복한 웃음소리로 거실이 떠나갈 듯했다.

이런 사람들을 뒤로 하고 강도연 장로는 이층 서재로 올라갔다. 장로장립식을 할 적에는 그렇게도 좋았던 날씨가 갑자기 밀려온 구름으로 인해 뒷산이 짙은 회색 목도리를 두르고 있더니 이내 봄비가 추적추적 내리기 시작했다. 이른 봄비를 토우土雨라고 한다는데 금년에는 풍년이 들 징조라는 생각에 이르자 그는 피식 웃음이 터졌다. 순간 돌아가신 할머니의 얼굴을 떠올렸기 때문이다. 할머니의 앙상한 갈퀴손이 눈앞에 어른댔다. 지문이 지워졌을 정도로 일을 많이 한 투박한 손이다. 지문이 나오질 않아 주민등록증을 만들지 못할 지경이었다. 하나뿐인 손자인 그를 기르고 먹이느라고 그 나이에 벅차도록 힘든 일을 감당한 손이다. 특히 그를 대학까지 보내기 위해 깊은 산속을 헤집고 다니면서 약초를 캔 손이고 날씨를 가리지 않고 흙에 코를 박고 논밭을 가꾼 손이다. 따지고 보면 할머니는 인생의 후반부를 온전히 손자인 그를 위해 희생하신 분이다.

이층 계단은 한 번 꺾여서 올라간다. 그 층계참에 아내는 커다란 파키라 화분을 놓았다. 유리창을 통해 들어오는 햇살을 받은 탓인지 잎사귀가 한껏 푸름을 자랑하고 있었다. 두 손을 바지 주머니에 푹 찌르고 머리를 깊이 숙인 강도연 장로는 이렇게 비가 내리는 날이면 어김없이 가슴을 아리게 하는 엄마를 떠올리는 버릇이 있었다. 아마도 엄마가 그를 할머니에게 떠맡기고 가버렸던 날, 이렇게 비가 왔기 때문일 터이다.

엄마가 어린 아들을 버리고 달아나버렸을 때 그의 나이는 겨우 네 살이었다. 엄마의 젖을 주무르면서 잠을 자던 그는 할머니의 말라빠진 젖을 만지면서 잠을 청하는 동안 베개가 푹 젖도록 늘 울었다. 이런 손자의 배를 할머니는 시계방향으로 살살 문질러주면서 어린아이가 듣기에도 민망할 정도의 지나친 욕설을 담은 푸념을 풀어놓았다.

"미친 년, 동물만도 못한 년, 길에 버려진 똥개만도 못한 년이 바로 네 엄마라는 여자다. 어떻게 지 뱃속으로 낳은 자식을 버리고 달아나버려. 네 어미라는 여자는 길거리를 헤매는 똥개만도 못한 년이야. 똥개도 지 새끼는 알아보고 돌보는 법이니까. 이런 더러운 년을 엄마라고 생각하지 말고 그리워하고 기다리지 마라."

물기가 다 빠져나가 말라비틀어져 대추처럼 오글오글한 할머니의 미적지근한 젖통을 주물럭거리면서 눈물을 글썽이는 손자를 향해 할머니는 입가에 거품을 물어가면서 욕설을 늘어놓기 시작했다. 할머니의 무시무시한 욕설은 그의 등을 살살 문질러 줄 적에 더욱 거칠어졌고 할머니의 말들은 점점 속도가 붙어 숨이 차서 헉헉거릴 만큼 뜨거워지면서 바짝 약이 오른 할머니는 악을 쓰면서 기염을 토해냈다.

"미친 년 그까짓 죽어 땅에 묻히면 썩어 문드러질 몸뚱이가 요구하는 것을 찾아 떠나버린 년. 벌레만도 못한 년. 이런 년이 모든 사내에게 몸을 내던지고 두 다리를 벌리고 누워서 시시덕거리고 있을 게 분명하다. 머리끝부터 발끝까지 곪아서 되질 년. 자식 버리고 가버린 년이 앞길 잘 풀리는 경우는 없다. 그게 순리다. 이 오라질 년, 죽일 년, 암이 전신에 퍼져 죽을 년…… 편안하게 안방의 푹신한 요 위에서 죽지 말고 길가에서 객사할 년. 시궁창에 머리를 박고 죽어가는 등이 썩어 문드러진 늙은 쥐 같은……"

할머니는 이제 더 이상 할 욕이 없어 말이 막히는 순간까지 달아나버린 며느리를 향해 입가에 비누거품을 뿜어내면서 욕지거리를 늘어놓았다. 이렇게 할머니가 엄마를 저주하는 소리를 들어가면서 네 살배기 소년은 깊은 나락으로 떨어져 내리는 아득함에 젖어 가물가물 잠 속으로 빠져들어 갔다. 그런 날이면 엄마는 골이 잔뜩 난 암팡진 얼굴을 하고 그를 향해 손짓을 했다. 이상하게도 꿈속에 나타난 엄마는 언제나 그를 향해 활짝 웃어주질 않았다. 차갑고 매정한 눈을 번득이면서 항상 무엇이 그리 화가 나는지 골이 잔뜩 난 얼굴이다. 게다가 뺨에 세로로 긴 칼자국이 난 험상궂게 생긴 남자의 손을 잡고 엄마는 하얗게 눈이 내린 험한 산속으로 걸어 들어간다. 그런 엄마를 향해 소년은 울면서 뒤쫓았다. 엄마는 그를 한 번 흘끔 보고는 남자의 손을 잡고 꽁꽁 언 물 위를 달리다가 한가운데 아직 얼어 붙지 않아 살얼음이 낀 물속으로 풍덩 빠져 들어갔다. 소년은 엄마를 부르면서 뒤쫓다가 더 이상 가지를 못하고 서버렸다. 눈을 들어 하늘을 올려다보니 온통 잿빛이다. 스산한 바람이 겨드랑이 밑으로 파고 들어와서 와들와들 떨고 있는 그의 발밑에 입을 딱 벌린 호수는 밑을 가늠할 수 없는 하늘처럼 음흉한 잿빛이다. 사방을 둘러보니 눈을 하얗게 모자처럼 뒤집어쓴 산들이 병풍처럼 호수를 빙 둘러싸고 있다. 엄마가 사내와 함께 들어가버린 물속은 먹이를 삼킨 괴물의 입처럼 징그러웠고 하늘빛보다 더 컴컴하게 뻥 뚫린 웅덩이가 발밑에서 살아 있는 괴물처럼 흐느적거렸다.

그 꿈을 꾼 뒤부터 아이는 이렇게 생각했다. 엄마는 나쁜 남자에게 강제로 납치되어서 깊은 호수 속으로 들어가버렸다. 거기서 엄마 혼자의 힘으로는 절대로 나올 수가 없다. 내가 이다음에 엄마를 잡아간 남자보다 키와 몸집이 더 커서 그 호수로 찾아가 꺼내올 때까지 엄마는 호수 한가운데 감옥에 갇혀 나올 수 없다. 그 꿈을 꾼 것이 아이에게 큰 도움이 되었다. 불쌍하기도 하지만 매정한 엄마를 잊을 수 있었기 때문이다. 많이 먹고 키가 커야 한다. 뚱뚱한 어른이 되어야 한다. 거인처럼 되어야 한다. 그때에 그 호수로 가서 엄마를 잡아간 남자를 때려눕히고 음울한 구름 빛깔 호수에서 엄마를 끄집어내올 수 있다는 결심을 하고 나니 가슴이 찢어질 듯한 그리움을 누를 수 있었고 울음을 자제할 수 있었다.

한국에서는 잘 알려진 그룹의 주인이 되었고 오늘 장로가 된 이 나이에 어쩌자고 할머니의 말대로 자식을 버린 똥개만도 못한 어머니가 떠오르는 것일까. 엄마는 이제 그에게 필요 없는 존재가 아닌가. 엄마가 필요한 시기가 있는 법인데 그 시기가 지나가버린 지금 엄마는 그에게 눈곱자기만큼도 필요하지 않았다. 아마도 엄마가 그를 버리고 가버릴 적에 지금처럼 비가 추적거리면서 와서 그 순간이 떠오르는 것이리라. 솔직히 고백하자면 날씨가 쌀쌀하고 잿빛 하늘이 온 세상을 찍어 누르는 날이면 언제나 엄마는 무릎 언저리 정강이를 휘감는 땅거미나 연기가 되어 그의 곁을 맴돌았다. 오늘도 거머리처럼 발목에 달라붙는 엄마를 떼어 내버리려고 그는 언제나처럼 세차게 머리를 흔들면서 정신을 가다듬었다.

그때 초인종이 조심스럽게 울렸다. 겁이 잔뜩 묻어나는 손길이었다. 세차게 눌러대는 것이 아니고 지나치게 조심스러운 터치여서 초인종소리도 겁을 머금고 끊어질 듯 간신히 울렸다. 지금 아래층엔 처가식구들이 모두 모였으니 늦은 이 시간에 올 사람이 없다. 강도연 장로는 잠시 계단에 멈춰 서서 귀를 기울였다.

다른 사람들과는 아주 특이하게 부드러운 메조소프라
노의 아내 음성이 들리더니 연이어 밖에서 응답하는 소리
가 들렸다.

"장로 안수식에 참석했던 휠체어를 탄 할머니입니다."

찰각 현관문을 여는 소리가 난다. 그가 서 있는 층계참
까지 현관문을 통해 들어오는 찬바람이 발밑을 감싼다.
호기심이 발동해서 내려갈까 하다가 침착하게 그는 서재
로 올라가 푹신한 안락의자에 몸을 묻었다.

조금 있더니 아내가 통통거리면서 올라왔다.

"오늘 장로임직식에서 통곡을 해서 신경 쓰이게 했던
할머니에요. 당신을 한번 만나고 싶다고 하네요."

"누군데 만나라고 그래. 나는 모르는 여자인데."

"제가 물었더니 당신의……."

아내는 끝말을 잇지 못하고 남편의 눈치를 살핀다.

"나하고 무슨 관계가 있다고 그래?"

"당신을 낳은 생모라고 그러네요."

순간 그는 자신도 모르게 가슴이 서늘해지면서 발작하
듯 소릴 질렀다.

"허무맹랑한 속임수를 쓰는 그런 사기꾼을 현관문 안으
로 절대로 들여놓지 말라고. 나는 그런 여자를 알지 못하
니까."

"그래도 당신을 낳은 여자라는데……백발을 지닌 늙은
여인이니 거짓말을 할 나이는 아니라고 생각해요."

"요즘 사기꾼들 변장술이 대단해. 돈을 뜯어가려면 그런 수작은 얼마든지 조작할 수가 있어."

아내는 불같이 화를 내는 남편의 눈길을 피해 당황해서 머무적거렸다. 결혼생활 25년이 넘는 동안 이런 신경질적인 목소리와 얼굴표정은 처음이었기 때문이다. 아내의 거북살스러워하는 얼굴을 피해 강도연 장로는 의자를 한 바퀴 돌려 아내를 등지고 산기슭으로 뚫린 창문을 향해 앉았다. 자신도 모르게 입에서는 '짐승만도 못한 년! 길에 버려진 똥개만도 못한 년, 늙은 쥐처럼 시궁창에 머리를 박고 죽을 년!'이란 욕설이 튀어나왔다. 할머니가 그를 안고 자면서 귀 따갑게 지껄인 말들이었다. 마치 녹음기를 틀어놓은 듯 줄줄 입에서 자연스럽게 술술 터져 나왔다. 오늘 장로안수를 받은 남편의 입에서 튀어나오는 저질스러운 욕지거리에 놀란 아내는 그 자리에 얼어붙어 버렸다. 여직 이런 거친 말을 사용한 적이 없는 남편이 아니던가. 그러고 보니 남편은 단 한 번도 생모에 대하여 말한 적이 없었다. 어쩌다 물어보면 일찍 젖먹이인 그를 두고 죽어버렸다고만 했다. 한국에서 알려진 굴지의 건설회사를 운영하는 그녀의 아버지는 사위감으로 딸이 데려온 그를 놓고 할머니만 있는 가정이라고 결혼을 걸고넘어지기도 했었다.

용기를 내서 김 권사는 남편에게 다정한 음성으로 다가가 설득했다.

"이렇게 비가 오는 밤에 휠체어를 탄 나이든 여인 그것도 중풍을 맞아 반신불수가 된 여인을 어떻게 그렇게 비정하게 내쳐요. 잠깐 거실에 들어와 몸이라도 녹이고 가라고 할까요. 마침 음식상도 아직 치우지를 않았고 남은 음식도 상에 그득해요."

그러자 강도연 장로는 독이 잔뜩 오른 독사의 눈을 번득거리면서 머리를 홱 돌려 아내를 노려보다가 소리를 꽥 질렀다. 아래층뿐만 아니라 현관 밖에까지 들릴 그런 음성이었다. 아래층에서도 내막을 짐작했는지 모두들 물을 끼얹은 듯 조용했다.

"날 설득하려고 그러지 말라고. 난 그런 여자를 모른다니까. 왜 내 말을 믿지 못하는 거야. 나를 낳은 엄마는 내가 어렸을 적에 죽었어. 지금 와서 생모라고 하는 여자는 거짓말을 하는 거야. 돈을 우려먹으려고 농간을 부리는 사기꾼이라고. 당장 내쳐버려. 이런 일을 우리가 한두 번 당하느냐고."

분명 엄마라는 여자는 음울한 구름빛 호수에 갇혀 죽어버렸을 것이 뻔하다. 아내는 이런 남편을 머무적거리면서 한참 노려보고 있다가 남편의 심기를 짐작했는지 아래층으로 내려갔다. 더 이상 아래층에서는 기쁨에 들뜬 웃음소리와 시끌벅적한 음악도 말소리도 들리지 않았다. 턱을 고이고 창문을 향해 앉아 있는 그의 입에서 할머니가 주절거리던 말들이 아주 명확한 소리로 쏟아져 나왔다.

'머리끝부터 발끝까지 곪아서 죽어버릴 년, 암 덩어리가 전신에 퍼져 지독한 고통으로 몸부림치며 뒹굴다가 죽을 년, 길거리를 헤집고 다니는 똥개도 네 어미보다는 더 낫다. 자식 버리고 가서 잘된 년을 본 적이 없다. 가슴에 대못을 박고 아파서 울어댈 년아! 더러운 년, 벌레만도 못한 년, 더러운 개 같은 잡종 년……'

만에 하나 살아 있다면 저렇게 풍을 맞아서 비비꼬는 몸이 되었을 거다. 그런 나쁜 여자를 내가 왜 만나. 할머니 가슴에 대못을 박고 나간 년이고 자식을 버리고 가버린 비정한 년이 아닌가. 어린 자식을 버리고 가버린 년을 대신해서 죽도록 일한 할머니의 비쩍 마른 솔가지 같은 손이 그의 배를 만지는 듯했다. 명주에 거친 손이 닿아 서걱거리는 듯했다. 다 뜯어 먹어버리고 버려 바짝 말라비틀어진 옥수수 대궁처럼 까슬까슬한 손길과 함께 물기 없는 강냉이가 등을 스친다. 그 순간 할머니의 임종 장면이 앞을 스쳤다. 할머니는 그가 대학을 졸업하고 군대를 다녀와서 대기업에 취직하여 첫 월급을 받아온 날부터 시름시름 앓기 시작했다. 긴장감이 풀리고 할 일을 다 한 뒤에 맥을 놓은 탓일까. 할머니는 자리에 누워 일어날 줄 몰랐다. 팽팽했던 고무줄이 탁 끊어지듯 그렇게 할머니는 허망하게 갑자기 숨을 거두었다. 혼수상태에서 그의 손을 잡고 숨을 헐떡거리면서 속에 담긴 긴 사연을 늘어놓아서 그를 놀라게 했다.

'그래도 네 엄마가 돌아올 줄 알았다. 날마다 네 어미를 기다렸는데 오지 않았구나. 저녁이면 언제나 어미가 좋아하던 맛있는 음식도 해놓고 기다렸다. 아랫목에 항상 제일 먼저 푼 밥그릇도 묻어놓았었다. 네 어미가 오는 날을 대비해서 도연이도 잘 키웠는데 끝까지 돌아오지 않았구나. 빌어먹을 년아! 이 개돼지만도 못한 년아! 복을 걷어찬 박복한 년아! 이다지도 잘난 자식을 버린 바보 같은 년아! 여자에게 자식을 기르는 재미가 일생의 보람인 법인데……멍청하고 미련한 년아!'

할머니는 며느리를 향해 그토록 험한 말을 해왔으면서도 죽음의 자리까지 기다렸단 말인가. 그는 지금까지 그런 여자를 엄마로 둔 것을 부끄러워했고 지금도 용납할 마음은 없었다. 할머니처럼 엄마를 기다리지도 않았다. 더구나 오십 평생 한 하늘을 이고 살면서 단 한 번도 찾아온 적이 없지 아니한가. 이제 갑자기 나타난 저 여인이 어떻게 그의 친모란 말인가. 자신의 책임감이 무엇인지도 모르고 상식 선에도 이르지 못한 여자가 아닌가. 강도연 장로는 식식거리면서 숨을 몰아쉬었다. 설령 자기를 낳은 친모라고 해도 절대로 받아들일 마음이 없었다. 엄마라는 여자는 그가 네 살 적에 이미 그의 뇌리에서 지워진 이름이었다. 그래도 집요하게 머리에 들러붙는 여인을 떼어내려고 도리질을 하고 있는 그의 귀에 초인종 소리가 요란하다. 아내가 나가는지 발소리가 귀에 익다. 잠시 웅성거리는 소리가 들리다가 아내의 발소리가 서재 앞에 멎는다. 그는 이런 모든 일을 무시하고 등을 돌려 창문을 향해 앉은 자세 그대로 눈을 감아버렸다.

"휠체어를 탄 여인이 당신에게 주라고 건네준 물건이에요."

아내가 조용히 다가와서 책상 위에 나긋나긋 닳고 빛이 바래서 제 색조차 짐작 못할 보자기에 싸인 물건을 놓는다. 그러자 그는 몸을 홱 돌리면서 고함쳤다.

"필요 없어. 당장 쓰레기통에 처넣어버려. 우리가 잘 사는 것을 알고 저런 수법으로 사기 치려고 덤벼드는 나쁜 것들이라고. 요즘 세상은 그악한 사람들이 별별 수법을 다 동원해서 돈을 뜯어가는 걸 정말 당신이 몰라서 이러고 있어."

"왜 세상을 그렇게 부정적으로 봐요. 제가 보기에는 무슨 사연이……."

"이 안에 폭탄이 들었다면 어쩔 거요. 당신은 내가 죽기를 바라는 거요."

"무슨 억지를 그렇게 부려요. 폭탄은 무슨 폭탄이라고 그래요. 왜 이렇게 어린아이처럼 투정을 부려요."

"폭탄이 아니면 극약이 들었을 거라고. 그게 틀림없어. 난 직감이 빠른 사람이야. 만약의 경우를 대비해서 당신이 대문 밖에 들고 나가서 한 번 뜯어보라고. 만에 하나 내 생모라면 할머니의 손을 바짝 마른 나뭇가지로 만든 여자야. 그 정도로 악한 여자라고."

아내는 억지를 부리는 남편의 힘에 밀려 마지못해 보자기에 싸인 것을 들고 아래로 내려갔다. 아래서는 다시 웅성거리는 소리가 들려왔다. 아마도 그 여인이 놓고 간 물건을 자기들끼리 풀어본 모양이다. 한동안 집 안은 조용했다. 이런 침묵이 그를 갑갑하게 만들어서 가만히 앉아 있기가 힘들었다.

그렇다고 아래로 내려가기는 싫었다. 그는 벽을 빼곡하게 채워 빙 둘러 세워놓은 서가의 책들을 훑어보다가 한편에 꽂힌 앨범에 눈이 멎었다. 제일 가장자리에 꽂힌 앨범에는 돌아가신 할머니의 사진들이 주축을 이루었다. 마침내 그가 찾아낸 것은 엉뚱하게도 오직 한 장뿐인 엄마의 사진이었다. 코가 오뚝하고 전통적인 한국여인의 눈처럼 눈꺼풀이 없었다. 쪽 째진 눈은 고집이 있어 보였다. 그의 장로 안수식에서 울어댔던 바로 그 여인과 엇비슷한 얼굴이 거기 있었다. 그러고 보니 휠체어를 밀었던 여인의 모습도 사진의 얼굴과 비슷했다. 거기엔 바로 강도연 장로, 자신의 얼굴이 있었다.

오랜 정적을 깨고 아내가 서재로 올라와서 조용히 책상 위에 물건을 놓는다. 그는 못 본 척 서재 바닥에 두 다리를 쭉 뻗은 채 주저앉아서 앨범들을 정리하는 척했다.

"휠체어 탄 여인이 당신에게 주라고 놓고 간 물건이에요. 폭탄도 독약도 아니고 그냥 책이에요. 그런데 특별한 책인 것 같으니 한 번 보세요."

"내다 버려. 쓰레기를 왜 들고 여기까지 왔어."

그런 남편을 한참 노한 눈으로 노려보던 아내가 퉁퉁거리면서 물건을 그냥 책상 위에 놓아두고 내려 가버린다. 다시 정적이 집 안을 찍어 눌렀다. 축하객들도 다 떠난 시각이었다. 괘종시계가 11점을 치는 것을 보니 깊은 밤으로 접어들고 있었다.

될수록 놓고 간 물건을 보지 않으려고 그는 머리를 외로 꼬고 바로 옆의 침실로 가려고 일어섰다. 그런데 몸은 그의 말을 듣지 않고 책상 위에 놓인 물건으로 갔다. 가장자리가 형체를 알 수 없을 정도로 닳아서 털어내면 모두 먼지로 날아가버릴 듯 나긋나긋 닳고 닳은 책이었다. 이런 쓰레기를 왜 여기 가져다 놓았지? 그는 관심이 없는 듯 무연한 태도로 그 책을 집어 들었다. 눈물과 콧물이 수없이 범벅이 되어 말라붙은 책인 듯 낱장들이 손에 끈적끈적 달라붙을 지경이었다. 책장을 넘기자 풀썩풀썩 먼지가 일어난다. 이 물건을 검토하자면 마스크라도 써야 하는 것이 아닌가 하는 생각을 하면서 두어 장을 넘겼다. 놀랍게도 그건 성경책이었다. 창세기부터 요한계시록까지 모양새를 다 갖춘 전권이었다. 너무 닳아서 먼지가 풀썩거려 더 이상 책장을 넘길 마음이 싹 가셨다. 게다가 이 책 주인공의 체취와 땀과 눈물로 얼룩진 탓일까. 병자 특유의 비릿한 고린내도 확 풍겨왔다. 어느 성경 구절에는 밑줄을 그었는데 물이 번져 책은 더욱 지저분하게 보였다. 제기랄! 책을 읽으면서 음식물을 흘렸나 이렇게 지저분하게 책을 보다니. 그는 책을 탁 덮어버리고 일어섰다. 알 수 없는 분노가 치밀어 올라 그 책을 옆에 놓인 큼직한 쓰레기통에 팍 던져 넣어버렸다.

　팔짱을 끼고 창문을 향해 섰다. 아직도 비가 추적추적 내리고 있었다. 봄비는 변덕쟁이라고들 했다. 그러나 이번에 내리는 비는 끈질기게 내리고 있었다. 그때 살그머니 다가와서 뒤에서 아내가 그를 안았다. 180이 넘는 그의 키에 비해 아내는 아주 작은 여자였다. 그의 어깨 밑에 들어오는 여자였다.

　아내를 만난 것은 대학에서였다. 군대를 다녀와서 복학을 한 그는 새로 입학한 여학생들의 눈에는 노티가 박힌 나이든 남자였다. 날마다 그에게 다가와서 재잘대는 여자는 그에 비해 키도 작고 나이도 어려서 막내 여동생을 대하는 듯했다. 학교에 가면 날마다 그녀는 집요하게 그를 따라다녔다. 여학생들 모두가 옷을 사러 다니고 요란한 치장을 하건만 그녀는 항상 단정하고 약간 허름한 옷을 걸쳤고 거의 옷을 갈아입는 경우가 드물었다. 그 자신처럼 그녀도 가난하구나 하는 마음에 일단 마음이 놓였다. 둘이 도서관에서 나와 늘 가는 곳도 길거리의 포장마차였다. 거기서 낙지볶음도 먹고 국수도 말아 먹었다. 그녀는 유별나게 떡볶이를 좋아했고 매운 닭발볶음도 즐겼다. 그러다가 대학을 졸업하고 회사에 취직한 그에게 결혼문제를 놓고 노골적으로 그녀가 다가왔다. 그는 순순히 그녀의 부모를 만나기로 했다. 그처럼 가난한 여자이니 부담 없이 만나고 어려움 없이 결혼할 것이기 때문이다. 그녀가 그를 데리고 간 곳은 대문만 보아도 으리으리한 청담동의 주택가였다. 거기서도 아마 그녀가 문간방에 세 들어 사는 모양이라고 그는 대수롭지 않게 생각하고 다정하게 둘이는 손을 잡고 부촌의 골목길을 걸었다. 제일 번쩍이고 거대한 대문 앞에 그녀는 멈춰서더니 아주 미안한 얼굴로 그에게 다가왔다.

"미안해요. 제가 너무 부자라서요. 그걸 숨기기 위해 저무척 애썼어요. 제가 이렇게 부잣집 딸인 걸 알았다면 오빠는 저를 만나주지 않았을 터이니까요."

그의 등뒤에 한기가 서렸다. 아직도 뒷간을 쓰고 있는 산골화장실이 먼저 떠올랐다. 시골 텃밭의 퀴퀴한 거름냄새가 코 언저리를 스치면서 할머니의 그물처럼 오그라든 얼굴이 눈앞에 크게 다가왔다. 이게 아니라고 머리를 흔드는 그의 앞에 자동으로 열린 대문 안이 영화의 한 장면처럼 다가왔다. 영화 속에 등장하는 부자집보다 더한 으리으리함이 어른댔다. 멈칫거리는 그를 여자는 뒤에서 떠밀면서 현관 안으로 밀어 넣었다. 파리도 미끄러질 듯 거울 같은 거실 바닥에 천장의 화려한 영상이 어른거렸다.

이게 아니라고 돌아서려는 그를 여배우처럼 우아하게 차려입는 중년의 여인이 나와서 반갑게 맞았다.

"내 딸의 안목이 참으로 높구나. 아주 마음에 드는 청년이야. 밥상에 앉으면 딸이 항상 지절대는 자네 이야기를 들은 지도 벌써 몇 년이 되었군. 그러고 만나보니 낯설지가 않아. 우리집 사람이 되려고 그렇게 느껴지나 보지. 자, 자……. 여기 앉아요."

여자의 어머니가 권하는 자리에 이러도 저러도 못하고 엉거주춤 앉아버린 그는 못 올 장소에 온 것처럼 거북살스러웠다.

그 뒤부터 일사천리로 진행된 결혼식과 대기업의 사위로 회사를 맡아 운영하면서 그는 처갓집의 습관을 따라 일주일에 딱 한번 교회에 나가주는 것을 예의라고 생각하고 지냈었다.

"여보! 왜 그러고 있어요. 어떡할까요. 비바람 치는 밖에 환자를 그냥 둘 수 없잖아요. 밖을 내다보니 아직도 그 여인과 딸이 그대로 서 있네요. 그래도 당신의 생모인데……."

"……."

"그럼 안으로 들어오라고 그럴게요."

그러자 강도연 장로는 자신도 놀랄 정도로 버럭 역정을 내면서 소릴 질렀다. 현관까지 다 들릴 정도의 음성이었다.

"내게 어머니는 없어. 내 어머니는 날 길러준 할머니라고."

아내는 이런 그를 잠시 측은한 눈으로 응시하다가 기어 들어가는 목소리로 말했다.

"생모는 나중에라도 일생에 한 번은 만나는 것이 상례라고요. 이렇게 내칠 일이 아닌 것 같아요."

"장로장립식 때 한 번 봤잖아. 그러면 족하지 무얼 또 만나. 내가 잘된 것을 보고는 돈이라도 뜯어가고 싶어서 나타난 것이라고. 그럴 자격이 있는 여자냐고. 얼굴이 두꺼운 짓거리를 하고 있어. 쫓아내버려."

아마도 이런 소리도 현관 밖에까지 들렸을 거라고 생각하니 그의 속이 조금 후련했다. 지금이라도 어떻게 해서든지 엄마라는 여인의 속을 뒤집어 놓고 생채기가 나도록 가슴을 할퀴고 싶은 심정이 불끈 치솟았다. 이런 치기어린 마음을 털어 내버리려고 그는 앨범들을 내려놓고 일어섰다. 순간 닳아빠진 책에서 무릎 위로 미끄러졌던 봉투가 발등으로 툭 떨어졌다. 아마도 낡아빠진 책에서 삐져 나와 떨어진 모양이다. 그는 그것도 쓰레기통에 넣으려다가 속에 무엇이 들었나 보려고 거죽을 북 찢어냈다. 금방 쓰기를 배운 초등학교 1학년짜리의 서툰 글씨로 쓴 편지가 나왔다. 그것도 집어던지려다가 그는 흘끔 아주 역겨운 눈초리로 내용을 훑어보았다. 대강 속독으로 읽어 내려갔다. 갑자기 연한 녹색 겨자를 입안에 물듯 코끝이 찡하더니 눈물이 울컥 쏟아졌다. 그는 편지지를 구겨서 주먹 안에 넣고 창밖을 향해 섰다.

연신 입에서는 이런 말이 쏟아져 나왔다.

"내가 장로가 되라고 10년 동안 이 책을 100독을 했다고. 중풍으로 누워 있으면서 오로지 내가 장로가 되라고 소원하는 기도를 하면서 읽었다고. 정말로 웃기고 있어. 그렇게 하면 내가 넘어갈 줄 알았던 모양이지. 실로 반세기만에 버린 자식이 생각났던 거군. 자기 편하자고 늙은 여자에게 자식을 맡겨서 말라빠진 나뭇가지 손을 만들어 놓은 주제에 어떻게 그런 생각을 할 수가 있어. 지금 난 엄마가 필요 없다고. 자기 위로를 하느라고 그렇게 성경을 읽어댔지 나를 위해서 그렇게 한 짓인가. 아무튼 길거리를 쏘다니는 똥개만도 못한 잡종 개 같은……."

바로 할머니가 그의 귀에 박히도록 푸념을 늘어놓았던 똥개란 말이 툭 입 밖으로 튀어나오려 했다.

그는 창밖을 보았다. 언제 비가 그쳤는지 조각구름 사이로 얼굴을 내밀며 둥실 떠오른 보름달 밑에 드러난 그의 정원은 비원처럼 신비로웠다. 예전에는 그렇게 아름답다고 느끼지를 못했는데 너무 황홀할 정도였다. 그는 영혼이 홀릴 정도로 아름다운 정원을 직시하면서 중얼거렸다.

"어허! 언제 날씨가 갠 모양이구나." ✦

— 2013년

|평설|

이덕화

문학평론가, 평택대 명예교수

삶의 향유로서의 타자윤리

1. 무조건적 환대

이건숙의 이 창작집 12편의 단편 중 「소설 요나」 「신데렐라의 아침」 「사막의 나그네들」 「바보온달과 평강공주」 4편을 제외한 8편이 어머니를 소재로 한 작품이다. 이건숙 작가는 그동안 목사의 사모로서 기독교적 윤리를 체화한 분으로서 사회적 약자, 타자에 대한 책임감을 작품으로 형상화한 작가였다. 이번 창작집에 어머니의 위대한 모성을 소재로 작품을 형상화한 배경에는 타자에 대한 책임감을 자식에 대한 어머니의 사랑, 즉 데리다가 이방인을 대하는 태도에서 무조건적 환대를 강조한 것처럼 인간에 대한 무조건적 사랑을 강조하기 위한 것이 아니었나 생각이 든다. 이것은 「소설 요나」를 보면 작품 속의 요나 선지자가 자신이 속한 이스라엘 민족과 이방인이라는 조건에 연연하나 하나님은 니느웨 사람들에게 무조건적 환대를 통하여 하나님의 사랑을 보여주는 데서 이건숙의 타자에의 윤리의식이 드러난다.

이방인과 주인과의 관계를 철학적으로 정리한 데리다는 환대를 자아가 타자를 대하는 태도에 따라 '조건적 환대'와 '무조건적 환대'로 나눈다. 데리다에 따르면 관용은 조건적 환대이다. 관용적이라는 것은 정한 조건, 즉 법과 받아들이는 자의 주권 하에서 타자를 받아들이는 것이다. 이에 반해 무조건적 환대는 인간을 정치적 동물로 보는 것이 아니라 살아 있는 생명 그 자체를 보고 보호하려는 관점이다. 무조건적 환대는 절대적 무한하고 순수한 사랑을 전제로 한 환대이다. 이건숙의 작품에 나타난 인간과 자연, 동물, 곤충에 대한 태도는 조그마한 미생물까지도 인간과 똑같은 감정과 살아 있는 생명체임을 작품을 통하여 다양하게 형상화하고 있다. 작품 속에 빠지지 않는 자연에 대한 묘사, 타인에 대한 관심은 인간은 타자와 더불어 살아야 한다는 타자지향적임을 보여준다.

「소설 요나」는 선지자 요나가 이방인 니느웨 사람들을 무조건적 환대로 받아들일 때까지 하나님은 갖은 방법을 동원해 요나를 설득하는 과정이 바로 이 작품의 요지이다. 요나 서사는 구약성경 중에서도 문학적 환유로 많이 적용되는 이야기이다. 요나의 작품 과정은 성경과 똑같다. 하나님의 명령-요나의 도망-요나의 구원-요나의 회개-하나님의 설득-요나의 회개-하나님의 설득, 등으로 요나의 하나님의 뜻을 어기고 지속적으로 도망가는 과정과 조금씩 니느웨 사람들을 받아들이면서 요나가 니느웨 사람들을 무조건적 환대로 받아들이기까지의 과정이 그려져 있다. 첫 번째 도망은 육체적인 도피이다. 두 번째는 어쩔 수 없이 니느웨로 왔지만 그 사람들을 조건적으로 받아들이고 소돔과 고모라처럼 불타 사라지기를 바란다. 그러나 하나님의 넝쿨나무 비유를 통해 하나님의 무조건적 사랑이 무엇인지 깨닫는다.

그제야 요나 선지자는 씨익 웃으면서 거대한 성 니느웨를 두 팔로 감싸 안았다. 뒤로 돌아서서 조국인 남과 북으로 갈린 이스라엘도 끌어안았다. 높은 산처럼 가로막고 선 고난의 길을 걸을 수 있다는 자신감이 넘쳐서 양어깨에 날개를 단 듯 가뿐했다.

　―「소설 요나」에서

위의 인용문은 작품의 제일 마지막 부분이다. 요나는 니느웨를 두 팔로 감싸 안으면서 무조건적으로 받아들이고, 남과 북으로 서로 미워하고 싸우는 조국 이스라엘까지도 자신의 가슴으로 끌어안으며 타자를 열렬히 받아들이는 초월적인 모습으로 드러난다. 니느웨나 이스라엘 민족 전체, 타자에 대한 열망과 초월은 자아의 열림, 자신의 가슴을 열고 온몸으로 자신과 같이 타자를 받아들이는 것을 말한다. 그것은 타자와의 충만한 관계, 윤리적이고 사회적인 관계의 책임을 짊어짐을 의미한다.

　이건숙은 모성을 모티브로 해서 어머니가 자식을 무조건적인 사랑을 통하여 받아들이듯이 타자에의 사랑이 어머니 같은 사랑으로 무조건적으로 환대하는 것이 바로 하나님이 인간에게 요구한 사랑의 실천윤리라는 것을 작품을 통하여 구현하고자하는 작가의 뜻을 보여준다.

2. 타자와의 소통

　이건숙 작품에서 인물들의 낯선 타인과의 관계는 타자적인 관심이라는 책임감으로 비롯된다. 낯선 타인은 인물들의 존재론적인 분리를 하나로 맺게 하려는 초월의 화신이다. 작품 속에서 타인에 대한 낯선 경험을 통해 들어오는 타자에 대한 존재의 친밀성은 인물들에게 생명의 힘을 주고 존재의 이유가 된다. 타자에 대한 관심으로 나타나는 친밀성은 인물의 주체성을 타자로 소환하는 방식이며 인물의 존재방식이다. 타자와의 관계를 통해 인물들은 새로운 경험, 무한성을 체험한다. 타인에 대한 주체의 책임감은 인물의 의지에 따른 선택이 아니라 인물의 근본적인 본성에 의해 외부세계에 자신을 개방하는 행위이다. 레비나스에 의하면 타인에 대한 근접성이며 이웃에 의한 사로잡힘 즉 본의 아니게 사로잡히는 것, 즉 아픔이다. 이건숙의 작품에서 타자는 인물의 자신과의 대면이며 자신과 구분된 다른 인간이 아니라 자신에게 생명을 갖다 준 인간이고 자연이며 그리고 신이다. 그래서 「바보온달과 평강공주」 「사막의 나그네들」 「청둥오리 엄마」 「신데렐라의 아침」 등의 초점 화자들은 자신을 버리고 스스로 타자가 되어 타자를 위해 타자 앞에 서는 타자지향적인 인물들이다.

「바보온달과 평강공주」는 교회에서 운명하는 도서관에 사서로 있는 화자가 글자도 모르면서도 매일 도서관에 와 몇 시간씩 머무르는 한 남자의 서사이다. 그 남자는 책을 훔쳐가 자신의 집에 책을 쌓아 놓는 특이한 인물이다. 이 작품에서 화자는 자신과 전혀 다른 낯선 인물과의 도서관에서의 교섭과 특이한 행동, 책을 훔쳐가는 행위를 통해 그 인물에 비상한 관심을 가지게 된다. 즉 화자는 자신의 존재의 집을 떠나서 낯선 타자에게로 여행을 떠나는 것이다. 그 과정을 통해서 새로운 존재에 대한 이해에 도달한 것이다. 이것은 자기 안일 즉 타자에 대한 무관심이 아니라 자신을 떠나서 나와 다른 것을 찾아가는 존재의 이탈이다. 이런 타자에 대한 관심이 레비나스는 타자지향성 때문이라는 것이다. 이런 비슷한 류의 서사로 「사막의 나그네들」도 있다. 문화의 차이와 관습의 차이, 그 국가가 만들어내는 가치관에서 흔들리는 인물들을 통해서 다양한 타자 군상을 드러낸다.

「청둥오리 엄마」는 청둥오리 모자에게 사로잡힌 한 '여자'의 서사다. 이 작품은 초점 화자가 낯선 타인 청둥오리 엄마라는 불리는 초점 인물, '여자'를 만나면서, 자기 세계를 확장하는 타자 윤리학의 서사를 보여주는 작품이다. 초점 화자는 '여자'가 매일 호수에 나타나 도널드라고 불리는 아들 청둥오리와 그 엄마 청둥오리에게 밤톨 모양으로 빚은 팥을 넣은 찰밥과 지렁이 간식, 비타민을 먹이는 낯선 경험을 통해서 '여자'에게 관심을 가지는 계기가 된다. '여자'와 초점 화자의 교차시점으로 제시되는 서사는, 초점 화자의 아내와 대비적으로 묘사되는 청둥오리 엄마의 딸과 청둥오리 모자에 대한 헌신과 사랑이 어떻게 존재를 확장하고 기쁨을 안겨주는지 보여준다. 도널드 청둥오리 모자는 도널드가 한쪽 날개가 자라지 못해 날 수가 없자, 엄마 오리까지 따뜻한 나라로 날아가지 않고 겨울이라 먹이도 찾기 힘들고 생존 자체가 어려운 처지이다. 언 호수에 남아 있는 것을 걱정하는 호수 관리인들의 얘기를 '여자'가 듣고 자신이 도운다고 나서서 매일 먹이를 먹이고, 얼음을 깨어 수영할 수 있게 '여자'는 도우는 것이다.

교통사고로 인해 뇌성마비로 10년 이상 식물인간으로 있다 죽은 딸에 대한 헌신으로 남편까지 가출에, 췌장암까지 걸린 '여자'는 모든 것을 잃은 고독 속에서 오직 하나의 기쁨, 매일 호수까지 산책을 나와 청둥오리 모자를 돌보는 기쁨 속에서 삶의 행복을 느낀다.

오리를 돌보려고 오가는 두 시간과 먹이를 먹이고 얼음구멍을 뚫는 2시간을 합치면 모두 4시간이나 된다. 하루 24시간 중에서 그 4시간이 그녀에겐 가장 행복했다. 세상 근심걱정이 다 사라지고 단순하게 되어 마치 호수 가에 서 있는 한 그루의 나무가 된 것 같았다.

— 「청둥오리 엄마」에서

　뇌성마비 딸의 죽음과 남편의 가출은 세상에서 버려졌다는 철저한 고독을 '여자'에게 안겨주었고, 췌장암이라는 죽음을 선고 받은 상처받은 연약한 존재로서 '여자'와 불완전한 날개를 가진 청둥오리와의 만남은 세상에 버림받은 자신의 타자를 청둥오리를 통해서 보게 된 것이다. '여자'는 청둥오리 속에 있는 타자-타인 속에 있는 나의 익명성에 몰두하게 된다. 그런데 타자에 대한 낯선 경험은 존재의 새로움, 위의 인용문에서처럼 얼음구멍을 뚫는 행위와 청둥오리 밥을 짓는 노동에 참여케 함으로써 삶의 의미를 느끼고 세계와 만나는 새로운 체험을 하게 된다. 즉 여자로 하여금 존재하는 기쁨을 느끼게 하며 행복을 준다. '여자'는 완치가 거의 불가능하다는 췌장암까지 치유되는 경험을 통해서 '타자'에 대한 무조건적 환대가 가지는 삶의 향유의 기쁨에 새삼 놀라움을 가진다.

　「신데렐라의 아침」역시 비슷한 구조를 보여주는 작품이다. 미국으로 시집온 '나'는 친정아버지가 유산으로 사준 백만 불짜리 집에 산다. 그러나 그 집은 남편의 은행저당으로 빈껍데기 곧 차압될 집이다. 남편은 자신의 애인과 살기 위하여 사기 결혼을 해서 '나'의 모든 재산을 은행에 저당잡히고 도망간 것이다. '나'는 집이 차압되는 날, 자살을 결심하며 그 시간만큼 삶을 유예하고 있는 30대 여인이다. 부모님들이 돌아가시고 남편에게 사기당해 백만 불짜리 집을 명품으로 채우는 일로 소일하던 여자에게 집이 차압당한다는 것은 큰 부재를 경험하게 하는 사건이다.

모든 것을 내려놓은 '나'는 일 년 전 친구와 가 봤던 데스칸소 가든을 찾는다. 얼마 전까지만 해도 자신에게 말을 걸 것 같은 꽃들과 나무들도 죽음을 앞두고는 무덤덤하다. 그러나 거기에서 만난 노여인과의 만남은 빛으로 다가왔다. 여자가 죽음을 앞두고 꽃과 나무들을 비롯한 모든 생물들이 자신에게 등을 돌리는 듯한 고독 속에서 노여인은 '여자'가 눈을 뜨고 세상의 모습을 다시 '여자' 안으로 들어오게 하는 밝음이다. 노여인으로 인해 이 세상의 또 다른 모습을 본 것이다. 노여인은 죽음 직전의 '여자'의 감각을 통해 대상화한 존재이며, 그 대상은 근원적인 낯섦을 갖지 않는다. 노여인은 비록 낡았지만, '여자'가 그토록 선망하던 명품으로 걸치고 늙음이 주는 원숙한 아름다움을 지닌 채, 데스칸소 가든을 아침마다 산책하는 노여인의 모습은 '여자'가 꿈꾸던 자신의 노년의 모습이었기 때문이다. 죽음을 앞둔 30대의 '여자'에게 비춰진 노여인의 아름다움 모습은 '여자'의 새로운 감각을 일깨우고 노여인의 삶에 비상한 관심을 가진다. 매일 아침 데스칸소 가든에서 만나는 노여인에 감탄과 찬사의 눈길을 보낸다. 노여인과의 짧은 대화 속에서 노여인이 한국인이라는 사실을 알게 되고 그로 인해 급속도로 가깝게 된다.

집이 팔리고 죽어야 할 날이 다가옴을 느끼고 '여자'가 갖가지의 자살 방법을 생각, 차로 바다로 뛰어들기 질주하던 중 시내에서 가장 위험하다는 빈민가를 지나다, 그 빈민가 낡은 이층 건물 앞에 허술한 옷을 입고 문앞에 초라한 모습으로 앉아 있는 노여인을 보게 된다. 그리고 건물 옆 허름한 가계에 헌 명품 옷이 늘어서 있는 것을 보았다. '여자'는 목숨을 하루 더 연장하고 다음 날 아침에도 데스칸소 가든에서 노여인을 만난다. 낡은 바버리 코트를 걸치고 나온 여인은 행복한 얼굴로 그 가든을 자신의 집 정원이라며 정부에서 자기 집 정원을 매일 청소해주고, 관리해주니 얼마나 행복하냐고 반문한다. '여자'는 노여인의 삶의 지혜에 새로운 깨달음을 얻고는, 자신이 가지고 있는 명품을 그 빈민가 가게에 팔아 새로운 삶의 터전을 꿈꾼다. 이것은 '여자'가 명품을 좋아하고 그 속에서 행복을 찾던 자신의 주관성을 노여인을 통해 세계에 개방시키는 것이다. 죽음을 각오한 이후 모든 닫혀 있던 감각이 노여인을 만남으로써 '여자'의 감성이 외부로 향한다. 자신을 노여인에게 개방시킴으로써 세계와 새로 소통함을 의미한다.

위의 작품 「청둥오리 엄마」나 「신데렐라의 아침」은 청둥오리 모자나 노여인의 출현을 통해서 자신을 개방하는 것은 인간이 근본적으로 가지고 있는 이타성이며 근접성이며 이웃에 의한 사로잡히는 것, 말하자면 인간이 고독으로 인한 자기 연민에서 오는 아픔으로 가능한 것이다. 레비나스는 이것을 근본적인 인간의 본성으로 본다. 공자가 인仁이라는 것을 인간의 근본 본성으로 보는 것과 같다. 이런 이웃, 혹은 타자에 대한 개방성은 인간의 윤리적 책임감에서 오는데, 이것은 인간의 의지에 따른 선택이 아니라 자신의 근본적인 본성에 의해 외부에 자신을 개방하는 행위다.

3. 자연과의 소통

이건숙의 작품에서는 인물들의 동식물을 포함한 자연과의 구체적인 만남을 통해 기억 속에 흐릿하게 남아 있는 자기 고향에 대한 그리움이 드러난다. 이건숙의 작품에서 다양하게 묘사되는 자연과의 소통은 인물들의 기억속에 남아 있는 고향의 정서를 전달한다. 고향은 생명활동이 시작됐던 영원한 과거이며 실제 마주하고 있는 자연은 그런 기억을 환기시켜주는 역할을 한다. 이건숙의 작품에 나타나는 자연 이미지는 유토피아적인 삶에 대한 희원을 드러낸다. 이건숙에게 햇빛, 물, 하늘, 나무 동물 등은 인간성에 생기를 주는 자연세계의 요소들이며 작품 속의 인물들은 자연 속에 동화되며 자연의 일부로서 존재한다.

「쥐들의 전쟁」에서의 햄스터는 어머니라는 존재를 이해하는 매개자가 된다. 동물들은 자연의 일부로서 자유를 연상케하는 야성적인 본성을 가지고 있다. 아이는 햄스터의 교감을 통해 어머니의 부재를 극복하고 자신을 두고, 포악스럽기만 했던 어머니를 이해하는 계기로 작용한다. 햄스터라는 존재는 아이에게 세상과 소통하는 매개자이자 에너지로 충전되며 본래적 아이의 본성을 잃지 않고 자연성을 유지하는 원천이다.

다른 작품에서는 자연과의 교감은 인간의 본래성을 찾게 하는 원천이 되지만, 부분적으로만 드러난다. 그러나 「어머니의 정원」에서는 구체적으로 고향에 대한 그리움이 정원으로 치환되어 나타난다. 이 작품의 초점 인물은 2년만 있으면 100세가 되는 초점 화자의 어머니이다. 북쪽에서 아버지가 행방불명이 되자 4남매를 데리고 피난 온 어머니는 6·25전쟁 중의 피난 시절의 어려움 속에서도 어머니는 자신만의 정원을 가꾸었다. 두 번째 어머니가 가꿨던 정원은 종암동의 작은 한옥이었다. 손바닥 만한 마당은 시멘트를 덮어서 땅은 틈새도 없었지만, 동네 쓰레기를 뒤져 흙을 담을 수 있는 깡통, 깨진 냄비 등을 모아 화분으로 사용, 선인장 종류와 화초고추로 가득 채웠다. 또 나이 들어 오빠의 집으로 들어간 곳은 15층 아파트라 그제야 화분에서 나오는 칙칙한 흙냄새와 비료 냄새에서 해방된다고 '나'의 형제들은 좋아했는데, 거기서도 어머니 방에 붙어 있는 베란다에 난이나 고급 화초들을 키우기 시작했다.

이 작품에서 어머니의 정원은 전쟁이 나기 전, 북쪽의 고향에서의 훼손되지 않은 행복했던 시절의 그리움의 정서를 드러낸다. 아버지의 행방불명과 그로 인해 시어머니의 자살, 친정어머니의 중풍으로 가족의 해체는 어머니에게 부재不在로 인식된다. 부재는 있던 것의 없음이다. 가장 큰 상실로 이어지는 아버지의 부재는 현재에 있는 것도 아니면서 어머니의 의식을 지배한다. 아버지와의 단란한 가족에 대한 기억은 회상 속에만 있다. 그러나 그리움의 정서는 어머니의 의식을 지배하고, 그것은 일생을 통하여 반복해서 만드는 정원을 통하여 드러난다. 어머니의 의식은 아버지를 비롯한 모든 가족들이 오순도순 모여 행복했던 그 기억 속에 머무르고 있다. 어머니가 행방불명되어 찾은 곳이 군사경계선이었고, 죽음을 불사하고라도 경계선을 넘어 북한으로 가서 아버지를 찾겠다는 집념은 이를 반영하고 있다. 아버지를 중심으로 한 두 어머니와 단란하게 살았던 기억은 그것 자체가 유토피아로 환원하고 그것은 지금까지 정원을 반복해서 만드는 행위로 드러나는 삶에 대한 열정을 가져다주는 에로스의 표현이다. 에로스적인 정서는 자연과 삶에 대한 친화적인 태도이며, 화해와 용서라는 구원적인 삶에 대한 기대를 보여준다.

어머니의 눈에 꿈이 서린다. 북으로 사라져버린 아버지와 산야에 흩어져 살고 있던 두 할머니를 모셔온 어머니는 우리들까지 모두 모여들 정원을 가꾸어 놓고는 너무너무 행복해서 만족한 웃음을 앞에 펼쳐진 산야와 북녘 땅을 향해 맘껏 날려 보냈다. 아마도 어머니는 전쟁 당시 오빠의 리어카에 높이 세운 장대 위에 휘날리는 명주목도리를 어머니의 정원에 높이 매달아놓고 쳐다보고 있는 모양이다.

—「어머니의 정원」에서

위의 인용문에서 보여주는 것처럼, 마지막으로 만든 정원의 빈 무덤 속에 가족이 다 함께 모여 저 세상에서라도 이 세상에서 이루지 못한 꿈, 영원한 노스탈쟈의 향수를 염원하는 북과 남의 화해를 꿈꾸는 명주목도리를 휘날릴 것으로 마무리한다. 이 작품에서 전쟁 전의 훼손되지 않은 세계, 가족이 있고 정원으로 상징화된 행복했던 가족의 단란함이 있던 세계와 전쟁 후의 가족의 해체로 인한 훼손된 세계는 어머니 의식이 지배하는 세계이다. 어머니의 의식은 훼손되지 않은 전쟁 전의 가족 속의 단란함이 아버지의 부재로 나타나며, 그 부재로 인한 고독으로 정원으로 상징되는 가족의 행복을 통해서 인류의 유토피아적인 삶에 대한 에로스적 열망을 드러낸다고 할 수 있다.

4. 인간적인 것의 초극, 가족 간의 소통

레비나스는 인간의 심성에 남아 있는 영원히 여성적인 것, 연약한 존재에 대한 무한한 애정이 가장 궁극적인 사랑을 전달하려는 심성의 중심이라는 것이다. 이것은 세상사에서 보호받고 의지하려는 인간의 자기실현을 '나'와 타인들에게 위치시키고 발견하려 한 타자지향적인 모습이다. 즉 여성적인 인간의 심성은 하늘로 향한 것과 같은 것이며 부단히 그렇게 나가게 하는 욕망은 또 다른 초월적인 욕망이 타자지향적인 것으로 드러난다는 것이다. 그 대표적인 예가 죽음을 뛰어넘는 나와 자손들의 관계라는 것이다.

이건숙의 작품들에서는 엄마임에도 자기 나르시시즘에 빠져 헤어나오지 못하는 유아적인 모습으로 드러나기도 하고, 사랑의 화신과 같은 초월적인 모습으로 나타기도 한다. 이건숙의「손자의 등」「모나크 나비」「황혼의 미로」 등의 작품들에서 드러나는 모성성은 여성들의 연약한 심성은 인간을 초월한 모습으로 현현된다. 한편「쥐들의 전쟁」이나「어느 갠 날」속의 인물들은 자신 속의 타자인 익명성을 받아들이지 못하고 자기 속에 갇혀 가족을 포용하지 못하는 연약한 인간 존재의 감성적인 세계를 표현하고 있다.「어느 갠 날」의 초점 인물 장로는 교회의 장로가 되었음에도 자신을 두고 가출한 엄마를 받아들이지 못하는 모습을 통해서, 홀로 자신의 감성, 어머니가 자신이 어릴 때 가출했기 때문에 이로 인한 분노에 갇혀 있는 인간의 고독을 보여준다. 어머니도 연약한 상처받기 쉬운 존재라는 것을 인정하지 못하는 자기 세계에 갇혀 있는 인물이다.

「모나크 나비」에서 모나크 나비는 멀리 고향과 떨어져 미국에 입양 돼 생존해야 하는 하워드 황과 같은 이민자의 상징적인 은유이다. 하워드 황은 한때 사춘기에 피부색이 다른 자신의 모습으로 아버지에게 반항하며 가출까지 했지만, 아버지의 따뜻한 배려로 한국을 방문해서 생모의 무덤 앞에서, 자신이 전쟁통에 인간적인 힘으로는 불가능한 어머니의 초월적인 사랑과 양아버지의 헌신이 없었으면 자신의 생존 자체가 불가능했음을 듣는다. 그런 이후 매년 생모가 묻힌 무덤을 방문한다. 그러면 그는 새로운 힘이 솟구치는 것을 느낀다.

여길 매해 다녀가야 하워드 황은 힘이 솟는다. 마치 옛사람을 버리고 새사람을 입는 기분이다. 헌옷을 벗어던지고 새옷을 입는 기분이라고 할까. 살맛이 나고 살아야 할 이유를 깨닫게 된다.

　　　—「모나크 나비」에서

위의 인용문에서 보는 것처럼 피부색이 다른 미국에서 살면서 언제나 생모 생부에게 버림받았다는 생각은 자신의 실존의 부재를 느끼며 고독 속에서 방황을 거듭하다, 고향 방문으로 자신을 뜨겁게 사랑한 어머님의 무조건적 사랑 앞에 무릎을 꿇은 것이다. 전쟁 중 혹한의 추위 속에 갓난 아이였던 자신을 살리기 위하여 어머니는 자신의 모든 옷을 벗어 실오라기 하나 걸치지 않은 채 자신의 옷으로 아이를 둘둘 말아 살리고 자신은 얼어 죽은 것이다. 그리고 미군 전선이 무너지고 후퇴 중에 있는 위험한 상황 속에서도 양아버지는 동료의 반대를 무릅쓰고 자신을 안고 후퇴, 미국으로 데려와 양아들로 삼은 것이다. 두 분의 뜨거운 사랑은 부재로 인한 고독이 눈사탕처럼 녹고, 두 분의 사랑은 새로운 삶의 힘을 솟구치게 한 것이다. 생모의 무한한 사랑은 그동안 부재로 인한 고독 속에 갇혀 있던 자아를 떠나서 세계와 소통하게 하는 힘의 원천이 되었다.

"절 살리려고 돌아가시던 날 어머니는 얼마나 추우셨어요?"

미국 땅에서 하워드는 물 위의 기름처럼 돌고 있었지만 실은 한쪽 발은 아시아 대륙에 다른쪽 발은 북아메리카 대륙에 딛고 선 엄청난 존재라는 생각에 이르렀다. 다른 사람들은 한 대륙만 딛고 서 있지만 그는 양쪽 대륙에 발을 딛고 서 있으니 엄청난 문화와 토양을 양손에 거머쥐고 있는 셈이다. 그때 용솟음치는 힘은 가히 다이너마이트와 같은 폭발력으로 다가왔다.

퍼뜩 피스모 비치의 모나크 나비들의 날갯짓이 눈앞을 스쳤다. 좁은 지역에 갇혀 사는 다른 나비들의 답답함을 벗어나서 공중으로 높이 날아올라 북미와 남미를 오가며 멀리 볼 수 있고 넓게 볼 수 있는 시야를 지닌 엄청난 존재인 모나크 나비들이 앞에서 화려한 날개를 펄럭거렸다.

—「모나크 나비」에서

하워드 황은 어머니의 위대한 모성을 통해 세계를 새롭게 바라보고, 그 실존적인 고유성 속에서 어머니를 '절 낳으신 어머님이 바로 예수님이에요.'라고 외친다. 무조건적 사랑을 통한 자식에 대한 애끓는 사랑은 바로 인류를 사랑하는 아들을 보내 구원하려 하신 하나님의 무조건인 환대를 보여주는 것이다. 또 예수님의 타자에 대한 무조건적 환대는 인류를 구원하였지만, 예수님의 사랑을 깨닫기엔 인간은 너무나 나약한 존재이다. 하워드 황의 생모의 위대한 사랑 체험은 바로 예수님의 사랑을 대리 체험하게 한 것이다. 모성의 위대한 사랑은 하워드 황을 자신을 사랑하게 하는 힘의 원천이 되었으며, 사랑이 바로 우리의 삶의 자양분, 고향임을 이 작품은 보여주고 있다. 사랑이라고 하는 신적인 본질은 만물의 생성에 영적인 힘을 주는 에너지와 같은 것이다.

하워든 황은 모나크 나비들이 답답함을 벗어나 북미와 남미를 횡단하듯, 어머니의 무조건적 사랑에 의해 자기 정체성이 확실히 정립된 존재로 자기 세계를 확장하는 것이다. 이것은 자기 자신 일로 끝나지 않는다. 즉 타국에서 온 모든 이민자, 그중에서도 얼굴색이 다른 유색인이 모두 겪을 수밖에 없는 운명이다. 자신의 딸 소영이 자신이 젊었을 때 겪은 일을 똑같이 겪는 것이다. 하워드 황은 자신의 젊은 시절을 돌아보며 소영을 자신의 양아버지가 그랬던 것처럼 한국을 방문하려 한다.

「손자의 등」「황혼의 미로」에서는 사랑은 가족, 이웃, 타인들 사이의 박애로서 표현되는데 인류를 구성하는 힘임을 보여준다. 자손은 '나'에게 귀속되는 것이 아니라 나와 동일성을 형성하면서 존재한다. 나로서 존재하는 나의 자손들은 신의 아버지와 같은 은혜를 보여주는 것이다.

지혜로워야 한다. 사랑하는 아들이 걸린 문제다. 남이라면 등을 돌릴 수 있다. 다시 보지 않으면 되지만 가족이란 끈으로 연결되어 있으니 이를 어쩐단 말이냐. 더구나 피가 섞인 손녀가 그 사이에서 태어나지 않았는가. 앞집 할머니보다 더 불행한 자신이 징그러워서 갑자기 몸이 한 마리의 징그러운 송충이로 변한 기분이었다. 하루아침에 사람이 아닌 벌레로 변해버린 자신을 사람들 앞에 내세울 수 없을 정도였다. 두꺼운 이불 속에라도 숨어야할 것 같았다.

죽음의 길처럼 어차피 혼자 인생을 살아야 한다. 보랏빛 배낭 사건이 없을 적엔 생각해보지 않았던 일이다. 인생길에 두 사람이 하나가 되려고 하는 마음이 괴로움을 낳는 법인가 보다. 아무리 목숨을 내 줄 정도로 사랑한다고 난리를 쳐도 인생이란 혼자 가는 길인 걸 왜 몰랐단 말인가. 그렇다면 이런 사건이 혼자되는 연습이 아니겠는가.

　　―「황혼의 미로」에서

위의 인용문처럼 자식을 자신에게 귀속시키고 동일시하는 것에서 자식도 자신 속의 타자라는 것을 인정하고, 스스로가 독립을 선택한다는 것은 인간의 다양성을 받아들이면서 자기 세계를 확장하는 것이다. 존재의 의미는 자신의 한계 즉 피가 섞인 가족이란 한계를 벗어나 주체의 실존적인 타자성, 자손과 다름을 인정하고 받아들이는 것이다.

「손자의 등」에 나오는 개성댁은 남편을 잃고 젊었을 때부터 아들 하나를 의지하고 살았다. 아들이 미국의 시민권자인 변호사와 결혼, 손자를 돌봐 달라는 부탁으로 근무하던 초등학교를 그만두고 미국으로 온다. 그러나 미국 관습에 익숙한 며느리와 한국 풍습에 익숙한 시어머니의 갈등은 결국 며느리의 죽음을 불러왔고, 두 번째로 들어온 며느리 역시 마찬가지이다. 개성댁은 아들을 위해서 자신이 비켜주는 것이 옳다고 생각, 독신 생활을 시작한다. 그러나 혼자라는 고독감은 든든했던 죽은 남편을 생각케 하고 손자에 대한 그리움으로 매일 밤 손자가 아기 때 즐겨먹던 도토리묵을 싸서 아들 집 바깥에서 손자를 기다리는 것으로 고독을 해소한다.

이렇게 듬직한 손자의 등에서 죽었으면 좋겠다고 생각하면서 개성댁은 손자의 등에 얼굴을 대고 비볐다. 이제 다 자란 성인 남자의 특유한 몸 내음이 물씬 풍겼다. 아주 그리운 냄새였다. 얼마나 오랜만에 맡아보는 남자의 향기인가! 그건 바로 아버지의 등에 업혔을 적에 맡았던 냄새이고 또한 일하고 저녁 늦게 들어온 남편의 가슴에서 나는 냄새였다. 그 향기에 끌려서 개성댁은 손자의 목에 키스를 했다. 손자의 등이 그녀가 장차 갈 하늘나라처럼 아늑하고 평안해서 뺨을 대고 비볐다. 이대로 눈을 감고 싶었다. 손자의 등에서 숨이 끊어지기를 소망했다. 개성댁은 깊은 숨을 들이마시고 죽은 사람처럼 한참 숨을 멎었다.

　　—「손자의 등」에서

위의 인용문에서 보여주는 '남자의 향기'는 인간의 순수 기억에 남아 있는 근원적인 에로스를 형성하는 부성적인 신적인 사랑이다. 에로스적 사랑은 아버지가 할머니를 사랑하고, 손자가 할머니를 사랑하는 세대를 통해 가족 간의 사랑으로 전달되지만, 내가 이웃을 사랑하는 동기 역시도 이 에로스적 부성애에 근거하고 있다. 위의 「모나크 나비」에서 엄마의 위대한 사랑 역시 신의 부정적 초월적인 사랑에 근거하고 있다.

레비나스는 세상이 창조되고 그것을 번성케 하는 신적인 원리가 바로 신의 부성적 사랑이라는 것이다. 인간적인 것을 초월한 사랑은 가족 간의 사랑을 통해서 나타나지만 이것은 바로 타인을 향한 박애로 드러난다는 것이다. 레비나스는 사랑은 모든 사람들에게 존재하는 신적인 본질이며 그 사랑은 새로운 윤리를 탄생시키는 원동력일 수 있다는 것이다. 개성댁이 가족에 대한 그리움에 몸부림치지만, 아들 가족을 떠나 홀로 독립을 한 것은 아들과 손자의 지극한 사랑이 전제되지 않으면 불가능한 것이다.

5. 나가기

레비나스는 윤리학의 중요한 목표는 자아 중심의 가치 철학에 있는 것이 아니라 타인 중심적인 타자윤리를 실천하는 것에 있음을 역설한 유태인 철학자이다. 즉 '타인의 얼굴은 신과 우주의 얼굴이며 사회의 얼굴이며 바로 나의 얼굴이다.' 라는 것이다. 레비나스뿐만 아니라 파농도 인간은 자신의 존재를 타인을 통해 승인받고자 노출한다는 것이다. 인간이 그 자신의 인간적 가치와 실체를 의탁하는 대상은 바로 타자라는 존재이고 타자의 승인이기 때문이다.

이건숙의 이 창작집에 드러난 작품들의 특징은 가족을 비롯한 모든 타자들의 서사이다. 작품들의 인물들은 대부분이 여성으로서 교직 혹은 교육계에 머문 인물로서 틀에 고정되지 않고 주변환경과 상호작용하면서 끊임없이 세계를 확장하는 인물들이다. 자연이나 타인에 대한 주변적인 관심을 확대해가면서, 타자에 대한 왜곡되지 않은 따뜻한 시선을 보여준다. 그것은 연민과 동정의 시선이 아니라, 타자와 일체화하려는 시선이다. 즉 타자들을 통해 인물들은 자신 속의 타자를 만나기도 하고, 세계와 소통하기도 한다. 그런 것은 타자와의 소통을 통하여 자기 성찰과 자기 확대, 세계로 혹은 초월적인 세계로 확장함으로써 자신을 세계에 개방한다.

이건숙의 모성을 모티브로 한 많은 작품들은 어머니의 자식에 대한 무조건적 사랑의 경험을 통하여 타자에 대한 무조건적인 환대를 실천하는 윤리학으로까지 제시하고 있다. 즉 이기적인 나 자신을 떠나서 사랑의 원천인 어머니, 혹은 고향, 신에게 받은 사랑을 실천하라는 타자윤리학의 새로운 패러다임을 제시하고 있다. 또 자연과 공동체에 대한 새로운 안목과 이해를 바탕으로 이들의 평화로운 삶을 위해 자신의 노력을 쏟아 붓는다. 그리고 자연을 비롯한 우주 만물과의 일체감을 통해서 사회적 삶의 한계를 극복하고 더욱 큰 대자연의 법칙, 무조건적 환대에 다가가게 만든다. ✻

이건숙 문학전집 6

신데렐라의 아침

1쇄 발행일 | 2023년 8월 8일

지은이 | 이건숙
펴낸이 | 윤영수
펴낸곳 | 문학나무
편집 기획 | 03085 서울 종로구 동숭4나길 28-1 예일하우스 301호
이메일 | mhnmoo@hanmail.net

출판등록 | 제312-2011-000064호 1991. 1. 5.
영업 마케팅부 | 전화 | 02-302-1250, 팩스 | 02-302-1251
ⓒ 이건숙, 2023

ISBN 979-11-5629-167-1 03810